KB076417

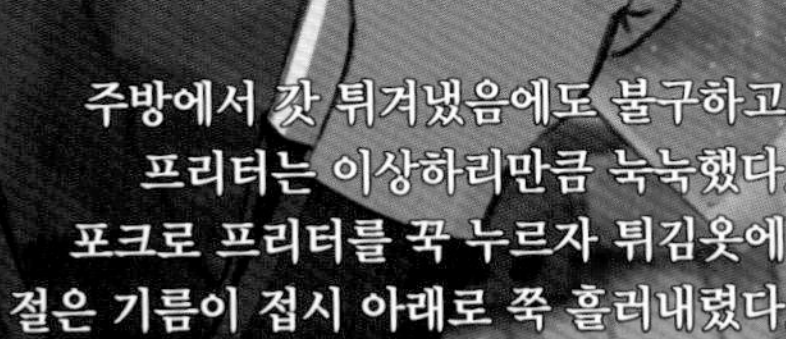
주방에서 갓 튀겨냈음에도 불구하고
프리터는 이상하리만큼 눅눅했다.
포크로 프리터를 꾹 누르자 튀김옷에
절은 기름이 접시 아래로 쭉 흘러내렸다.
"안주가 이 모양이니 술맛도 없고…."
쇼우코는 아직 파인트 잔에 담긴 에일을 반도 비우지 못했다.

"이게… 속옷이라고요?"
나스챠 중위는 한동안 에반스 중위의 눈치를 보며 그녀가 준 팬티를 만지작거렸다. 어쩐지 성경 상의 악마 앞에서 타락과 퇴폐를 시험받는 기분이었다.

Luna
"이게… 팬티라고?"
세탁물 바구니에 쌓여 있는 공용 팬티는 속옷이라기에는 재질이 거칠었다. 거기어 더해 가장자리에 달린 촌스러운 프릴과 축 늘어진 허리 고무줄이라니.

"…조리장님, 의무장님을
어떻게 생각하고 계신가요?"
곧 단단하게 굳어있던 해인의 표정은 순식간에
녹아내렸다. 얼굴은 홍당무처럼 달아오르고, 동공은
지진이라도 난 것처럼 마구 흔들린다.

해군 밥짓는 이야기

오소리

Interlude

일러스트 유나물 **편집** 김원재 **마케팅** 김정훈 **주간** 홍성완

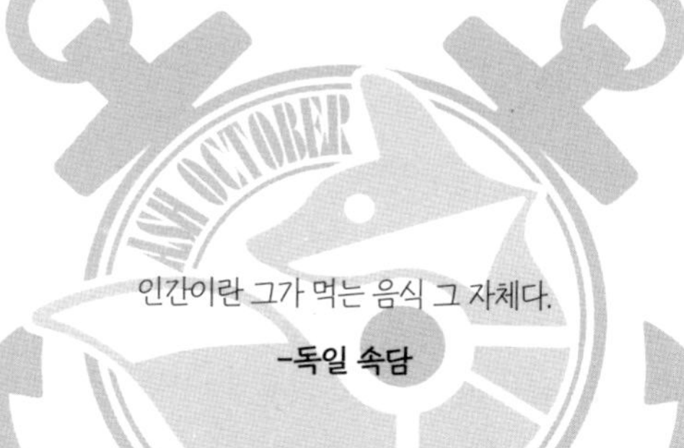

인간이란 그가 먹는 음식 그 자체다.

-독일 속담

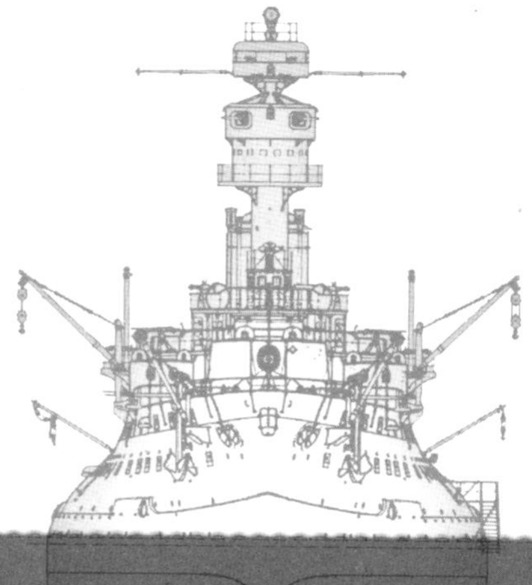

1. 네코메시

-1-

"하암…."

루나 클라인 일등 수병은 하품을 하며 시계를 다시 쳐다보았다. 새벽 두 시 반. 미드 와치 당직이 끝나려면 아직 한 시간도 넘게 남아 있었다. 당직 전에 마셔둔 투 샷 에스프레소도 영 효과가 없었는지, 벌써부터 눈꺼풀이 슬슬 감겨오기 시작했다. 잠깐 눈을 붙일까 싶었지만, 아직 체크해야 할 포인트가 한 군데 더 남아있었다.

루나는 빰을 가볍게 때려 잠을 잡아낸 다음, 안전 당직 임무를 계속 수행하러 배의 후부로 걸어갔다.

'안전 당직'은 해군 기관병의 업무 중 하나로 배의 주요 개소를 돌며 파손된 곳은 없는지, 이상은 없는지 눈으로 직접 확인하는 일이다. 육상으로 치면 영내 순찰과 비슷한 업무다.

현대 군함에서 대부분의 함 내 상황은 CCTV로도 확인할 수 있지만 안전 당직 업무는 여전히 중요했다. 카메라의 사각에서 어떤 일이 벌어질 지 모르기 때문이다. 보이지 않는 곳에서 터진 청수관 하나 때문에 배가 침몰할 수도 있는 법이다.

루나는 조심스럽게 기관부 침실의 문을 열고 안으로 들어갔다. 붉은 색의 미등 아래에서 수병들이 새근거리며 잠을 자고 있었다. 루나는 수병들의 잠을 깨우지 않도록 발끝으로 조심조심 걸었다. 침실의 가장 안쪽에 위치한 RFID 리더기에 카드를 가져다대자마자 새된 삑 소리와 함께 붉은 등이 가볍게 점멸했다.

자, 이제 30분 정도는 쉬어도 괜찮다.

루나는 상자 위에 걸터앉아 조각잠을 청해보기로 했다. 하지만 이상하게도 막상 자리에 앉자마자 잠이 싹 달아나 한동안 잠을 청하기도, 완전히 떨쳐버리기도 어려운 미묘한 상태가 지속되었다.

"으음."

역시 입이 심심하다. 껌이라도 하나 챙겨뒀더라면 좋았을 텐데. 루나는 입맛을 다시며 자신의 관물대를 뒤졌다. 하지만 컵라면 몇 개만 나왔을 뿐 조리 없이 바로 먹을 수 있는 주전부리는 전혀 보이지 않았다.

평소라면 트리샤를 불러 야식이라도 만들어달라고 했겠지만, 트리샤를 비롯한 경의부 승조원들은 오후 내내 보급품을 검수하느라 피곤했는지 저녁을 먹자마자 일찍 자리에 누워버린 상태였다. 하루 종일 격무에 시달린 동기를 입이 심심하다는 이유로 깨우기도 어쩐지 미안한 일인지라…. 루나는 지금 시간에 깨어있을 만한 승조원들을 손으로 꼽아보았다.

"병기부 승조원들은 지금 포반장들이랑 같이 있을 테고. 갑판부 승조원들은…."

함교에 올라가면 홀로 견시 임무를 보는 갑판병들이 있겠지만, 깐깐하기로 소문난 갑판부 승조원들과 잡담을 나누느니 차라리 벽에다가 말을 거는 편이 나을 것이다.

그 외의 인물이라면….

'아, 마리아 수병장님은 깨어계시려나.'

루나는 붙임성 없는 조그마한 작전관의 얼굴을 떠올리며 가볍게 뺨을 문질렀다. 최근의 마리아라면 연일 계속된 밤샘으로 생활 패턴이 일그러졌기 때문에 지금도 깨어 있을 것이다. 컵라면을 건네주고 작전부 냉장고에서 적당한 주전부리를 받아오도록 하자. 덤으로 마리아가 입에 달고 사는 그 카프파우인가 하는 카페인 음료라도 받아온다면 잠을 깨는데도 도움이 될 테고….

루나는 컵라면을 챙겨들고 상부 갑판으로 올라와 사다리를 탔다.

그 때, 천장에 설치된 배관에서 묘한 소음이 들려왔다.

퉁, 퉁….

금속판을 두들기는 새된 소음.

잘못 들었나싶어 귀를 의심했지만 소음은 불규칙한 간격을 두고 계속 이어지고 있었다. 루나는 재빠르게 머리를 굴렸다.

환풍구에 사람이 끼었나? 하지만 천장의 배관은 어린 아이도 들어가기 힘들 정도로 좁다. 사람은 아니다.

그렇다면 돌 같은 게 환풍구 안쪽에서 굴러다니고 있는 걸까? 하지만 벽을 두들기는 소음은 배의 흔들림과는 전혀 다른 간격으로 불규칙하게 울려 퍼지고 있었다. 이는 **무언가 살아있는 것**이 관 안을 기어 다니고 있다는 뜻이었다.

퉁, 퉁….

다시 소리가 들렸다. 환풍구 안쪽을 부산스럽게 돌아다니는 그 움직임에는 제법 무게가 실려 있었다. 사람만한 크기는 아니지만, 제법 큼지막한 녀석이다.

어쩐지 루나는 등골이 서늘해졌다.

'설마….'

일전에 선임에게 들었던 괴담이 그녀의 머릿속을 스치고 지나갔다.

선체의 어두운 곳으로 기어 들어오는 혼돈이라던가, 어둠 속에서 울부짖는 촉수 괴물이라던가….

물론 비행기가 날아다니는 21 세기에 그런 전근대적인 괴물이 실존할리는 없겠지만, 정체를 알 수 없는 생명체를 마주하는 것은 매사에 긍정적인 루나에게도 부담스러운 일이었다.

루나는 손바닥에 배인 땀을 털어내며 주먹을 꾹 쥐었다.

도망칠 수는 없었다. 그 정체가 무엇이든 이상(異狀)이 발견되면 확인해서 보고하는 것이 안전 당직의 의무가 아닌가.

루나는 숨을 크게 삼키고 환기구를 열어 배관 안쪽으로 머리를 집어넣었다. 그리고 안전모에 달린 전등을 켜 요란스럽게 움직이는 불청객을 비추었다. 흰색과 검은색이 섞인 복슬복슬한 털, 뾰족한 귀, 어둠 속에서도 밝게 빛나는 노란색 눈.

배관 속의 불청객은 그녀를 바라보고 낮게 울었다.

"야옹."

"…."

루나는 양 손을 내밀어 그 작고 부드러운 불청객을 안아 들었다. 불청객의 정체는 다름 아닌 새끼 고양이였다.

-2-

"저기…. 그래서 새벽에 갑자기 의무실에 쳐들어 온 이유가 고작 이 새끼 고양이 때문이었다는 거야?"

원일은 잠에서 덜 깬 표정으로 머리를 감싸 쥐며, 다른 한 손으로는 포트에 물을 붓고 전원을 올렸다.

그는 아직도 상황 판단이 되지 않았는지 루나와 그녀가 안고 있는 새끼 고양이를 번갈아 보며 눈을 끔벅거렸다. 하지만 루나는 원일의 사정은 봐주지도 않은 채 멋대로 고양이를 들이밀며 말을 이어갔다.

"고작이라뇨! 이렇게 귀여운 데!"

"야옹."

"고양이가 얼마나 귀여운가의 문제가 아니잖아! 지금은 새벽 세 시라고. 그보다 자고 있는 사람 위에 올라타서 머리를 두들겨 깨우는 건 어느 나라의 기상법이냐?"

원일은 방금 전 있었던 소동을 떠올리며 얼굴을 감싸 쥐었다. 자다 말고 루나가 자신의 허리 위에 올라타고 있는 것을 마주했을 때는 정말 큰 소리로 비명을 지를 뻔 했다.

말만한 처자가 다른 남자의 침소를 습격하는 것도 어처구니가 없는데, 그 이유가 고양이 때문이었다니.

그러나 루나는 원일의 지적에는 신경도 쓰지 않은 채, 오히려 입을 가리며 음흉하게 쿡쿡 웃었다.

"후후… 뭔가 야한 생각이라도 하셨나보죠?"

예전의 원일이었다면 얼굴을 붉혔을만한 성희롱 발언이었지만 그도 이제는 이 배에 어지간히 익숙해진 터라. 한숨을 내쉬며 적당히 말을 받았다.

"뭐, 이런 저런 생각이 스쳐지나가긴 했지. 경멸하는 해인의 얼굴이라든가, 나를 잡으러 온 헌병대의 모습이라든가…."

곧 포트의 물이 끓어오르며 전원이 달각하고 점멸했다.

원일은 익숙하게 컵에 인스턴트 커피봉지를 털어 넣은 다음, 끓는 물을 부어 커피를 두 잔 만들었다. 루나에게 잔 하나를 건네준 후, 원일은 복슬복슬한 털을 가진 심야의 불청객과 눈을 마주치며 커피를 홀짝였다. 머리에 서서히 카페인이 돌기 시작하자 사고가 제대로 돌아왔다.

새끼 고양이와 루나. 그리고 고양이.

"…그보다 이 녀석 어디서 들어온 거야?"

원일은 루나에게서 고양이를 받아들며 불만스러운 어투로 툴툴거렸다.

"전에 적재 작업을 할 때 몰래 들어온 게 아닐까요?"

"아마 그렇겠지만."

원일은 가볍게 고양이의 몸을 살피며 다친 곳은 없는지 확인해 보았다. 후드 안쪽을 기어 다닌 탓인지 배에 먼지가 뽀얗게 쌓인 것을 제외하면 다친 곳도 없었고, 몸 상태도 전반적으로 깨끗했다. 좀 더 자세히 확인하려면 수의사에게 데려가야겠지만….

"지금으로서는 어렵겠지."

다음 입항까지는 보름도 넘게 남아있다. 좋으나 싫으나 남은 보름간은 고양이를 내려줄 방법이 전무했다. 그 사이 루나는 콧노래를 불러가며 고양이와 손장난을 치더니 갑자기 무슨 생각이 떠올랐는지 눈을 반짝이며 원일에게 물었다.

"의무장님, 이 고양이 배에서 키우면 안 되나요?"

원일은 루나의 질문이 어처구니가 없었는지 관자놀이를 꾹꾹 누르며 미간을 찌푸렸다.

"내가 네 엄마냐? 왜 허락을 나한테 받아?"

하지만 루나는 어깨를 편 채 의기양양한 표정으로 계속 헛소리를 늘어놓았다.

"하지만 고양이는 쥐 구제에 도움이 되는 짐승이잖아요? 그러니까 함 내 구제 업무를 담당하는 의무장님의 허가를 맡는 게 당연하죠!"

"그게 무슨 헛소리야? 요새 군함에 쥐가 어디 있다고."

그녀의 말처럼 몇 세기 전에는 쥐를 방지하기 위해 군함에서 고양이를 기르기도 했다. 거주 구역이 제한되는 함상에서 쥐가 음식물을 갉아먹고 전염병을 퍼트린다면 승조원들의 전투력이 크게 떨어질 수 있기 때문이었다.

하지만 요즘은 항만 차원에서 방역, 구제를 대행해주기 때문에 함 내에서 쥐를 볼 일은 거의 없다. 오히려 쥐를 막는다고 고양이를 기르다가 그 털 때문에 알레르기 병을 앓는 승조원이 나올지도 모른다.

"게다가 배 안에 동물을 들여놓는 건 내가 아니라 사관들이 결정할 일이야. 당직 사령한테 데려가."

하지만 루나는 원일이 고양이에게 못 할 말이라도 한 것처럼 고양이를 끌어안으며 소리를 버럭 질렀다.

"안돼요! 그렇게 되면 사관 회의에 안건이 올라갈 테고, 이해인 조리장님도 알게 되시잖아요!"

"조리장이 아는 게 뭐 어때서?"

루나는 전승 상의 무시무시한 마왕을 이야기하는 것처럼 손을 허공으로 휘두르며 흉흉한 소리를 입에 담았다.

"분명 조리장님이시라면… 고양이를 보자마자 바다에 던져 넣을 게 뻔해요!"

"설마. 아무리 조리장이 피도 눈물도 없다지만 그런 잔혹한 짓을 할리가 있겠어? 괜한 걱정이야."

"하지만 이 고양이, 수컷인걸요?"

루나는 고양이를 들어 배를 보여주었다. 확실히, 고양이는 수컷이었다.

"으음…."

문득 원일은 자신이 이 배에 처음 왔을 때를 떠올렸다. 이 배에 처음 승선했을 때 해인은 원일이 남자라는 이유만으로 다짜고짜 바다에 집어던지지 않았던가.

근래 들어 성격이 둥글둥글해진 탓에 자주 잊고 지내는 사실이지만, 해인은 조리에 관해서라면 타협이 없는 외골수다. 함 내를 어슬렁거리는 미물이 조리에 방해가 된다고 생각하면 정말로 바다에 집어 던질지도 모른다.

원일은 헛기침을 하며 못 이기는 척 고개를 끄덕였다.

"흠흠. 꼭 수컷이라 그런 것은 아니지만… 확실히 조리장은 고양이를 좋아하지 않을 것 같긴 하네."

"그렇죠? 제가 괜히 걱정하는 게 아니라고요."

"…이번만큼은 어쩔 수 없군."

하지만 문제점은 여전히 산더미처럼 남아 있었다. 원일이 고양이를 못 본 척해준다 하더라도 다른 사관의 눈에 띄면 말짱 도루묵이 되고 만다. 하지만 좁디좁은 함상에서 다른 사람의 눈을 피해 살아있는 생물을 기른다는 것은 거의 불가능한 일이었다. 원일은 걱정스러운 목소리로 한마디를 덧붙였다.

"그래서, 그 고양이는 어디서 키우려고?"

하지만 루나는 천연덕스러운 표정을 지으며 원일에게 바로 짐을 떠넘겼다.

"아, 이거 의무실에서 키우면 안 되나요?"

"뭐? 말이 되는 소리를 해라. 짐승털이 호흡기 환자한테 얼마나 해로운데… 키우려면 다른 장소를 알아 봐."

"그럼 어디서 키우라는 말씀이세요? 설마… 덥고 시끄러운 기관부에서 고양이를 기르라는 말씀은 아니시겠죠?"

"내가 알게 뭐람? 네가 말을 꺼냈으니 네가 책임져."

원일이 강경하게 고개를 가로젓자 루나는 애교 섞인 비음을 내며 원일의 품으로 파고들었다.

"제발요, 의무장 님…."

"안 돼. 그렇게 쳐다봐도 못 봐줘."

원일이 여전히 태도를 바꿀 기색을 보이지 않자, 루나는 전략을 바꾸어 이번에는 고양이를 그의 눈앞에 들이밀었다. 그 새끼 고양이는 자신을 두고 어떤 말이 오가는지 알아차리지도 못한 채, 루나가 목덜미를 간질이자 간드러진 울음소리를 내며 아양을 떨었다.

"야옹."

"…으윽."

여성의 애교에는 어느 정도 내성이 생겼다지만, 작은 앞발을 이리저리 내밀며 교태를 부리는 고양이를 무시하는 것은 원일에게도 어려운 일이었다. 그 잔망스러운 눈망울을 마주하고 있노라니, 차마 '내 일이 아니다'라는 말 만큼은 할 수가 없었다.

원일은 결국 마지못해 고개를 끄덕였다.

"알겠어, 알겠다고! 하지만 다음 항구에 기항할 때 까지만 맡아두는 거야. 뭍에 닿으면 바로 놓아주어야 해."

"네!"

원일이 마지못해 허락해주자 루나는 만세를 부르며 고양이의 뺨에 얼굴을 비비적거렸다. 그녀의 품이 불편했는지 고양이는 연신 못마땅한 울음소리를 내며 짜증을 냈지만, 루나는 개의치 않고 꼭 끌어안았다.

머리를 부비며 털을 골라주는 꼴이 흡사 어미 고양이와 새끼 고양이를 연상케 했다.

그녀는 한참 동안 그렇게 고양이와 손장난을 치다가 갑자기 무언가를 떠올렸는지 눈을 동그랗게 뜬 채 다시 고개를 쳐들었다.

"그나저나 이름은 뭐로 지어주면 좋을까요?"

"동물한테 이름 같은 거 지어주면 나중에 정들어서 못 헤어져. 하지 마."

원일의 충고에도 불구하고 루나는 들은 체도 하지 않고 고양이를 마주 보며 이름을 고르기 시작했다.

"음. 뭐가 좋을까…."

그리고 잠깐의 고민 끝에 루나는 불운한 것으로 유명한 한 쉽 캣(Ship cat)의 이름을 입에 담았다.

"군함에 탄 고양이니까… 오스카*?"

"불길하게 그딴 이름 지어주지 마!"

고양이 한 마리 때문에 배를 침몰시킬 셈이냐?

"그럼 키티?"

"그건 너무 직관적이잖아."

원일이 연달아 이름에 퇴짜를 놓자 루나는 불만스럽게 뺨을 부풀리며 투덜거렸다.

"이것도 안 된다, 저것도 안 된다… 뭔가 추천하고 싶은 이름이라도 있으셔서 그러시는 거예요?"

"그러니까 이름을 짓지 말자니까!"

* 오스카(Oskar) : 전함 비스마르크의 쉽 캣. 그가 탑승했던 모든 군함이 침몰한 것으로 유명하다.

하지만 루나는 무슨 생각에서였는지 한동안 원일을 똑바로 쳐다보더니, 갑자기 손뼉을 딱 치며 제멋대로 고양이의 이름을 확정해버렸다.

"…아. 역시 그게 좋겠네요. 앞으로 의무실에서 키울 고양이니까 이름은 '의무장'으로 하죠!"

"그게 뭐야?"

갑작스럽게 직책을 뺏긴 원일이 어처구니없다는 표정으로 노려보는데도 루나는 꿋꿋이 고양이에게 이름을 가르치고 있었다.

"의무장, 손!"

"야옹."

고양이가 귀찮다는 투로 루나의 손을 세게 내리쳤다.

그러고 보면 연방군에도 짬 타이거에게 싫어하는 상관의 이름을 붙여주고, 사람이 보지 않는 곳에서 몰래 걷어차 스트레스를 푸는 못된 병사들이 간혹 있었다.

설마, 루나는 그런 이유에서 고양이에게 '의무장'이라는 이름을 붙여준 걸까?

하지만 원일은 이내 고개를 가로 저었다.

'…그럴 리가 없지.'

루나가 그런 쩨쩨한 이유로 고양이를 괴롭히는 위인도 아니었거니와— 애초에 잿빛 10월의 수병들이 뒤에서 흉을 볼 정도로 상관을 무서워했더라면 원일의 고민도 반으로 줄었을 것이다.

"그 고양이에게 쓰는 관심의 반만이라도 상관들에게 보여줬으면 좋겠는데 말이야."

원일은 몸을 푹 수그린 채 고양이와 눈을 맞추는 루나를 뒤에서 쳐다보며 혀를 찼다. 똑같은 '사내'인데 종이 다르다고 이렇게 대우가 달라지다니. 원일은 짐짓 못마땅한 기분이 들어 밉살스러운 말을 입에 담았다.

”그나저나 당직 안서고 여기서 계속 땡땡이치고 있어도 되는 거야? 뭐, 기관장님께 늦어진다고 내가 대신 전해줘도 상관은 없다만….“

그제야 시간을 알아차렸는지, 루나가 시계를 쳐다보며 파르르 호들갑을 떨었다.

”헉, 언제 시간이 이렇게 되었지? 자, 잠시 만요! 금방 나갈게요!“

루나는 입구에 걸어둔 안전모와 ID 카드를 챙겨든 다음, 마지막으로 다시 한 번 고양이의 머리를 쓰다듬었다.

"잘 자, 의무장."

어째 고양이의 이름은 이미 의무장으로 완전히 굳어진 모양이었다. 심야의 조그마한 불청객도 이제 그 말이 저를 부른다는 것을 이해했는지 작게 소리를 내 화답했다.

"야옹."

루나는 아쉬운 표정으로 한동안 떠나기를 주저했지만, 시간이 워낙 늦었던지라 곧 바지런히 발걸음을 재촉하며 갑판 위로 향했다.

원일은 멀어져가는 발걸음 소리에 귀를 기울이며 고양이를 힐끗 쳐다보았다. 고양이는 양 다리를 뻗어 몸을 쭉 늘이더니, 원일이 자리를 권하기도 전에 모포를 깔아놓은 상자 안으로 기어들어가 누울 자리를 스스로 마련했다. 뻔뻔스럽기까지 한 그 행동을 보고 있노라니, 원일은 저도 모르게 웃음을 터트렸다.

"…하여간 영물이라니까."

그리고 그는 하품을 하며 시계를 쳐다보았다.

시간은 벌써 새벽 네 시에 가까워져 있었다. 깨어있기에도 잠이 들기에도 애매한 시간이었지만, 원일은 침대에 기어들어가 눈을 붙이고 억지로 다시 잠을 청했다.

"그르릉…."

침대 아래에서 고양이가 골골대는 소리가 들려왔다.

'별 일 없으면 좋으련만….'

하지만 밀려드는 불길한 예감 탓에 침대에 눕고 난 이후에도 원일은 한동안 잠을 이루지 못했다.

-3-

다음 날, 점심.

원일이 점심 식사를 마치고 돌아와 커피를 달이고 있는데, 갑작스럽게 쇼우코 대위가 의무실에 들이닥쳤다. 근 사흘 동안 그녀는 사관구역의 개인 침실에 죽 틀어박혀 있었기 때문에, 원일도 며칠 만에 처음으로 군의관의 얼굴을 마주하고 있었다.

"가, 갑자기 무슨 일이십니까?"

원일은 혹시 배에 급한 환자라도 생긴 게 아닐까 일순 긴장했지만… 아니나 다를까. 쇼우코는 그의 얼굴을 보자마자 눈을 반짝이며 실없는 말부터 꺼냈다.

"의무실에 고양이가 있다면서?"

"…어디서 그런 소문을 듣고 오신 겁니까?"

원일은 군의관의 말에 바로 답하지 않고 역으로 되물었다. 어제 루나가 고양이를 데리고 의무실에 오는 걸 누가 보기라도 한 걸까? 하지만 쇼우코 대위의 입에서 흘러나온 출처는 전혀 예상 밖의 인물이었다.

"루나가 아침 식사하면서 말해주던데? 어제 배 안에서 고양이 주웠다고."

이 계집애가…!

사관들에게는 비밀로 해 달라면서, 본인이 먼저 폭로하고 다니면 어쩌자는 건지!

물론 의무실에 숨겨 두었으니 쇼우코 대위라면 언젠가 알게 되었겠지만, 원일은 루나가 먼저 엠바고를 깬 것이 자못 불만스러웠다.

원일이 확답을 주지 않고 돌아서서 커피만 홀짝거리자, 쇼우코 대위는 그에게 다가가서 옆구리를 쿡쿡 찌르며 짐짓 책망하는 시늉을 했다.

"그보다 의무실에서 일어나는 일을 군의관의 허가 없이 처리하다니… 의무장, 요새 건방지네."

하지만 원일은 여전히 삐딱한 태도를 고수하며 말을 배배꼬았다.

"군의관님부터가 의무실에는 코빼기도 비치지 않으시면서… 저 혼자 있을 때 제가 의무실을 어떻게 쓰든 무슨 상관이십니까?"

"그거야 의무장을 배려해주려고 그런 거지. 듣자하니 매일 밤 수병들을 바꿔가며 의무실에서 불장난을 친다면서? 한창 거사 치르고

있을 때 상관이 기웃거리면 방해가 되잖아."

"…누가 그런 헛소리를 합니까?"

원일이 미간을 찌푸리며 되물었지만 쇼우코는 들은 체도 하지 않고 계속 헛소리를 늘어놓았다.

"아, 그래도 피임은 철저히 해야 해. 임신이라도 하면 배를 내려야 하니까 수병 입장에서는 곤란하다고. 가끔 콘돔 개수가 재고랑 다르더라도 눈감아 줄게."

"어휴… 내가 말을 말아야지. 됐습니다."

원일의 반응이 예상보다 미적지근하자 쇼우코 대위는 흥이 식었는지 입을 비죽 내밀고 툴툴거렸다. 하지만 곧 그녀는 자신이 의무실을 찾아온 이유를 다시 떠올려내고 어린 아이처럼 칭얼거렸다.

"하여튼 고양이 보여줘, 고양이!"

고양이의 존재를 숨기는 것도 이제는 별 의미가 없겠다 싶어 원일은 침대 아래에서 고양이가 몸을 누이고 있던 상자를 밖으로 거칠게 끌어냈다.

문제의 그 새끼 고양이는 갑작스럽게 낮잠을 방해받은 게 불쾌했는지 낮게 하악질을 했지만, 쇼우코 대위는 거리낌 없이 고양이를 바로 안아 올렸다.

"흐아아아…."

품 안에 따끈따끈한 털 뭉치를 안아들자 쇼우코 대위는 어제의 루나가 그랬던 것처럼 기괴한 탄성을 내지르며 헤픈 표정을 지었다. 고양이를 끌어안았을 때 얼굴이 풀어지는 건 동서(東西)를 불문하고 공통적으로 일어나는 생리현상인가 보다.

처음 보는 사람이 손을 댔는데도 고양이는 의외로 평온한 표정을 지으며 낮게 골골거렸다. 흔히들 고양이는 낯을 심하게 가린다고 하는데, 이 새끼 고양이는 그렇지도 않은 모양이었다. 어제도 루나가 꽤나 난폭하게 끌고 왔는데도 싫은 기색을 보이지 않았으니….

하지만 정작 원일한테는 손도 허락하지 않는 걸 보면 그냥 여성에게만 무른 녀석일지도 모른다. 원일은 못마땅한 표정으로 고양이를 흘겨 보았다.

'주제에 성별을 가리긴.'

그 사이 군의관은 고양이의 배를 열심히 조물거리더니, 손가락 끝으로 앞발의 육구(肉球)를 꾹꾹 누르며 한심한 표정으로 헤죽거렸다.

"아아… 이 말랑말랑한 육구, 너무 좋아!"

"묘한 녀석이네요. 어제 제가 안으려고 했을 때는 앞발로 할퀴려고 하더니만."

"그건 의무장의 심술이 얼굴에 배어 나와서 그런 거야. 좀 더 나처럼 따듯한 마음씨를 가지라고!"

원일은 쇼우코 대위의 헛소리를 귓등으로 흘리며 빠르게 화제를 돌렸다.

"그나저나 군의관님이 고양이를 좋아하시다니 의외네요. 털 난 짐승은 싫어하시는 줄 알았는데 말이죠."

쇼우코 대위는 특유의 무던한 성격과는 정반대로 일상에서는 병적일 정도의 깔끔을 떠는 타입이었던지라, 원일은 옷에 털을 잔뜩 묻혀가며 고양이와 손장난을 치는 그녀가 새삼 낯설게 느껴졌다. 하지만 쇼우코는 그의 질문에 어처구니가 없다는 표정을 지으며 반문했다.

"그게 무슨 소리야. 자고로 일본인이라면 고양이를 좋아하는 게 당연하잖아?"

"생선회도 못 드시는 분이 갑자기 무슨 바람이 들어서 일본인 타령을 하십니까?"

원일의 입에서 생선이라는 말이 나오자 쇼우코 대위는 갑자기 생각났다는 투로 물었다.

"아, 그런데 이 고양이한테 뭔가 먹였어?"

"아니요. 아무것도요. 그러고 보니 이 녀석, 그동안 배 안에서 뭘 먹고 살았던 걸까요?"

중세 시대의 범선에서 기르는 고양이라면 쥐나 바닥에 떨어진 잔반을 먹고 자랐겠지만, 병적으로 청결에 집착하는 조리장이 있는 이 잿빛 10월에는 쥐도 잔반도 존재하지 않는다. 어쩌면 배에 승선하고 나서 계속 굶고 있었을지도 모르겠다는 생각에 이르자, 원일은 얼굴을 찌푸리며 커피 잔을 내려놓았다.

"창고에서 건조 분유라도 가져올까요?"

"아니, 고양이한테 사람 먹는 우유주면 안 돼. 소화를 못 시키거든. 차라리 주방에서 쌀을 좀 받아다가 미음을 끓여주는 게 더 좋을 거야."

"미음이라…."

"아, 잠깐 기다려봐. 그러고 보니 괜찮은 게 있어."

군의관은 곧바로 환자 침대 옆에 설치된 개인 캐비닛을 뒤지더니, 그 안에서 마른 장작 같은 물건을 하나 꺼내들었다.

"그게 뭡니까?"

"가쓰오부시야."

"아… 가다랑어 포 말이군요."

딱딱하게 건조된 통 가쓰오부시는 식재료라기보다는 길가에 굴러다니는 마른 나무토막처럼 보였다. 그동안 원일은 얇게 포를 떠 저민 가쓰오부시만 보았기 때문에 통으로 말린 가다랑어 포는 낯이 설었다.

"전에 부모님이 보내주셨는데, 어디에 둘지 몰라서 캐비닛 안쪽에 쳐 박아 두었거든. 엄마도 참… 내가 해산물을 못 먹는다는 걸 알면서도."

쇼우코 대위는 이어서 조그마한 대패를 꺼내들더니, 가쓰오부시를 대패에 대고 문질러 곱게 포를 뜨기 시작했다. 얇게 저며진 가다랑어 포가 대패 아래에 쌓이자, 그제야 원일은 반가운 표정을 지으며 코를 가까이 했다.

"튀김 위에 뿌리는 가다랑어 포가 이렇게 만들어지는 거였군요. 바로 갈아내니 향이 좋네요."

"그렇지? 케즈리부시(削り節, 깎아 둔 상태의 가다랑어 포)는 쓰기에는 편리해도 오래두면 향이 날아가기 때문에 필요할 때마다 이렇게 조금씩 깎아서 쓰는 게 좋아."

그리고 군의관은 조금 더 속도를 높여 가쓰오부시를 힘껏 눌러 깎기 시작했다. 대팻날 끝에서 포가 얇게 저며질 때마다 가다랑어 특유의 감칠내가 진하게 풍겨 올라왔다.

한편, 원일은 그 광경을 보며 때 아닌 의문을 떠올렸다. 쇼우코 대위는 그동안 생선 냄새라면 견디질 못했는데… 가쓰오부시의 냄새만큼은 예외였던 걸까?

하지만 아니나 다를까. 숙성된 가다랑어의 향기가 의무실을 가득 채우자 쇼우코는 곧 표정을 찌푸리며 헛구역질을 하기 시작했다. 그리고 그녀는 손으로 입을 가리며 가쓰오부시를 원일에게 내밀었다.

“우욱…. 역시 안 되겠어. 의무장. 이거 밖에 가지고가서 갈아줘.”

“…그러실 줄 알았습니다.”

원일은 한숨을 내쉬며 그녀에게서 가쓰오부시와 대패를 받아들고 의무실 밖으로 나왔다. 의무실 밖 복도는 지나가는 사람 하나 없이 조용했다.

원일은 포를 깎기 전에 손에 쥔 가쓰오부시를 다시 천천히 살펴보았다. 아까 얼핏 보았을 때는 평범한 나무토막 같다고 생각했지만, 가까이서 보니 다른 말린 생선들처럼 뼈를 발라낸 자국이나 꼬리의 흔적이 남아있었다. 전에 해인이 말하기를 잘 말린 가쓰오부시는 옻칠을 한 것처럼 단단하고 흑갈색의 광택을 띈다고 했는데, 군의관이 준 것 역시 그랬다.

‘어쩐지 고양이에게 주기에는 좀 아까운 걸.’

하지만 사람이 나누어 먹을 만큼 양이 많은 것도 아니었던지라. 원일은 곧 체념하고 가쓰오부시를 대패에 문질러 포를 내기 시작했다. 가쓰오부시를 깎는 것은 처음이었지만, 요령 자체는 강판으로 무즙을 내는 것과 별반 다르지 않았다. 그가 손을 놀릴 때마다 가다랑어 포가 연필밥처럼 튀어 오르며 그의 손 등을 간질였다.

한창 원일이 정신없이 가쓰오부시를 깎고 있노라니, 갑자기 누군가가 뒤에서 그에게 넌지시 말을 걸었다.

"웬 가쓰오부시 입니까?"

"아, 고양이 밥을 만들려고… 우앗!?"

원일은 무의식적으로 대답을 했다가, 상대를 확인하고 소스라치게 놀라 비명을 질렀다. 그에게 말을 건 사람은 다름 아닌 이 배의 조리장인 해인이었다. 제일 들키고 싶지 않았던 상대와 이렇게 맞닥트릴 줄이야….

원일은 그녀가 자신이 한 말을 잘못 들었기를 바랐지만, 해인은 그가 한 말을 정확히 되뇌었다.

"고양이 밥을… 만든다고요?"

"아, 그러니까… 고양이가…."

원일은 황급히 손을 내저으며 변명을 짜내느라 끙끙거렸다. 하지만 이상하게도 해인은 원일이 제대로 답을 하지 못하는데도 이해했다는 표정으로 고개를 끄덕였다.

"**네코메시(ねこめし)** 말이군요. 가벼운 식사로는 나쁘지 않겠지만… 점심 먹은 지 얼마나 지났다고 벌써 참을 준비하고 계시는 겁니까?"

그녀의 입에서 낯선 일본 단어가 흘러나오자 원일은 저도 모르게 말을 더듬었다.

"…네, 네코메시?"

"고양이 밥을 만든다고 하지 않으셨습니까? 제가 모르는 다른 고양이 밥이 있기라도 합니까?"

확신은 할 수 없었지만 아마 해인은 '고양이 밥'이라는 말을 동명의 다른 음식으로 착각한 모양이었다. 원일은 그 네코메시라는 음식이 어떤 것인지도 모르면서 무턱대고 맞장구를 쳐 주었다.

"아, 맞아. 네코메시. 군의관님이 갑자기 드시고 싶다고 하셨거든. 그래서 가쓰오부시를 깎던 중이었어."

"…군의관님이 생선이 들어간 음식을 드시고 싶다고 하셨다고요?"

아뿔싸. 닥치는 대로 말하다 보니 실언을 하고 말았다. 하지만 이미 엎질러진 물이었다. 원일은 될 대로 되라는 기분으로 아무 말이나 내뱉었다.

"뭐, 살다보면 그럴 때도 있지 않을까?"

"…별일이군요."

해인은 시큰둥한 표정으로 말을 흐렸지만, 어쩐지 그녀의 눈에는 묘한 의욕이 떠올라 있었다. 마치 편식을 하던 자녀에게서 갑자기 채소 요리가 먹고 싶다는 말을 들은 것 마냥, 해인은 분주하게 생선이 들어간 레시피를 찾기 시작했다.

"모처럼 새로운 식재에 도전할 의욕이 나셨다니 반가운 일이로군요. 군의관님께 참을 너무 많이 드시지는 말라고 전해주십시오. 저녁에는 맑은 대구탕을 끓여두겠습니다."

해인은 그렇게 말하고 주방을 향해 분주히 걸어갔다. 원일은 커다란 오해를 한 해인에게 무어라 하지도 못하고 한동안 그 자리에 우두망찰 서 있었다.

"…이런, 큰일 났네."

원일은 잘게 깎아낸 가다랑어 포를 긁어모아 의무실 안으로 들고 들어왔다. 그리고 그를 기다리고 있던 군의관에게 담담히 비보를 전했다.

"군의관님. 오늘 저녁은 맑은 대구탕이라는데요."

저녁 메뉴에 생선이 들어간다는 말을 듣자마자 쇼우코는 하늘이 무너진다는 소식이라도 들은 것처럼 얼굴을 잔뜩 찌푸렸다.

"뭐? 그럼 나 오늘 저녁 거를 거야."

하지만 군의관의 이름을 팔아먹은 이상, 원일도 순순히 물러날 수는 없었다.

"이번에는 군의관님 책임도 있으니 저녁 한 끼 정도는 협력해주시죠."

"그게 무슨 소리야?"

쇼우코가 이상하다는 투로 반문했지만, 원일은 대답해 주지 않았다. 군의관이 그 말이 무슨 뜻인지 알게 된 것은 해인이 냄비 가득 대구탕을 담아 직접 의무실로 찾아왔을 때였다.

-4-

그로부터 며칠이 지났을까.

갑작스럽게 환자가 발생한 것도 아니건만, 의무실은 때 아닌 손님들로 문전성시를 이루고 있었다. 의무실을 찾은 승조원들은 말을 맞추기라도 한 것처럼 한 목소리로 **의무장**을 찾았다.

"**의무장** 있어? …아니, 너 말고. 그 고양이."

"저, 여기에 **의무장**이 있다고 해서 왔는데요. …아뇨, 이원일 일조님 말고 그 고양이요."

물론 당연하게도 그들이 찾는 '의무장'은 원일이 아닌, 루나가 얼마 전에 데리고 온 그 새끼 고양이를 이르는 말이었다. 고양이를 찾는 승조원의 숫자는 날이 갈수록 늘어나, 끝내는 **진짜 의무장**인 원일이 사람들을 피해 식당 휴게실에서 비번 시간을 죽여야 하는 상황에까지 이르렀다.

이러다 보니 해인을 제외한 모든 승조원이 고양이의 존재를 알고 있는 게 아닐까, 하는 생각이 들 정도였다.

"…야, 루나. 어째서 승조원들이 죄 고양이의 존재를 알고 있는 거야? 고양이를 비밀로 해달라고 한 건 너였잖아?"

원일은 비번을 틈타 의무실에 들려 고양이를 열심히 쓰다듬고 있던 루나를 흘겨보며 불평을 늘어놓았다. 하지만 루나는 뻔뻔하게도 입술에 침도 바르지 않은 채 자신이 전에 했던 말을 날름 삼켜버렸다.

"의무장님도 참… 이렇게 귀여운 걸 어떻게 자랑 않고 배겨요?"

"너 고양이 숨길 생각 없는 거지?"

"앗, 방금 하품하는 거 보셨어요? 아휴, 깜찍해라!"

그녀는 이제 원일의 말에 대꾸조차 하지 않았다.

루나에게 무시당하는 것도 이제는 새삼스러운 일이 아니었던지라, 원일은 한숨을 내쉬며 천천히 화제를 돌렸다.

"그런데 왜 다들 고양이를 의무장이라고 부르는 거야?"

"그야 이름을 그렇게 지었으니까요."

"나랑 헷갈리잖아!"

원일이 진지하게 화난 목소리로 성을 내는데도 루나는 되레 뜨악한 표정을 짓더니 그를 위아래로 조심스럽게 훑어보았다.

"으엑, 설마 의무장 님…. 스스로를 새끼 고양이와 견줄 정도로 귀여운 외모의 소유자라고 착각하고 계신 건 아니시겠지요?"

"외모 이야기를 하는 게 아니야! 호칭 말이라고!"

말이 계속 갈피를 잡지 못하고 삼천포로 새어나가자 곧 원일은 루나와의 대화를 완전히 포기해버렸다. 그러고 보니 전에도 이런 일이 있었던 것 같은데….

그 때, 의무실 밖에서 누군가가 가볍게 문을 두들겼다.

"의무장. 조리장입니다. 잠깐 이야기 좀 할 수 있겠습니까?"

해인이었다. 그녀의 목소리를 듣자마자 원일과 루나는 하얗게 질린 표정으로 서로를 마주보았다.

"조, 조리장님이 어째서 이 시간에?"

"루나, 고양이 숨겨! 빨리!"

루나가 황급히 고양이를 침대 아래에 밀어 넣는 것과 동시에 해인이 타이밍 좋게 의무실 안으로 들어섰다. 그녀는 엉거주춤한 자세로 숨을 몰아쉬고 있는 원일과 루나를 이상한 눈빛으로 쳐다보았다.

"…뭘 하고 계셨던 겁니까?"

"아, 아, 아무것도 아니야! 그보다 무슨 일이야?"

"벼, 벼, 벼, 별일 없었어요! 하하하…."

해인은 여전히 수상쩍다는 표정으로 둘을 번갈아 보았지만, 곧 대수롭지 않게 여겼는지 의심의 눈길을 거두고 자신이 의무실에 온 용건을 단도직입적으로 밝혔다.

"그게… 요새 의무장에 대한 이상한 소문이 떠돌아서 말입니다. 혹시 알고 계셨습니까?"

"이상한 소문? 모르겠는데."

원일은 정말로 금시초문이었기에 솔직하게 고개를 가로저었다. 하지만 해인은 원일이 알면서도 잡아뗀다고 생각했는지 미간을 더욱 깊게 찌푸리며 품에서 사관 수첩을 꺼내들었다.

"아, 그런가요? 그럼 제가 식당에서 직접 전해들은 이야기만 몇 가지 추려서 읊어드리지요.

'잠에서 깨어보니 **의무장**이 수병들의 속옷 빨래 바구니에 머리를 파묻고 있었다.', '**의무장**이 새벽에 침대 위에 뛰어들어 가슴에 손을 대고 꾹꾹이를 했다.', '**의무장**이 조례 시간에 자꾸 치마 속으로 파고 들어서 곤란하다.'

…이 중에서 한 가지라도 짚이는 일이 있으십니까?"

해인이 적어온 이야기를 듣자마자 원일은 마음속으로 비명을 지르고 말았다. 짚이고 말고를 떠나서 그 이야기 모두가 **고양이 의무장**이 저지른 일 임이 분명했기 때문이었다.

'의무장, 이 녀석이 정말…!'

하지만 해인이 적어 온 증언은 계속되었다.

"더군다나 감정 표현이 적기로 소문난 갑판부의 수병들조차도 요새는 '**의무장**이 너무 사랑스러워서 견딜 수가 없다.' 라는 이상한 소리를 하고 있었습니다. …이원일 일조. 도대체 수병들에게 무슨 짓을 하고 다니시는 겁니까?"

원일은 어금니를 꽉 깨물며 재빠르게 머리를 굴렸다.

해인이 읊어준 사례들은 확실히 당사자인 원일이 듣기에도 충분히 의심스러웠다. 고양이가 했다고 하면 그저 귀여운 애완동물의 애교로 볼 수 있겠다만, 똑같은 행동을 다 큰 성인 남성이 했다고 생각하니… 그저 변태의 행각으로 밖에 여겨지지 않았다.

한 편 이 사태를 불러온 장본인— 루나는 해인의 말을 듣더니 끅끅거리는 소리까지 내며 억지로 웃음을 참고 있었다. 야, 임마. 웃지마. 네가 자처한 일이잖아.

마음 같아서는 그건 자신이 아니라 동명의 고양이가 한 짓이라고 털어놓고 싶었지만, 루나와의 약속이 있었던지라. 원일은 더 괜찮은 핑계를 찾기 위해 열심히 머리를 굴렸다.

"어… 그게 그러니까… 그게 말이지…."

침묵이 계속 길어지자 해인은 원일이 암묵적으로 그녀의 말을 인정했다고 생각했는지 한숨을 내쉬며 그를 찬찬히 구슬리기 시작했다.

"…물론 저도 의무장이 그런 파렴치한 사람이라고 생각하고 싶지는 않습니다. 하지만 아니 땐 굴뚝에 연기 나지 않는 법입니다."

"아니야! 내가 그런 짓을 할 리가 없잖아!"

원일이 억울하다는 표정으로 비명을 꽥 지르자 해인은 약간 놀란 표정을 짓더니, 그를 다시 천천히 구슬렸다.

"그럼 솔직히 말씀해 주십시오. 의무장. 제게 숨기시는 게 있습

니까?”

당연히 있다. 의무실에서 고양이를 키우고 있으니까.

“어, 없는데?”

원일은 황급히 부정했지만, 마음에 걸리는 점이 있었던 탓에 목소리 끝이 기괴하게 갈라지고 말았다. 해인도 그걸 알아차렸는지 손가락 끝으로 미간을 누르며 깊은 한숨을 내쉬었다.

“역시… 뭔가 숨기고 있군요.”

그 때, 갑자기 루나의 뒤에서 무언가가 움직이며 바스락거리는 소리를 냈다. 루나가 황급히 뒷발로 모포를 밀어 숨겼지만, 해인은 그녀의 행동을 놓치지 않았다.

“루나 일병. 그 뒤에 숨기고 있는 게 뭡니까?”

“아, 아무것도 아니에요. 고, 곱등이가 나왔나?”

하지만 루나의 변명이 무색하게도 곧 고양이 울음소리가 울리더니, 모포 사이로 작은 털뭉치가 몸을 비집고 튀어나왔다.

“야옹.”

“앗, 의무장. 지금 나가면 안 돼!”

루나는 무심결에 고양이를 부르며 자리에서 돌아섰다. 그녀는 금세 아차 싶은 표정을 지었지만, 이미 해인도 루나가 **고양이를 무어라 불렀는지** 똑똑히 듣고 난 후였다.

“…의무장?”

“어, 그러니까. 의무실에 있는 고양이라… 음….”

루나는 빈약한 어휘를 섞어가며 변명을 하려고 했지만 이미 해인의 표정은 싸늘하게 식어있었다. 해인은 드물게 관등성명을 정식으로 읊어가며 둘을 자신의 앞에 일으켜 세웠다.

"…루나 클라인 일등수병, 이원일 일등병조."

""네, 넵!""

"저는 지금. 냉정함을 잃으려 하고 있습니다."

해인은 단어를 뚝뚝 끊어가며 위압감 넘치는 목소리로 말했다.

"설명해 주시죠. 자세하게."

그녀의 그 싸늘한 표정을 보고 있노라니. 루나와 원일은 전의를 잃고 그간 있었던 일을 모두 실토하고 말았다.

-5-

사건의 자초지종을 듣자 해인은 어처구니가 없다는 표정으로 고양이를 내려다보며 한숨을 내쉬었다.

"하… 그래서 이 고양이에게 의무장이라는 바보 같은 이름을 붙여줬다는 말입니까?"

"그러니까 그 이름은 내가 붙인 게 아니라…."

"의무장은 조용히 하십시오!"

해인이 일갈을 하자 고양이가 저를 부르는 줄 알았는지 손을 들며 낮은 울음소리로 답했다.

"야옹."

그 광경이 퍽이나 우스꽝스러웠는지 루나가 분위기 파악도 못하고 입을 가리며 키득거렸다. 해인은 낮게 헛기침을 하여 목을 틔운

다음, 다시 원일에게 질문을 던졌다.

"그보다 이원일 일조. 왜 제가 고양이를 싫어할 거라고 생각하셨습니까?"

"그야 고양이는 털을 날리니까 주방 위생에 방해가 될 거라고 생각해서…. 고양이 안 싫어해?"

원일의 물음에 해인은 입술을 비죽 내밀며 길게 불만을 털어놓았다.

"제가 주방에 기어들어오는 고양이 한 마리도 관리 못할 정도의 무른 사람처럼 보이십니까? 게다가 더러운 걸로 치면 검댕 묻은 옷을 제대로 빨지도 않은 채 식당에 들어오는 기관부 수병들을 먼저 제재해야 할 겁니다."

"그게 무슨 모함이에요? 사람을 짐승이랑 비교하다니… 기관장님께 이를 거예요!"

루나가 발끈해서 따지는 데도 해인은 얼굴색하나 바꾸지 않고 태연히 반격했다.

"시끄럽습니다, 루나 일병. 당신이 손에 그루밍이라도 하고 식당에 들어왔더라면, 제가 손을 닦으라고 언성을 높이는 일도 없었을 겁니다. 당신은 대체 하루에 손을 몇 번이나 씻고 있습니까?"

"으으…."

그녀의 정론에 루나는 더 이상 반박을 하지 못하고 앓는 소리를 내며 뒤로 얌전히 물러섰다.

해인이 골치가 아프다는 표정으로 관자놀이를 꾹꾹 누르고 있노라니, 고양이가 갑자기 풀쩍 뛰어올라 그녀의 품 아래에 내려앉았다.

갑자기 낯선 고양이가 품에 뛰어들었는데도 해인은 당황하지 않고 그대로 손을 뻗어 고양이의 목덜미를 가볍게 긁어주었다. 고양이도 그 손길이 마음에 들었는지 눈을 감은 채 낮게 고롱거렸다.

"그르르르…."

해인의 그 자연스러운 손놀림은 고양이를 싫어하는 사람처럼 보이기는커녕, 오히려 오랫동안 고양이를 키워 온 애묘인처럼 보일정도였다. 원일은 설마 하면서도 혹시 몰라 조심스럽게 말을 꺼냈다.

"저기, 조리장."

"왜 그러십니까?"

해인은 여전히 퉁명스러운 표정으로 원일의 시선을 피하고 있었다.

"혹시 이 고양이가 배에 타고 있던 거… 이미 알고 있었어?"

원일 딴에는 숙고 끝에 조심스레 꺼낸 질문이었건만. 그 숙고가 무색하게도 해인은 시원스레 고개를 끄덕였다.

"물론입니다. 이 고양이가 그동안 어디서 밥을 먹고 있었다고 생각하셨던 겁니까?"

"…세상에."

루나가 경악스러운 표정을 지으며 입을 딱 벌렸다.

어쩐지 굶은 것 치고는 영양상태가 좋다 싶더니만… 루나가 발견하기 전까지 고양이를 돌보고 있었던 사람은 다름 아닌 해인인 모양이었다.

그제야 조금이나마 속이 시원해졌는지 해인은 장난기 넘치는 미소를 지어보이며 원일을 쳐다보았다.

"저는 애초부터 고양이를 키우는 데 반대할 생각이 없었습니다. 둘 다 괜한 헛고생을 했군요."

그럼 그동안 루나와 호들갑을 떨어가며 촌극을 벌인 것도 다 헛고생이었단 말인가. 원일은 괜스레 약이 올라 해인이 안고 있는 고양이를 사납게 흘겨보았다.

하지만 고양이는 오히려 그를 놀리기라도 하는 것처럼 해인의 허벅지에 머리를 비비적거리며 아양을 떠는 것이었다.

"야옹."

-6-

결론부터 말하자면, 그 문제의 새끼 고양이는 잿빛 10월에 그대로 눌러앉게 되었다. 사관 회의에서 고양이의 처분이 논의되었으나 루나의 걱정과는 달리 사관들은 배 안에서 고양이를 키우는 데 적극적으로 찬성했고, 심지어 함장은 고양이에게 '승조원의 스트레스 관리를 위한 정신과 의무관'이라는 직책까지 주어 잿빛 10월의 군적에 정식으로 올려버렸다.

원일은 고양이에게 직책을 부여하는 군함이 세상 어디에 있느냐고 따져 물었지만, 함장은 그가 착임했을 때의 일을 거론하며 역으로 비꼬아 되물었다.

"그렇게 치자면 애초에 잿빛 10월에는 남성 승조원 TO가 없는데 말이지—."

아픈 곳을 찔린 탓에 원일은 함장의 제안을 울며 겨자 먹기로 수

용했다. 다만 고양이털이 호흡기 환자들의 건강에 나쁠 수도 있다는 의견은 받아들여져 고양이의 보금자리는 인적이 드문 함 구석에 따로 마련되었다.

하지만 그 이후에도 어째서인지 고양이는 시간만 나면 계속 의무실에 기어들어왔고, 자연스럽게 고양이의 식사와 화장실 담당은 원일이 맡게 되었다.

"…그보다 어째서 내가 고양이 화장실을 치워주고 있어야 하는 거야. 이런 건 루나가 책임진다고 하지 않았어?"

원일이 고양이 화장실용 모래를 치우며 툴툴거리고 있노라니, 마침 고양이에게 점심밥을 챙겨주러 의무실을 방문했던 해인이 한심하다는 표정으로 그를 올려다보았다.

"그러니까 처음부터 솔직하게 털어놓고 당번을 정하지 그랬습니까. 동료 사관들을 속이고 비밀을 만드니까 업보를 받은 겁니다."

어쩐지 해인은 아직도 원일에게 골이 난 것처럼 보였다. 아마도 타 부서원인 루나와 비밀을 만들고 그녀를 속였다는 것에 큰 배신감을 느낀 모양이었다.

원일 역시 고의는 아니었다지만 같은 부서의 동료에게 거짓말을 했다는 사실이 켕겼던지라 변명을 하듯 말끝을 흐렸다.

"하지만… 전에도 말했지만 조리장은 위생에 예민하니 고양이를 싫어할 거라고 생각했다니까."

하지만 해인은 그의 변명에 더욱 토라진 표정을 지으며 입술을 비죽 내밀었다.

"아직도 저를 그렇게 모르십니까? 그보다 **저희 사이에** 비밀은 없는 줄 알았는데요."

해인의 그 말투에는 어쩐지 요염한 구석이 있어 원일은 저도 모르게 얼굴을 붉혔다.

"그게 무슨…."

"농담입니다."

해인은 혀를 비죽 내밀고 돌아서서 쿡쿡 웃었다. 어쩐지 그런 그녀의 반응이 생경스러워서 원일은 복잡한 표정으로 머리만 긁적였다.

"네가 농담을 즐길 줄은 몰랐는걸."

"사람을 벽창호처럼 말하지 마십시오. 아랫사람들을 관리하다보니 호불호를 드러낼 기회가 없었던 것뿐이지, 저도 마냥 돌부처는 아닙니다. …저도 싫은 소리를 들으면 화를 낸다고요?"

그리고 해인은 지나가는 말처럼 끝에 한 마디를 덧붙였다.

"그러니까 속 좀 썩이지 마십시오, **의무장.**"

"지금 뭐라고 했어?"

원일이 미간을 찌푸리며 그녀를 홱 돌아보았지만, 해인은 자신이 언제 그랬냐는 듯 시치미를 뚝 떼며 고양이를 쓰다듬었다.

"당신 말고, 이 의무장 말하는 겁니다."

그리고 해인은 고양이의 뺨을 쿡쿡 찌르며 살며시 미소를 지었다.

고양이가 야옹하고 울었다.

(끝)

ASH OCTOBER

2. 알루 마살라

-1-

'미쳤지, 미쳤어….'

트리샤는 얼굴을 붉히며 황급히 고개를 가로저었다. 어째서 갑자기 **그 날**의 기억이 떠오른 걸까?

본래 부끄러운 기억이라는 것은 전혀 예상치 못한 순간에 튀어 올라 사람을 당혹스럽게 만든다지만, 이번에는 타이밍이 안 좋아도 너무 안 좋았다.

그 때, 트리샤는 마침 점심식사에 낼 고추잡채를 만들기 위해 돼지고기를 가늘게 채 썰고 있던 중이었다. 평범하게 채를 써는 것이라면 모르겠지만, 그녀가 오늘 만들어야 하는 돼지고기 채는 길이와 모양이 모두 일정한, 완벽한 돼지고기 채였다. 그녀의 상관인 이해인 조리장은 요리의 맛은 물론이고 모양에도 크게 신경을 쓰는 사람이기 때문에 채의 길이가 일정하지 않다면 잡채의 맛이 아무리 좋다 하더라도 'Reject'를 줄게 뻔했다.

잘라내도 단단한 모양을 유지하는 채소와는 달리 지방질로 미끈거리는 돼지고기는 균일한 길이를 맞춰 자르기가 영 까다로웠다. 조금이라도 잡생각을 했다가는 채의 끝이 뭉개질 지도 모른다.

그런데 그 타이밍에.

갑자기 **그 날**의 기억이 떠오른 것이다.

'호, 혹시… 호모세요?'

"아아…."

그 날의 기억이 또렷하게 머리 위로 떠오르자 트리샤는 낮은 신음을 흘리며 재차 고개를 가로저었다.

'도대체 나는 무슨 정신으로 그런 짓을 벌인 거람?'

자루비노 항에서 바비큐 파티가 있었던 날. 트리샤를 포함한 잿빛 10월의 수병들은 술에 거나하게 취해서 원일을 말 그대로 덮쳐버렸다.

다행(?)스럽게도 그들의 시도는 미수로 그쳤지만, 그렇다고 상관을 덮친 일이 없던 사실이 되는 건 아니었다. 특히 그 날의 트리샤는 다른 수병들보다 더한 추태를 보였었다. 상관에게 '호모가 아니냐'는 질문을 던지는가 하면, 그의 허벅지 위에 올라타 바지를 벗기려 들기까지 했다.

다음 날 사과를 하러 갔을 때, 원일은 쓴 웃음을 지으며 괜찮다고 말했지만, 어쩐지 그 이후로 원일은 묘하게 트리샤를 피하는 것처럼 보였다.

'분명 실망하신 거겠지….'

평소에는 남자가 무섭다느니- 다가가기가 어렵다느니- 그래놓고선. 술에 취하자마자 꼴사나운 모습을 보였으니, 그가 질색할 만도 했다.

하지만 트리샤는 아직도 왜 그렇게 대담한 행동을 했는지 본인 스스로도 이해하지 못하고 있었다.

'차라리 기억이라도 없었더라면….'

어떤 수병들은 그 날 있었던 일을 까맣게 잊고 원일과 다시 막역하게 지내기도 했지만, 트리샤의 경우에는 그렇지 못했다. 그녀의 추태는 잊혀지지 않고 계속 머릿속에 또렷하게 반복 재생되어, 이제는 없었던 기억까지 덧씌워지고 있었다.

'설마… 더 심한 짓을 했던 건 아니겠지?'

그런 생각에 빠져 있노라니, 갑자기 칸나 수병장이 그녀의 이름을 부르며 팔꿈치로 허리를 쿡쿡 찔렀다.

"…리샤. 트리샤!"

그제야 트리샤는 백일몽에서 깨어나 주변을 둘러볼 수 있었다. 그녀의 뒤에는 어느새 조리를 끝마쳤는지 이해인 조리장이 가까이 다가와 그녀의 도마를 지켜보고 있었다.

트리샤는 등을 타고 소름이 돋아 오르는 것을 느끼며 외마디 신음을 흘렸다.

"아…."

아니나 다를까. 해인은 고개를 살짝 낮추어 트리샤를 정면에서 노

려보며 싸늘한 목소리로 물었다.

“트리샤 일등수병. 칼을 든 채로 무슨 생각을 그렇게 열심히 하고 있는 겁니까?”

“죄, 죄송합니다!”

트리샤는 황급히 머리를 숙였지만, 해인의 질책은 계속 되었다.

“…그리고 레시피도 잘못 읽었나 보군요. 제가 당신에게 부탁한 고추 잡채에는 채 썬 돼지고기 등심이 들어가지, 사람 손가락이 들어가지는 않습니다.”

해인의 빈정거림에 트리샤는 황급히 자신의 도마 위를 살펴보았다. 생각에 잠겨있는 동안 손이 흔들렸는지 식칼의 칼날은 어느새 돼지고기가 아닌 그녀의 손가락 위를 향하고 있었다. 습관적으로 칼을 놀렸더라면 분명 크게 다쳤을 것이다.

‘이런 초보적인 실수를 할 줄이야.’

아까와는 다른 이유로 얼굴이 화끈거렸다. 하지만 해인은 매몰찬 어조로 그녀를 계속 꾸짖었다.

“당신이 주방에서 무슨 생각을 하던 저는 신경 쓰지 않겠습니다만, **그 따위 칼질**을 할 거면 그냥 침실로 돌아가 잠이나 자십시오.”

“아뇨, 죄송합니다. …시정하겠습니다.”

“정말로 시정이 되었으면 좋겠군요.”

해인은 마지막까지 독설을 내뱉은 다음 휑하니 제 자리로 돌아가 버렸다. 해인이 멀리 떨어지자 칸나 수병장이 못마땅한 표정을 지으며 혀를 찼다.

“우아… 말본새 좀 보소. 또 생리불순인가?”

칸나 수병장의 험담에 가까이에 있던 조리병 몇이 숨을 죽여가며 쿡쿡 웃었다. 하지만 트리샤는 그녀의 농담에도 반응하지 않고 여전히 굳은 표정으로 도마를 내려다보고 있었다.

'이상하네. 왜 이렇게 머리가 소란스럽지?'

어찌된 영문인지 머리가 복잡해서 좀처럼 칼을 들 엄두가 나지 않았다. 결국 트리샤는 칸나 수병장에게 칼자루를 내밀며 부탁을 했다.

"죄송해요, 칸나 수병장님. 아무래도 오늘은 칼을 쥐는 일이 어려울 것 같아서… 저 대신 채 좀 썰어 주실 수 있나요? 밥은 제가 할게요."

"응, 괜찮아. 칼 이리 줘."

칸나 수병장은 트리샤에게서 칼을 받아 든 다음 시원스럽게 돼지고기를 잘라가기 시작했다. 그러면서도 걱정이 가시지 않았는지 칸나는 곁눈질로 트리샤를 힐끗거리며 상태를 물었다.

"밤에 잠이라도 설친 거야? 어째 안색이 안 좋은데."

"…아뇨. 별 문제 아니에요."

"아, 혹시 그거야? 그럼 할 수 없지."

칸나 수병장은 손으로 마술봉을 휘두르는 시늉을 하며 뾰로롱- 하는 소리를 입으로 냈다.

무언가를 단단히 오해하고 있는 모양이었지만, 변명을 하는 것도 귀찮아 트리샤는 어색한 미소를 지어보이며 말끝을 흐렸다.

트리샤는 주방을 가로질러 가 커다란 볼(bowl)에 쌀을 받은 다음,

벽에 달린 수도꼭지를 틀어 볼에 물을 받았다. 쌀이 모두 잠길 만큼 볼에 물이 충분히 차자 트리샤는 그 위로 손을 넣어 천천히 쌀을 씻었다.

사그락, 사그락.

손을 놀릴 때 마다 쌀알이 이리저리 흔들리며 그녀의 손등을 부드럽게 간질였다. 차가운 물에 손을 넣어서였을까, 쌀알이 자아내는 청량한 소리 때문이었을까. 어느새 트리샤의 마음은 다시 차분하게 가라앉아 요리를 시작했을 때처럼 고요한 상태가 되었다.

'쌀을 씻는 동안에는… 잠시 딴 생각을 해도 괜찮겠지.'

그녀는 볼 안에서 소용돌이치는 쌀알들을 내려다보며 자신의 감정을 천천히 정리했다.

첫 번째 질문. 나는 의무장에게 호감을 갖고 있는가?

그 질문에는 바로 답이 나왔다.

당연하다. 술김이라지만 호감이 있지도 않은 사람에게 엉겨 붙어 아양을 떨 수 있을 정도로 트리샤는 애교 있는 성격의 소유자가 아니었다.

두 번째 질문. 호감을 갖고 있다면, 그것은 동료로서의 호감인가? 아니면 이성으로서의 호감인가?

…그 질문에는 답이 바로 떠오르지 않았다.

잿빛 10월의 다른 동료들도 모두 소중한 사람인 것은 마찬가지였지만, 원일의 경우는 뭔가 특별했다.

트리샤는 그를 의지할 수 있는 믿음직스러운 상관이라고 생각하고 있었지만, 어째서인지 그에게는 자신의 약한 모습을 보여주고 싶지 않았다. 그의 앞에서는 언제나 믿음직스러운 부하 수병으로 남고 싶었다.

같은 수병 동기인 루나에게 이 감정에 대해 말하면 분명 '그건 애정'일 거라며 호들갑을 떨어대겠지만, 트리샤는 아직도 뭔가가 마뜩찮았다. 원일을 남자로서 좋아할 수 있다면, 그건 트리샤의 남성공포증이 완전히 나았다는 뜻이기도 했다.

그녀는 조심스럽게 전에 TV에서 본 남성 모델의 얼굴을 원일의 몸 위에 덧씌워 보았지만… 그 얼굴은 금세 트리샤의 트라우마 속에 남아있는 과거의 남자들로 돌변해 그녀를 덮쳐왔다.

"웃…."

몸을 움찔하는 바람에 트리샤는 다시 볼을 바닥에 쏟을 뻔 했다. 다행히 이번에는 조리장도 눈치를 채지 못한 것 같았다. 아무래도 이 고민은 업무를 다 끝낸 뒤에 이어하는 게 좋겠다.

그녀는 그런 생각을 하며 뺨을 가볍게 두들겼다.

씻은 쌀을 솥에 안치고, 그 위에 물을 부어 밥 지을 준비를 막 마친 순간. 트리샤는 갑자기 어디선가 풍겨오는 희미한 비린내를 맡았다.

'어디서 비린내가 나는 거지?'

현측의 창문이 열려있나 싶었지만 조리실의 창문은 굳게 닫혀 있었다. 오늘 요리에는 생선도 쓰지 않는데….

아주 잠깐 이상하다는 생각이 들었지만, 오래 고민하고 있을 틈이 없었다. 트리샤는 곧 자신의 후각을 부정하고 다른 전채 요리를 만들기 위해 솥 앞을 떠났다.

…그리고 시간이 얼마나 지났을까.

쌀이 거의 다 익어 밥 냄새를 풍기기 시작했을 무렵. 갑자기 해인이 솥 앞으로 황급히 걸어오더니, 솥의 뚜껑을 열고 뜸도 들지 않은 밥을 퍼 냄새를 맡았다.

밥 냄새를 맡은 해인의 표정이 순식간에 일그러졌다. 그녀는 주위를 둘러보며 심각한 목소리로 물었다.

"이 밥, 누가 지었습니까?"

"저, 제가 지었는데요, 셰프."

트리샤가 손을 들자마자 해인의 시선이 따갑게 내리꽂혔다. 해인은 가끔 화난 표정을 짓기도 했지만, 지금처럼 무서운 표정을 지었던 적은 전에 한 번도 없었다. 해인은 미간을 있는 힘껏 찌푸리며 주걱으로 밥을 떠 트리샤에게 내밀었다.

"직접 확인해 보십시오."

지어진 밥을 코 가까이에 가져다 대자마자 트리샤는 무언가가 잘못되었다는 것을 깨달았다. 밥에서는 욕지기가 치밀 정도로 강렬한 비린내와 악취가 나고 있었다. 혹시나 싶어 밥알을 조금 떼어 입에 넣어보니 쓰고 짠맛이 났다.

"트리샤 일등 수병."

해인은 이를 꽉 깨물며 또박또박 말을 이었다.

"밥을 지을 때 어떤 물을 썼습니까?"

"그야, 저기 청수관에서… 아."

아까 물을 받은 수도를 쳐다보고 나서야 트리샤는 무엇이 잘못되었는지 깨달았다. 그녀가 청수관이라고 생각했던 수도관은 사실 바닷물이 들어오는 해수관이었다. 바닷물로 밥을 지었으니 짜고 쓴 맛이 나는 것이 당연했다.

"…죄송합니다."

트리샤는 스스로를 자책하며 아랫입술을 꽉 깨물었다. 수도를 틀기 전에 그 위에 쓰여 있는 문구를 한 번이라도 읽었더라면. 아니, 솥에 쌀을 안치기 전에 상태를 한 번이라도 더 살펴보았더라면 이런 일은 없었을 텐데. 하지만 후회하기에는 이미 너무 늦었다. 이미 저녁 시간이 10분 앞으로 다가와 있었다.

이 초유의 사태에 트리샤는 물론이고 조리병들 모두가 제자리에 그대로 얼어붙어 해인의 눈치만 살피고 있었다. 해인도 이 사태를 해결할 방법을 열심히 궁리하고 있는 것처럼 보였지만, 밥을 10분 만에 새로 할 수는 없었다.

그 때, 조리실의 침묵을 깨고 누군가가 쾌활한 발걸음으로 들어왔다.

"좋은 저녁이에요, 조리장. 저녁 준비는 다 되었—."

조리실로 들어온 사람은 오늘의 당직사관인 샤오지에 갑판장이었다. 갑판장은 평소처럼 밝은 목소리로 인사를 건네며 들어왔지만, 조

리실 안의 사늘한 분위기를 마주하자마자 재빨리 뒷말을 삼켰다.

형언하기 어려운 침묵이 조리실 가득 퍼지자 해인이 갑판장의 앞으로 나서며 고개를 푹 숙였다.

"죄송합니다, 갑판장님. 조리에 문제가 생겨 아무래도 식사 시간을 미루어야 할 것 같습니다. 한 시간 정도 양해를 구해도 괜찮겠습니까?"

해인의 갑작스러운 사과에 샤오지에는 어쩔 줄 몰라 하며 고개를 끄덕였다. 그녀는 식사 준비가 덜 되었다는 사실보다 조리실 안에 퍼져있는 이 싸늘한 공기가 더 걱정스러운 모양이었다.

"어… 괘, 괜찮아요. 더 늦어도 괜찮으니 너무 무리하시지는 마시고요."

"배려에 감사드립니다."

갑판장이 뒷걸음을 쳐 조리실을 빠져나가자마자 해인은 소매를 걷어붙이고 일사분란하게 조리병들에게 지시를 내리기 시작했다.

"칸나 수병장. 지금 만든 전채 요리는 모두 버려주세요. 전채는 식전에 바로 나가야 하니 숨이 죽을 수 있는 재료들은 다시 처음부터 조리합니다."

"네, 넵!"

"아이나 일등 수병. 쌀을 **청수**에 씻어서 불릴 준비를 해주십시오. 최대한 신속하게 부탁드리겠습니다."

"네, 셰프."

해인의 지시를 받자마자 수병들은 황급히 자신의 일을 처리하기 위해 테이블 위로 돌아갔다. 하지만 다른 수병들과는 달리 트리샤에게는 끝까지 어떠한 지시도 내려오지 않았다. 그녀는 주방의 한 가운데에 우두커니 서서 손을 바르작거리다 다시 한 번 조심스럽게 해인을 불렀다.

"저, 저기… 셰프, 저는…"

스스로도 염치없는 질문이라고 생각했지만, 지금 이 상황에서 아무것도 하지 못하면 더 미쳐버릴 것만 같았다. 하지만 조리장은 그녀에게 자비를 베풀어주지 않았다.

"트리샤 일등 수병."

해인은 매몰차게 손을 들어 문 밖을 가리켰다.

"제 주방에서 당장 나가십시오."

-2-

다른 조리병들은 저녁 배식을 마치고 조리실 청소까지 끝내고 나서야 침실로 돌아올 수 있었다. 오늘은 식사가 늦어진 만큼 일과를 마무리하는 것도 한 시간 늦어졌다.

평소였더라면 다들 일과가 끝나자마자 샤워부터 하러 갔었겠지만, 조리병들은 저녁을 거른 트리샤를 위해 몰래 감춰놓은 부식을 가져와 그녀에게 건넸다. 하지만 트리샤는 음식에는 손도 대지 않은 채 말없이 침대에 앉아 베개에 얼굴을 파묻고 있었다.

해인에게 혼이 난 일 때문에 마음이 상한 것이 아니었다. 트리샤는 지금 자기 자신에게 화가 나 있었다.

과거의 일에 정신이 팔려 실수를 두 번이나 저지른데다가, 다른 조리병들에게 폐를 끼치기까지 했으니… 얼굴을 들고 수병들을 볼 낯이 없었다.

하지만 조리부의 수병들은 트리샤가 해인의 폭언 때문에 마음이 상했다고 생각했는지, 위로와 함께 해인의 흉을 실컷 떠벌려 놓았다.

"신경 쓰지 마, 트리샤. 그렇게 큰 실수도 아니었는걸. 함장님도 아무런 말씀 안 하셨어."

"맞아. 솔직히 그 해수관과 청수관이 너무 가까웠던 게 문제지. 도대체 이 배 설계는 어떤 멍청이가 한 거야?"

"그나저나 —조리장도 그렇게까지 화를 낼 건 없잖아? 사람이 살다보면 실수도 할 수 있지. 사람 무안하게시리 대뜸 나가라니…."

"맞아, 맞아. 전에는 자기도 가끔 손을 베는 경우도 있다고 그래 놓고선."

"…그나저나 이해인 셰프도 요새 정말 성질 많이 죽지 않았어? 밥을 망쳐서 식사 때를 놓쳤는데, 그걸 꺼지라는 말 한 마디로 끝내다니… 예전이었더라면 진짜 칼이 날아왔을걸."

"흠, 확실히 그건 그렇지만…."

"야, 이 멍청이들아! 눈치도 없게!"

중간부터 대화가 이상한 방향으로 변질되기 시작하자 칸나 수병장이 화를 내며 다른 조리병들을 다그쳤다. 하지만 트리샤는 고개를 들어 그녀를 만류했다.

"아뇨. 이번 일은 제 잘못이 맞아요. 다른 분들께도 폐를 끼쳐서… 정말 죄송했습니다."

갑자기 사과를 받자 머쓱해졌는지 칸나는 코끝을 긁적이며 손을 내저었다.

"아니야. 어차피 초과 근무하는 게 하루이틀일도 아니고. 너무 신경 쓰지 마. 다음부터 잘하면 되지."

"맞아, 이 정도의 고생은 평소에 이해인 셰프가 내주는 과제에 비하면 아무것도 아니라고!"

조리병들은 자조적인 농담을 하나둘씩 풀어놓으며 멋쩍게 웃어보였다.

그나저나 식사가 늦어졌으니 사관들 사이에서도 불평이 터져 나왔을 텐데. 트리샤는 다른 승조원들의 반응에 대해서도 물었다.

"그보다 다른 분들은 별 말씀 안하셨나요?"

"글쎄? 수병들은 별 이야기 안 했어. 사관들은 이해인 셰프가 직접 사정을 말하러 갔기 때문에 자세한 이야기는 듣지 못했지만… 아, 다만 당직 교대 때문에 식사를 놓친 엘레나 포술장이 짜증을 내기는 하더라."

"…그랬나요."

트리샤가 풀이 죽은 목소리로 고개를 숙이자, 칸나 수병장은 황급히 손을 저어가며 궁색하게 그녀를 위로했다.

"짜증이라고 해도 별 건 아니야. 너도 알잖아? 엘레나 포술장, 언제나 짜증 나 있는 거."

"그래도 저 때문에… 셰프가 싫은 소리를 들었다니…."

그러고 보니 정작 트리샤는 아직도 해인에게 제대로 된 사과를 하

지 못한 상태였다. 극심한 자책감 때문에 정신없이 도망쳐 나오는 것만 생각했지, 정작 해인에게는 상투적인 사과 말조차 올리지 못했다.

자신이 잘못해놓고선 기분이 안 좋다고 꽁하니 침실에 틀어박혀 있는 건 언젠가 그녀에게 더 큰 부끄러움을 안겨줄 것이다.

트리샤는 침대에서 벌떡 일어나 수밀을 향해 성큼성큼 걸어갔다. 뒤에서 칸나 수병장이 걱정스럽다는 표정으로 그녀를 쳐다보았다.

"어디가?"

"조리장께 사과를 드리러 가요."

"아서라, 아서. 그 인간이 사과를 받아주겠냐? 요리에 대해서는 베티 크로커*가 나타나 조언을 해 준다 하더라도 제 고집을 꺾지 않을 양반인데."

"그래도… 지금 사과를 드리지 않으면 안 돼요."

"네가 욕을 먹으면서 흥분하는 마조히스트 취향에 눈을 떴다면 굳이 말리지는 않겠지만."

칸나 수병장은 질린다는 표정으로 혀를 내둘렀지만, 여전히 그녀가 걱정스러웠는지 조심스레 충고를 건넸다.

"혹시라도 부당한 소리를 듣거나 손찌검을 당하면 참지 말고 바로 돌아와서 이야기해야 해?"

이어서 다른 수병들이 한 마디씩 말을 거들었다.

"인권 센터 번호 기억하고 있지? 신고할 거면 내선 전화 쓰지 말고 부대 밖의 전화 부스를 사용해."

---

* 베티 크로커 (Betty Crocker) : 제네럴 밀스 사(社)의 광고에 나오는 가공의 여성 식품 전문가. 요리 잘하는 여성을 의미하는 관용어로 쓰이기도 한다

"아니, 그냥 맞서 싸워. 언제까지 당하고 살 거야?"

"안 그래도 이해인 셰프는 딱 잡기 좋은 손잡이가 양쪽으로 늘어져 있으니 그걸 잡아당기면 쉽게 제압할 수 있을 거야. 머리를 쥐어뜯으라고."

"내 메리켄색(メリケンサック, 너클 더스터) 빌려줄까? 그거 끼고 정확히 후두부를 가격하면 한 방에 기절시킬 수 있는데."

"잠깐, 메리켄색이라고? 너는 그런 위험한 걸 언제 배 안에 들여온 거야?"

"저번에 러시아에서 샀는데?"

조리병들의 떠들썩한 대화를 듣고 있노라니, 트리샤는 그제야 엷게나마 미소를 지을 수 있었다.

"…괜찮아요. 걱정 마세요."

하지만 마음은 여전히 무거웠다.

다른 수병들은 트리샤가 해인에게 손찌검이라도 당하지 않을까 걱정하는 눈치였지만, 솔직한 심정으로는 차라리 뺨이라도 맞으면 다행일 거라는 생각이 들었다.

-3-

경험상 해인은 저녁 배식을 마치고 나면, 언제나 조리실 옆에 딸린 사무실에 들어가 하루의 일지를 정리하며 다음 날의 식단을 짜곤 했다. 그 날 역시 마찬가지였다.

트리샤가 조리실 앞에 와서 보니 격실 아래로 희미한 불빛이 새어

나오고 있었다. 그녀는 크게 심호흡을 한 다음 손을 들어 조심스럽게 문을 두들겼다.

"들어가도 괜찮습니까? 트리샤 일등 수병입니다."

이름을 밝혔는데도 격실 안쪽에서는 한동안 대답이 없었다. 트리샤가 다시 한 번 문을 두들겨야 하나, 하고 고민하는 사이 해인이 낮게 가라앉은 목소리로 답했다.

"…들어오세요."

트리샤는 다시 한 번 옷매무새를 바로 잡은 다음, 문을 열고 안쪽으로 들어갔다.

해인은 부식 창고의 남은 재고를 대조하고 있었는지 가벼운 은테 안경을 쓰고 여러 장의 문서를 한 손에 들고 있었다. 잠시 어색한 침묵이 흘렀다.

아직 아무 말도 꺼내지 않은 참이었지만, 해인은 이미 그녀가 왜 이곳에 왔는지 충분히 이해하고 있었다.

"저…."

"혹시 아까의 일을 말하러 온 거라면—"

해인이 말을 마치기도 전에 트리샤는 선수를 쳐 고개를 푹 숙이며 큰 목소리로 사과를 올렸다.

"죄송합니다!"

트리샤가 그렇게 큰 목소리를 낼 줄은 몰랐는지, 해인이 의외라는 표정을 지어보였다. 트리샤는 간절히 용서를 바라며 눈을 꾹 감았지만, 귓가에 들려 온 해인의 목소리는 여전히 서리가 낄 정도로 차가웠다.

"당신에게 사과를 받아야 할 이유는 없습니다."

"…."

조리장이 자신을 호락호락 용서해 줄 거라고 생각하지는 않았지만. 그래도 자신이 건넨 사과가 즉답으로 내팽개쳐지는 것을 보고 있노라니 트리샤는 눈물이 왈칵 쏟아질 것만 같았다. 하지만 여기서 감정을 터트려봤자 좋을 건 하나도 없었다.

트리샤는 감정이 솟구치지 않도록 치마 솔기를 꽉 쥔 다음, 다시 한 번 사과를 반복했다.

"…죄송합니다."

트리샤로부터 똑같은 사과를 두 번이나 연달아 받자 해인은 한숨을 내쉬며 안경을 벗었다.

"아니… 트리샤 일병. 제 말은 그런 뜻이 아닙니다."

"…네?"

해인의 입에서 나온 의외의 말에 트리샤는 저도 모르게 고개를 들고 조리장을 빤히 쳐다보았다. 해인은 성가시다는 투로 미간을 찌푸리고 있기는 했지만 화가 난 표정은 아니었다.

그녀의 표정은 오히려 곤란해 보이는 쪽에 가까웠다.

"지금 저는 당신을 윽박지르는 게 아닙니다."

그녀는 검지로 미간을 꾹꾹 누르며 말을 꺼내놓았다.

"이 주방의 책임자는 저입니다. 밥이 제 때 나오지 않았다면 그건 제 책임이지, 당신의 책임이 아닙니다. 자신의 실책을 부하 한 사람의 탓으로 돌릴 정도로 저는 무능한 간부가 아닙니다."

"하지만 아까는…"

"아까는 당신이 제대로 조리를 할 수 없는 상태라고 판단하여 그렇게 말한 것입니다. 아니었습니까?"

"그, 그건… 그렇지만…."

"그도 아니면 제가 험한 말을 썼다고 놀란 겁니까? 트리샤 일병도 생각보다 소금기가 덜 배었군요."

해인이 가벼운 농담을 던지는 것을 보고 나서야 트리샤는 그녀가 자신을 책망하고 있지 않다는 것을 깨달았다. 해인은 아직도 입이 쓴지 입맛을 다시며 오늘의 일지를 되짚어 보았다.

"음식이 제대로 조리되고 있는지 판단하는 것도 셰프의 임무입니다. 당신의 상태가 좋지 못하다는 걸 알고 있었으면서도 저는 제 일에 정신이 팔려 당신에게 신경을 쓰지 못했습니다. 오늘의 일은 전적으로 제 책임입니다."

해인은 누차 책임이 자신에게 있음을 강조하였지만, 트리샤의 마음은 아직도 무겁기만 했다.

자신의 실수 때문에 다른 사람들이 피해를 입었는데, 모른 척 넘기라는 말이 그녀에게는 가혹한 형벌을 받는 것보다 더 괴롭게 느껴졌다.

"그래도 제 실수로 폐를 끼쳤는데… 아무런 벌도 받지 않고 넘어갈 수는 없습니다."

트리샤가 그렇게 말하며 재차 고개를 숙이자, 해인은 갑자기 무엇을 떠올렸는지 펜으로 관자놀이를 꾹꾹 누르며 불만스러운 어조로 중얼거렸다.

"…루나 수병이 당신 태도의 반만이라도 닮았더라면 참 좋았을 텐데 말이죠."

"네?"

"아무것도 아닙니다. 혼잣말입니다."

그리고 해인은 책상 위에서 종이 한 장을 집어 트리샤에게 건넸다. 그 종이에는 내일의 식단과 레시피가 빼곡하게 적혀 있었다.

"내일 오전에는 매쉬드 포테이토를 만들까 합니다."

"매쉬드 포테이토…."

매쉬드 포테이토는 삶은 감자를 으깨서 만드는 서양의 대표적인 기본 찬으로 잿빛 10월의 식탁에 오르는 요리 중에서도 비교적 만들기 쉬운 편에 속했다. 물론 유제품 등을 섞어 얼마든지 고급스럽게 낼 수도 있지만, 잿빛 10월에서 쓸 수 있는 유제품이라고 해봐야 분말 우유 정도가 고작이기 때문에 밑 준비에 필요한 재료도 많지 않았다. 그럼 어째서 해인은 그녀에게 이 레시피를 건네준 걸까?

트리샤의 머리 위로 궁금증이 떠오르기도 전에 해인은 종이의 윗부분을 툭툭 치며 말을 이었다.

"제가 말하지 않아도 아시겠지만, 매쉬드 포테이토는 감자만으로 만드는 요리이기 때문에 사전에 감자 손질을 끝내놓는다면 품을 크게 줄일 수 있습니다."

"네, 그렇지만…."

"오늘 당신의 실수로 다른 조리병들이 시간을 뺏겼으니, 그 만큼 감자를 깎아서 만회하십시오."

"그걸로 괜찮나요?"

트리샤는 의아한 표정으로 고개를 갸웃거렸다.

매쉬드 포테이토에 감자가 많이 들어가긴 하지만, 잿빛 10월의 승조원들이 먹는 양이라고 해봤자 얼마 되지도 않는다. 트리샤 혼자서 감자를 다듬는다 하더라도 한두 시간이면 충분히 끝내고도 남을 것이다. 해인 역시 그걸 눈치 챘는지, 손가락을 펼쳐 보이며 바로 말을 더했다.

“단, 내일 점심에는 잠수함 전대의 식사 추진 또한 예정되어 있습니다. 전대에 모두 돌릴 정도로 요리를 하려면… 감자 다섯 박스 정도면 충분할 겁니다.”

감자 다섯 박스는 한 사람이 손질할 수 있을 정도로 만만한 양이 아니었다. 트리샤는 순간적으로 벽에 걸린 시계에 눈길을 주었다. 지금 바로 가서 손질을 시작하더라도 새벽이나 되어서 끝날 양이었다.

게다가 이는 공연한 징계가 아닌 사형(私刑)인 만큼 밤새 일을 했다고 오전 취침이 주어지지도 않을 것이다.

“….”

트리샤가 한동안 말없이 제자리에 서서 머뭇거리자 해인은 그녀가 처벌에 대해 불만을 갖고 있다고 생각했는지, 나직한 목소리로 다시 물었다.

“이 처벌이 지나치다고 생각하나요?”

“아, 아니요. 그게 아니라….”

해인이 내려준 처벌에 불만을 가져서 그랬던 게 아니었다. 오히려 트리샤는 이 처벌이 무르다고 생각하고 있었다. 조리병들의 시간을 뺏은 것은 물론이고, 잿빛 10월 승조원들의 식사까지 망쳐놓았는데 고작 밤샘 업무 한 번으로 끝을 보다니…. 처벌이 너무 약한 게 아닌가 하는 생각도 들었다.

하지만 여기서 트리샤가 더 센 벌을 내려달라고 부탁해봤자 꼴이 우스워 보일 게 뻔했으므로, 트리샤는 순순히 고개를 끄덕여 그 처벌을 달게 받아들였다.

해인은 손을 저어 그녀를 내쫓으며 다시 안경을 집어 들었다.

"할 말이 끝났으면 가서 감자 손질을 하십시오. 부지런히 손을 놀리지 않으면 오늘 밤 안에 끝내지 못할 겁니다."

"…네."

해인의 목소리를 들으며 트리샤는 잠깐 생각에 잠겼다.

사람의 마음은 참 간사한 것이라.

잠깐 전까지는 해인에게 무어라 사과를 건네야 할지 걱정을 하느라 머리가 가득 차 있었는데, 그 걱정이 가시자마자 다른 생각이 바로 그 빈자리를 파고들었다.

"……."

해인이 문서를 읽기 위해 다시 고개를 숙이자마자 트리샤는 반사적으로 고개를 들어 그녀의 얼굴을 다시 쳐다보았다.

언제 마지막으로 웃어보았는지 의심이 갈 정도로 딱딱하고 차가운 얼굴. 하지만 트리샤는 이미 조리장이 해맑게 웃는 모습을 몇 차례나 목격했었다.

'정말, 우유부단한 남자라니까요.'

트리샤는 일전에 해인이 의무장과 대화할 때 보여주었던 그 환한 미소를 지금의 표정 위에 겹쳐보았다.

…역시 어울리지 않는다.

자신의 눈으로 직접 목격한 광경이었건만, 지금 눈앞에 있는 완전무결한 셰프와 헤실거리는 그 소녀의 모습은 어째서인지 잘 겹쳐지지가 않았다. 하지만 남 말을 할 처지도 아니었다.

'아마 내가 그 날 보였던 추태도 마찬가지였겠지.'

남자를 꺼려한다던 트리샤가 그런 대담한 행동을 할 거라고 누가 상상이나 했겠는가.

트리샤 뿐만 아니라 해인도 원일 앞에서는 다른 모습을 보이는 걸 보면, 어쩌면 원일에게는 승조원들의 이면(裏面)을 이끌어내는 특별한 무언가가 있을지도 모른다.

생각이 거기에 이르렀을 무렵, 트리샤는 저도 모르게 입을 열어 해인을 불렀다.

"…조리장님."

"아직 할 말이 남았나요?"

그리고 트리샤는 생각한 것을 바로 입 밖으로 꺼내 물었다.

"의무장님을 어떻게 생각하고 계시나요?"

해인에게 답을 들으면 원일에 대한 자신의 감정을 확실히 이해할 수 있을 거라 생각해서 한 질문이었다.

하지만 그녀의 질문에 해인은 못 들을 소리라도 들은 것처럼 그 자리에 바로 얼어붙었다. 그리고 곧 단단하게 굳어있던 해인의 표정이 순식간에 녹아 내렸다. 얼굴은 홍당무처럼 달아오르고, 동공은 지진이라도 난 것처럼 마구 흔들린다.

해인의 그 표정을 마주하고 나서야 트리샤는 자신의 질문이 **연적에게 선전포고를 하는 것**처럼 들릴 수도 있겠다는 생각이 들었다.

"아, 그러니까 지금 건… 다른 의미가 아니라…."

트리샤가 허둥거리며 손을 내젓자 해인은 가볍게 헛기침을 해 목을 틔운 다음, 평정을 가장한 얼굴로 되물었다.

"그 질문이 제가 당신에게 내린 처분과 관련이 있나요?"

"아니요…."

"그럼 저도 대답하지 않겠습니다."

해인이 비록 입을 열어 답을 해주지는 않았지만, 이미 트리샤는 그녀로부터 충분한 답을 얻었다.

해인은 '이성을 좋아한다는 것'이 어떤 모습인지 표정으로 바로 보여주었다. 트리샤처럼 단순히 주정을 늘어놓을 수 있는 호감 가는 상대가 아니라, 생각만 해도 취기가 올라 바보가 되어버리는— 그런 감정이 애정인 것이다.

해인에 비하면 트리샤의 호감은 'Love' 라기보다는 'Like'에 가까웠다. 설령 루나에게 '원일을 이성으로서 좋아하느냐–' 하고 직접적인 질문을 받는다하더라도 트리샤는 지금의 조리장처럼 반응하지는 못할 것이다.

"…실례했습니다."

트리샤는 격실을 빠져나가며 자신의 감정을 새삼 곱씹어 보았다.

'나는 의무장님을 이성으로 좋아한 것은 아니었구나.'

하지만 그럼 어째서 트리샤는 의무장을 예외로 느끼고 있었던 걸까?

…그 질문에는 아직 답이 나오지 않았다.

-4-

사각, 사각, 사각.

트리샤는 기계적으로 손을 놀려 감자를 깎아나갔다. 감자를 깎는 일 자체는 어렵지 않았지만, 오랫동안 같은 자세로 앉아 있으려니 허리가 미묘하게 아팠다.

하지만 몸과는 달리 정신은 그 어느 때보다 맑았다. 온 정신을 손끝에 집중하고 있노라니, 머리를 혼탁하게 만드는 잡념도 쉬이 끼어들지 못했다. 낮에 한 실수라든지, 원일과의 일이라든지, 혹은 지금 몇 개째의 감자를 깎고 있는지…

정신없이 감자를 깎다보니 어느새 가져온 흙 감자가 모두 소진되었다. 트리샤는 기지개를 쭉 펴며 껍질을 깎아낸 감자들을 손으로 헤아려보았다. 체감 상으로는 거의 다 처리했다고 생각했는데, 흙 감자를 담아올 때 쓴 상자에 다시 되 담아보니 세 상자를 겨우 채울 정도였다.

'이제야 겨우 세 박스인가.'

트리샤는 고개를 들어 벽에 걸린 시계를 올려다보았다.

시간은 막 자정을 지나고 있었다. 지금과 똑같은 속도로 계속 감자를 깎는다 하더라도, 새벽 두 시는 되어야 일이 끝날 것이다. 조리병의 아침 일과는 보통 다섯 시부터 시작되니 눈을 붙일 시간은 한두 시간밖에 없는 셈이었다.

'…그래도 내가 저지른 일에 비하면 아무것도 아니야.'

트리샤는 그렇게 마음을 다잡으며 새 감자를 꺼내오기 위해 갑판 아래의 식재 창고로 내려갔다. 홍등만 희미하게 켜진 한 밤의 식재 창고는 평소에 자주 보던 곳인데도 어쩐지 낯설게 느껴졌다.

귀가 먹먹해질 정도의 침묵이 오랫동안 흐르자, 어째서인지 과거에 칸나 수병장에게 들었던 괴담이 새삼 떠올랐다.

[저기, 트리샤. 그 이야기 들었어?]

[한 밤중의 식재 창고에서 감자를 고르고 있으면 하얀 정복을 입은 수병이 나타나 어깨를 두들긴데.]

[물자가 풍족하지 않았던 시절. 굶주림에 지친 조리병 하나가 몰래 식재 창고에 기어들어가 감자를 훔쳐 먹다 간부에게 들켜 맞아 죽었는데, 그 이후로 밤이 되면 억울한 수병의 원혼이 나타나 다른 피해자들을 저승으로 끌고 간다는 거야.]

[…저기, 칸나 수병장님. 저희 배 인수된 지 몇 년도 안 지났지 말입니다.]

[정말 너희는… 괴담이라는 건 원래 다 그런 법이라고!]

왜 갑자기 이 타이밍에 그 괴담이 떠오른 건지.

군대의 괴담이라는 것이 대체로 그렇지만 들었을 당시에는 터무니 없는 소리처럼 여겨졌는데, 막상 그 상황이 닥치니 공포감이 배가 되어 움직이지 못하게 발을 꽉 붙잡았다.

그 괴담이 허무맹랑한 소리라는 걸 알면서도 트리샤는 저도 모르게 마른 침을 삼켰다. 빨리 남은 감자를 담아 조리실로 올라가자. 감자를 박스 두 개에 나눠담고 다시 일어서려는 순간, 누군가가 등 뒤에서 그녀를 나지막이 불렀다.

"저기…."

예상치 못한 사람의 목소리에 트리샤는 박스를 바닥에 떨어트리며 큰 목소리로 비명을 질렀다.

"꺄아아아악!"

"미, 미, 미안! 놀라게 할 생각은 아니었는데…."

등 뒤를 돌아보니 의무장인 이원일 일조가 트리샤보다 더 놀란 표정을 지은 채 서있었다. 트리샤는 놀란 가슴을 조심스럽게 쓸어내리며 되물었다.

"의, 의무장님? 여기에는 무슨 일로…."

"아니, 그게 말이야. 다른 조리병들이 하도 걱정을 하기에 부탁을 받아서 와 봤거든."

"부탁이요?"

"응. 네가 조리장에게 사과를 하러 간 이후로 돌아오질 않는다고. 무슨 일이 있지는 않는지 대신 한 번 봐달라고 부탁을 하더라고."

"아… 동기들에게 말해두는 걸 깜박했네요."

해인에게 지시를 받고 나서 감자를 깎아야 한다는 생각으로 머리가 가득 차 트리샤는 미처 다른 조리병들에게 언질을 주는 것을 깜박하고 있었다. 원일은 아까의 일을 떠올리고 있었는지 칸나 수병장의 말투를 흉내 내며 짐짓 호들갑을 떨었다.

"특히나 칸나가 어찌나 걱정을 하는지 말이야. 아까는 심지어 조리장이 트리샤를 양탕(羊湯)에 넣어 끓이고 있을지도 모르니까 식재 창고부터 먼저 가보라 하더라고. 허튼 소리였지만 덕분에 여기서 만나게 되었네."

원일은 농담이라 생각하고 한 소리이겠지만, 트리샤는 짚이는 바가 있어 옅게 쓴웃음을 지어보였다.

해인은 종종 조리병들이 부엌에서 실수를 저지르면, 실수를 한 그 수병의 손이나 혀로 소테(sauté)를 해먹겠다며 으름장을 놓았다. 물론 말뿐인 협박이었지만, 해인의 눈앞에서 그 말을 직접 듣고 있노라면 농담처럼 들리지가 않는지라. 그 때문에 조리병들은 이해인 셰프가 정말로 열이 받으면 사람을 잡아 요리를 할지도 모른다며 진지하게 걱정을 하기도 했다. 하지만 트리샤만큼은 그녀가 그런 짓을 할 사람이 아니라고 확신하고 있었다.

"이해인 셰프라면 사람 고기는 HACCP*을 못 받았으니 비위생적이라며 싫어하지 않을까요?"

트리샤 딴에는 가벼운 농담이라고 던진 말이었는데. 정작 원일은 해인의 그런 평판을 알지 못했는지, 그녀의 말을 듣자마자 뜨악한 표정을 지으며 되물었다.

* Hazard Analysis and Critical Control Points : 국제안전관리인증기준

"…그거, 조리병식 농담이니?"

"비, 비슷한 거예요. 그보다 여기서 빨리 나가시죠! 저도 남은 감자를 깎아야 해서…."

트리샤는 황급히 말을 얼버무리며 화제를 돌렸다. 의도치 않게 또 해인의 흉을 없는 자리에서 놓을 뻔했다.

다행스럽게도 원일은 트리샤가 가리킨 감자 상자를 보자마자 거기에 시선이 팔렸는지 놀란 표정을 지으며 그 위의 감자를 하나 집어 들었다.

"설마, 해인이 이걸 다 혼자서 깎으라고 했어?"

"네. 하지만 괜찮아요. 금방이면 다 끝나니까—"

"…감자껍질 깎는 기계에 상자 째로 굴려 넣어도 한 시간은 넘게 걸릴 것처럼 보이는데."

원일의 말마따나 박스에 담긴 감자는 확실히 금방 끝낼만한 양이 아니었다. 하지만 트리샤는 변명을 잇지 못하고 한동안 입을 다문 채 계속 머뭇거렸다. 자신이 자처해서 받은 벌인데, 자칫 원일이 해인을 나쁘게 오해할까봐 걱정이 되었기 때문이었다.

트리샤의 침묵을 무어라 오해했는지, 원일은 한숨을 푹 내쉬며 감자 박스 하나를 양손으로 들어올렸다.

"반은 나한테 줘. 나도 거들어 줄게."

"아뇨, 그런 폐를 끼칠 수는…."

트리샤는 황급히 박스를 빼앗으려 했지만, 원일은 기민하게 몸을 빼며 고개를 가로저었다.

"괜찮아, 괜찮아. 어차피 내일 나 비번이거든. 하룻밤 정도 새도

나스챠 (병기부 중위/러시아)

상관없어. 오히려 네가 무리하다가 의무실에 실려 오면 없던 일이 생기는 거라고."

"하지만…."

"아, 혹시 내 솜씨가 미더워서 그래? 괜찮아. 칼질은 몰라도 필러(peeler) 쓰는 건 익숙해."

"아뇨. 그런 게 아니라…."

"그럼 괜찮지? 해인에게 들키기 전에 빨리 가자고."

그리고 원일은 트리샤가 채 변명을 마치기도 전에 바닥에 떨어진 박스를 주워 들고 계단을 성큼성큼 오르기 시작했다. 그 기세에 눌려 트리샤는 무어라 말도 잇지 못하고, 그가 앞서 나가는 것을 묵묵히 보고만 있었다.

'…역시 달라.'

트리샤는 어쩐지 그 뒷모습에서 묘한 향수를 느꼈다.

부드럽게 노스탤지어를 간질이는 기억의 편린. 다른 남자들에게서는 느끼지 못했던 낯익은 감정이었다. 하지만 트리샤는 그 감정이 무엇인지, 심지어 그 그리움의 대상이 누구인지조차도 가늠할 수 없었다.

"저기… 안 가져온 거라도 있어?"

계단 위에서 원일의 목소리가 들려왔다.

"그, 금방 갈게요!"

트리샤는 바닥에 굴러다니는 남은 감자를 주워 담고 황급히 그의 뒤를 따라갔다.

조리실에 도착하자마자 원일은 가져온 감자를 조리대 위에 와르르 쏟아놓았다. 그 위에 트리샤가 가져온 박스도 더하자, 순식간에 감자로 쌓은 자그마한 산이 생겨났다.

원일은 수북이 쌓인 감자 무더기를 내려다보며 벌써부터 질린다는 표정으로 한숨을 내쉬었다.

"예상은 했지만… 밝은 데 와서 다시 보니 역시 양이 만만치 않네."

"…그러게요."

"'그러게요'는 무슨 놈의 '그러게요' 야? 너야말로 이 많은 감자들을 어떻게 혼자서 다 처리하려고 했어?"

"그냥 하다보면 언젠가는… 보세요. 반은 이미 벌써 다 깎았는걸요?"

"벌이랍시고 이런 중노동을 시킨 조리장도 독종이지만, 그걸 말없이 받아들인 너도 꽤나 별종이다."

원일은 어처구니가 없었는지 헛웃음을 지어보인다음, 조리대 위에서 감자를 하나 집어 들었다. 그는 감자를 돌려가며 겉을 유심히 관찰했다. 어디에서부터 칼집을 내야할지 고민하는 눈치였다. 그는 곧 마음을 정했는지 필러를 들고 본격적으로 껍질을 깎아나가기 시작했다.

"…."

트리샤가 보기에 원일은 조금 과하다 싶을 정도로 껍질을 두툼히 파내고 있었지만, 그녀는 굳이 그것을 지적하지 않았다. 감자를 다듬는 원일의 표정은 유난히도 진지해서, 오히려 흥을 깰 까 걱정이 될 정도였다. 트리샤는 곧 주머니칼을 꺼내 들고 원일을 따라 작업을 속개했다.

사각, 사각, 사각….

감자를 다듬는데 온 신경을 쏟았던 아까와는 달리, 지금의 트리샤는 감자 한 개를 깎을 때마다 고개를 들어 원일에게 눈길을 주었다.

식재 창고에서 했던 장담과는 달리 원일은 감자를 다듬는 데 영 서툴러보였다. 그가 감자 한 개를 붙잡고 씨름을 하는 동안 트리샤는 이미 세 개 째의 감자에 손을 대고 있었다.

물론 조리를 업으로 삼는 사람과 그렇지 않은 사람의 차이도 있겠지만, 트리샤가 보기에 필러를 잡은 원일의 모습은 영 위태로워 보였다. 원일은 검지 아래의 세 손가락만으로 필러를 지지하고 있었는데, 그 때문에 엄지에 힘을 줄 때마다 필러가 제대로 고정되지 못하고 불안하게 흔들렸다.

'저렇게 손끝에 힘을 주면 오래 견디지 못할 텐데….'

아니나 다를까. 반 식경도 지나지 않아 원일은 지쳤다는 표정으로 혀를 내둘렀다.

"으으… 이거 진짜 고역이네."

"걱정 마세요. 원래 제가 했어야 하는 일인걸요."

트리샤가 웃으며 앞에 부려놓은 감자를 제자리로 가져오자, 별 도움이 되지 못했다는 사실이 머쓱하게 느껴졌는지 원일은 머리를 긁적이며 말을 돌렸다.

"역시 안 하던 일을 하려니까 몸이 듣질 않는구먼."

그러면서도 원일은 못내 아쉬운 표정으로 계속 감자를 만지작거리고 있었다.

"감자를 깎는 일에 로망이라도 갖고 계셨던 건가요?"

뭔가 바보 같은 질문이었지만, 예상외로 그 말이 정곡을 찔렀는지 원일은 뒤통수를 긁적이며 변명처럼 말을 늘어놓았다.

"그게… 전에 해인에게 감자 깎는 일이라도 돕게 해달라고 했다가 퇴짜를 맞은 적이 있거든."

배에 승선한지 얼마 되지 않았을 때의 일이었다. 일이 없어 조바심을 내는 원일에게 해인은 단호히 선을 그으며 말했었다.

"신뢰할 수 없는 사람에게 식재료를 맡길 수는 없다. 요리는 식재료를 집어 드는 순간부터 요리다— 하고 말이야."

"그건 조금… 야박하게 들리네요."

"뭐, 조리장을 탓할 수는 없지. 그 때의 나는 잿빛 10월 승조원들에게 확실히 믿을 수 없는 사람이었으니까. 트리샤도 그 때는 나를 피해 다녔었잖아?"

원일이 1년 전의 일을 직접 입 밖으로 꺼내자 트리샤는 왠지 모르게 부끄러워졌다. 그런 그녀의 심정을 아는지 모르는지, 원일은 여전히 감자를 노려보며 천천히 말을 이었다.

"그래도 그 말이 어쩐지 분해서… 생감자를 볼 때 마다 계속 그런 생각을 하고 있었어. 그래도 역시 이런 손으로는 안 되겠네."

원일은 잘려나간 자신의 검지를 가리키며 자조하듯 웃었다. 그 씁쓸한 농담에 무어라 답해야 할지 쉽게 말이 떠오르지 않아 트리샤는 잠깐 손을 내려놓고 머뭇거렸다.

"…의무장님은 그대로도 괜찮아요. 사람마다 해야 할 일은 모두 다른 법이니까요."

트리샤의 조언이 의외였는지 원일은 눈썹을 살짝 치켜뜨며 고개를 끄덕였다.

"그래. 사람마다 해야 할 일은 다르지. 한 사람이라도 자신의 일에 충실하지 않는다면 이 배도 제대로 돌아가지 않을 거야. 그건 요리도 마찬가지겠지. 불 앞에서 화려한 묘기를 선보이며 순식간에 요리를 만들어내는 셰프들도 다른 요리사들이 이렇게 밑 준비를 해주지 않는다면 제 시간에 요리를 내지 못할 거 아냐? 이런 걸 볼 때마다 화려한 쇼의 이면에는 이렇게 많은 사람의 노력이 숨어있구나-하는 생각을 해."

그리고 그는 갑자기 큰 깨달음을 얻은 사람처럼 허공을 올려다보며 중얼거렸다.

"그런 걸 생각하면 앞으로는 밥알 한 톨도 남기지 않고 끝까지 꼭꼭 씹어 먹어야겠어."

밥상머리 앞에서 흔히 들을법한 식상한 경구였지만, 그 말은 의도치 않게 트리샤의 오랜 기억을 다시금 깨워냈다.

'트리샤가 고생해서 만들어 준 요리이니, 밥알 한 톨 남기지 않고 끝까지 꼭꼭 씹어 먹어야지.'

그녀의 기억 속에 남아있는 '오빠'도 분명 그런 이야기를 했었다.

사람 좋은 미소를 흘기며 그녀가 만들어 준 음식을 맛있게 먹어치우는 청년의 모습— 트리샤는 그 얼굴을 떠올리며 저도 모르게 솔직한 감상을 입 밖으로 내뱉었다.

"…의무장님은 정말 저희 오빠 같네요."

"오빠?"

원일이 눈을 껌벅이며 그녀를 멍하니 쳐다보자, 트리샤는 황급히 손을 내저으며 변명했다.

"아, 아뇨! 그, 그게 그러니까… 별 다른 뜻이 있어서 그런 게 아니라… 갑자기 오빠가 한 말이 떠올라서…."

"아, 그 배를 탔었다던?"

"네. 기, 기분이 나쁘셨다면 사과드릴게요."

"기분이 나쁠 게 뭐가 있어. 그냥 좀 놀란 것뿐이야."

원일은 멋쩍은 표정으로 관자놀이를 긁적이며 이유를 설명해주었다.

"사실 일전에 갑판장에게는 오히려 남동생 같다는 소리를 들었거든."

똑같은 행동을 했는데, 누군가에게는 미덥지 못한 남동생으로 여겨지는가 하면 또 다른 사람에게는 믿음직스러운 오빠로 여겨진다는 사실이 원일은 새삼 신기했다.

하지만 트리샤는 그 말에 공감할 수 없었는지 고개를 세차게 가로저었다.

"하지만 제가 보기에 의무장님은 막내보다는 맏이라는 이미지가 더 강한걸요? 평소에 다른 수병들을 챙겨주시는 것도 그렇고…."

"내가 수병들을 잘 챙겨주었는지는 확신하지 못하겠지만, 아마 둘 중 하나를 고르자면 네 말이 더 맞을 거야. 실제로도 여동생이 있었으니까."

원일의 말에 트리샤는 놀란 표정으로 되물었다.

"여동생이 있으셨다고요?"

"응. 전에 말하지 않았던가? 연방에 여동생이 있어."

"그런 말씀을 하셨던 것 같기도 하고…."

트리샤는 새삼 원일을 천천히 뜯어보며 고개를 끄덕였다.

"…확실히 그러네요. 어쩐지 다른 수병들과 있을 때도 서글서글하니 여자 대하는 법을 잘 아신다고 생각했어요."

"어째 칭찬이라기보다는 풍각쟁이 같은 평가인걸. 하지만 그건 오해야. 정작 나는 여동생이랑 사이가 안 좋았거든."

원일은 키득거리며 감자를 하나 집어 들었다. 트리샤는 그 말에 무얼 떠올렸는지 한동안 손을 멈춘 채 머뭇거리다 조심스럽게 말을 꺼냈다.

"그럼 여동생 분은 지금 의무장님의 생사를 모르시겠네요."

"…아마 그렇겠지?"

잿빛 10월에 승선한 이후로 본국에 연락을 한 적도 없으니 아마 모를 것이다. 연방 군부가 친절하게 가족을 찾아가 죽은 줄 알았던 이원일 하사가 사실은 죽지 않고 해적 떼에 가담하고 있더라- 하고 알려줄 리도 없고….

트리샤는 무거워지는 분위기를 환기하기 위해 그의 여동생에 대한 질문을 더 던져보았다.

"의무장님의 여동생은 어떤 사람이었나요?"

"어…"

원일은 예상치 못한 질문이라도 갑자기 받은 것처럼 턱 끝을 긁적이며 고개를 갸웃거리더니, 마치 남의 이야기를 하는 것처럼 억지로 대답을 쥐어짜냈다.

"…싹싹한 녀석은 아니지."

"저희 조리장님이나 포술장님 처럼요?"

"아니, 그보다는… 음, 딱히 우리 배 승조원 중에서는 닮은 사람을 못 찾겠네. 나하고는 거의 말을 하지 않았거든. 굳이 꼽자면 예전의 이비 이조랑 비슷하려나?"

"특이하네요. 친남매인데 그렇게 사이가 안 좋았었나요?"

"응? 대부분의 남매가 오히려 사이는 나쁘지 않나? 영화나 애니메이션에 나오는 것 같은 애교 있는 여동생은 현실에 존재하지 않는다고."

"저는 오빠랑 꽤 사이가 좋았어요."

"그건 트리샤가 상냥한 성품의 소유자라서 그런 게 아닐까? 내 동생은 완전히 달랐어. 어찌나 나를 싫어했는지 내가 숨만 쉬고 있어도 잔소리를 늘어 놨다니까.

…아마 걔는 내가 죽었다는 소식을 들었을 때도 눈 하나 깜짝하지 않았을 거야."

"그렇지 않아요!"

원일의 말이 끝나기도 전에 갑자기 트리샤가 소리를 빽 질렀다.

예상치 못한 트리샤의 노성에 놀라 원일은 손에서 감자를 떨어트렸다. 하지만 트리샤는 여전히 개의치 않고 흥분한 목소리로 말을 이어갔다.

"남매인데… 그랬을 리가 없잖아요!"

트리샤는 평소의 그녀답지 않게 크게 격앙하여 손까지 바들바들 떨고 있었다. 원일은 그 모습에 당황하여 영문도 모른 채 사과부터 먼저 꺼냈다.

"어, 음… 미안. 내가 심한 소리를 한 것 같네."

원일의 얼굴에 당혹스러운 표정이 피어오르자, 그제야 트리샤는 자신이 상관에게 소리 높여 화를 냈다는 것을 깨닫고 황급히 고개를 숙였다.

"…죄송합니다."

"아니야. 나도 너무 추억에 잠겨서 생각 없이 말을 꺼낸 것 같네. 미안해."

어색한 사과가 두 사람 사이로 빠져나가자 곧 불편한 침묵이 그 자리를 메웠다. 트리샤는 입을 꾹 다문 채 감자 깎는 데에만 열중하고 있는 것처럼 보였지만, 속으로는 계속 스스로를 탓하고 있었다.

'바보, 바보, 바보. 어째서 의무장님께 화를 낸 거람? 전의 일에 대해 사과를 해도 모자랄 판에.'

오늘따라 일이 마음처럼 풀리지가 않았다. 어쩌면 세간의 사람들이 흔히 말하는 '마가 낀 날'이라는 게 트리샤에게는 오늘일지도 모른다. 그녀는 다시 고개를 처 박고 빠른 속도로 감자를 깎아 나갔다. 그리고 작업을 모두 마칠 때까지 고개를 들지 않았다.

산더미처럼 쌓인 감자를 모두 손질하고 나니, 시간은 어느덧 새벽 한 시였다. 원일은 작업에 거의 도움이 되어주지 못했지만, 그래도 옆에 사람이 있어서 그랬는지 예상보다는 훨씬 더 빨리 끝났다.

트리샤와 원일은 하얗게 다듬어진 감자를 다시 상자에 담고 갑판 아래에 있는 식재 창고로 향했다.

바로 요리에 쓸 거라면 어디에 두어도 상관없겠지만, 아침 조리를 하기까지는 꽤 시간이 남아있었기에 트리샤는 갈변을 막기 위해 커다란 국통에 식초 물을 담아 그 안에 감자를 넣어 두었다. 이렇게 하면 조리하기 전에 감자의 전분을 빼는 데에도 도움이 될 것이다.

원일은 창고 입구에 나란히 쌓인 통을 쳐다보며 궁금하다는 표정으로 물었다.

"이 통은 이대로 둬도 돼? 냉장실 안에 두는 게 더 좋지 않을까?"

"음, 그러네요. 요새는 새벽이라고 해도 날이 꽤 푹하니… 통을 옮기는 걸 좀 도와주시겠어요?"

"좋아, 맡겨줘."

물과 감자가 가득 담긴 국통은 한 사람이 들기에는 꽤나 무거웠기 때문에 트리샤와 원일은 힘을 합쳐 통을 냉장실 안 쪽으로 밀어 넣었다. 마지막 통을 냉장실 깊숙한 곳에 밀어 넣은 다음 원일은 한숨을 내쉬며 바닥에 굴러다니는 빈 종이 상자를 집어 들었다.

"어휴, 이제 끝이네. 수고 많았어. 자, 이제 돌아가서…."

원일은 말을 하다 말고 이상하다는 표정으로 고개를 갸웃거렸다. 어찌된 영문인지 방금 들어왔던 냉장실의 문이 굳게 잠겨져 있었다. 가까이 다가가 손잡이를 당겨보았지만 문은 열릴 생각을 하지 않았다.

"…어라? 이거 왜 안 열리지?"

원일은 힘을 주어 손잡이를 여러 번 잡아당겼지만, 여전히 문은 꼼짝도 하지 않았다. 뒤늦게 뒷정리를 마치고 문 앞으로 다가온 트리샤가 그 광경을 보더니, 핏기가 빠진 표정으로 입을 딱 벌렸다.

"의, 의무장님. 혹시… 도어 스토퍼 빼 두셨나요?"

트리샤는 파닥거리며 손으로 작은 사다리꼴 모양을 그려 보였다. 분명 문 앞에 그런 모양의 고임목이 끼워져 있기는 했지만….

"아까 문 아래에 끼워져 있던 고임목 말이야? 응. 오고 가는데 거치적거려서 치웠는데. 그게 왜?"

그 말을 듣자마자 트리샤는 손에 들고 있던 빈 상자를 툭 떨어트렸다.

"이 문… 안에서는 안 열리는 데…."

원일은 황급히 손잡이를 앞뒤로 잡아당겼다. 있는 힘껏 몸을 부딪쳐 보기도 했지만 문은 여전히 열리지 않았다.

입가에서 사늘한 입김이 피어오르는 것을 느끼며, 원일은 그 자리에 털썩 주저앉았다.

"망했다…."

-5-

"밖에 누구 없나? 어이-!"

그로부터 시간이 얼마나 지났을까. 원일은 계속 문을 두드리며 고함을 질렀지만, 창고 밖에서는 조금의 인기척도 느껴지지 않았다. 트리샤는 이미 모든 것을 체념한 표정으로 고개를 떨어뜨린 채 미동도 하지 않고 있었다.

"…틀렸어요. 어차피 이 시간에는 아무도 창고에 내려오지 않아요."

"안전당직자는?"

"창고에 점검 포인트가 없어서 거의 오지 않아요. 꼼꼼한 당직자라면 모르겠지만, 오늘 당직은 루나인지라… 굳이 포인트가 없는 구역을 체크하러 내려오지는 않을 거예요."

"이거 곤란하네."

루나의 게으른 성품이 이렇게 엉뚱한 곳에서 독이 될 줄이야. 머리위로 떠오르는 루나의 얼빠진 표정을 애써 지우며 원일은 상황을 판단하기 위해 트리샤에게 몇 가지 질문을 던졌다.

"조리병들은 몇 시부터 아침 준비를 해?"

"보통 아침 식사 준비는 다섯 시부터 시작해요."

"창고에 내려오는 건?"

"아무리 빨라도 네 시 반 이전에는 내려온 적이 없어요."

원일은 손목시계를 들어 시간을 바로 확인 했다. 현재 시각은 새벽 한 시. 조리병들이 창고로 내려오려면 앞으로 세 시간도 넘게 남아 있었다.

벽에 걸린 온도계를 체크한다. 냉장실의 온도는 영상 5도 전후로 가벼운 초겨울 날씨와 비슷했다. 두꺼운 옷을 입고 있었더라면 모르겠지만, 원일과 트리샤 모두 가벼운 반팔차림으로 들어왔던지라. 이대로 가만히 있으면 30분도 지나지 않아 저체온증에 걸릴게 뻔했다.

"일단 몸을 덥힐만한 걸 찾아보자."

창고를 열심히 뒤져보았지만 식재료 이외에 방한을 할 수 있을만한 물건은 하나도 나오지 않았다. 라이터가 있으니 종이 박스를 모아 불을 피워볼까 하는 생각도 했지만, 밀폐된 공간에서 불을 피웠다가는 얼어 죽기 전에 호흡곤란으로 죽을 것이다.

"으…."

트리샤의 얼굴이 파랗게 질려가기 시작했다. 어느새 저체온증의 증상이 두 사람의 몸 위에 나타나고 있었다. 원일은 급한 대로 냉매가 나오는 입구를 막고, 박스로 벽을 쳐 이글루처럼 보온을 할 수 있는 공간을 만들었다.

몸은 여전히 얼음장처럼 차가웠지만, 바람을 받지 않으니 그래도 한결 추위가 가시는 것만 같았다. 어느새 오한은 멎어 있었다.

"이 안쪽으로 들어와. 여기는 조금 더 따듯할 거야."

트리샤가 먼저 자리를 깔고 앉자, 원일은 그녀로부터 한 뼘 정도 떨어진 곳에 몸을 웅크려 앉았다. 그 미묘한 거리감에 트리샤가 이상하다는 표정으로 물었다.

"왜 그렇게 앉아 계세요?"

"너 남자랑 닿는 걸 싫어하잖아?"

"지, 지금은 괜찮아요."

트리샤는 호기롭게 말했지만, 원일이 손을 들어 그녀의 어깨를 만지려는 시늉을 하자마자 바람 빠지는 소리를 내며 몸을 움츠렸다.

"…힉."

"거 봐."

원일은 예상했다는 투로 씁쓸한 미소를 지어보였다.

"공포증이라는 건 의지만으로 해결할 수 있는 게 아니라고. 너무 그렇게 신경 쓰지 마."

"…."

트리샤는 말없이 허벅지를 끌어당겨 웅크리고 앉았다.

오늘 하루 종일 스스로를 자책해 왔었지만, 지금만큼이나 자신이 미웠던 적은 없었다. 이렇게 위급한 상황에서도 의무장에게 도움이 되기는커녕 폐만 끼치다니. 자신의 실수 때문에 상황이 이 지경에 이르게 되었다고 생각하니, 트리샤는 새삼 죽고 싶어졌다. 물론 이 냉장창고에서 벗어나지 못한다면 수 시간 내에 자연히 죽게 되겠지만.

어느새 입술 사이로 배어나오는 호흡도 차갑게 식어있었다. 체감상으로는 벌써 수 시간도 넘게 흐른 것 같은데, 시계를 보니 아직 30분밖에 지나지 않았다.

의무장은 여전히 트리샤의 몸에 자신의 몸이 닿지 않도록 허리를 둥글게 말은 채 쭈그려 덜덜 떨고 있었다. 그 모습을 보며 트리샤는 자조하듯 질문을 던졌다.

"…어떻게 하면 제 공포증을 고칠 수 있을까요?"

"글쎄…. 간단한 일은 아니지."

원일은 양 손을 문지르며 고개를 천천히 갸웃거렸다.

"쉬운 것부터 하나씩 시도해보는 건 어떨까?"

"쉬운 것이라면…?"

"혹시 남자 중에서도 이 사람은 조금 대하기 편하다- 그런 생각을 했던 상대는 없어?"

그 질문에 가장 먼저 떠오른 사람은 바로 눈앞에 있는 이원일 일조였다. 하지만 이를 곧이곧대로 말할 수는 없었다.

그 외에 또 편한 사람이라면…

"…저희 오빠요."

예상했던 답과는 조금 달랐는지 원일의 눈썹이 살짝 일그러졌다. 하지만 원일은 곧 어깨를 으쓱거리며 아까 그녀가 했던 질문을 그대로 되돌려주었다.

"트리샤의 오빠는 어떤 사람이었어?"

다시 질문을 되받고 나서야 트리샤는 아까 그에게 했던 질문이 얼마나 곤란했던 것인지를 깨달았다.

사람을 한 마디 말로 정의하는 것은 매우 어려운 일이다. 흔히 입에 오르내리는 외모나 직업, 성격은 그 사람을 정의하는 절대적인 기준이 될 수 없기 때문이었다. 하지만 그럼에도 불구하고 그녀의 오빠에게는 한 마디로 정의되는 낙인이 존재했다.

"저의 오빠는… 달리트(Dalit)였어요."

"달리트?"

"닿아서는 안 되는 부정한 자들. 카스트의 가장 아래에 속하는 불가촉천민을 이르는 말이죠."

불가촉천민. 원일도 예전에 학교에서 역사를 배울 때 과거 인도에 그런 계급이 있었다고 배운 적이 있었다. 하지만 문명화된 현대 사회에서 아직까지도 그런 개념이 통용될 줄이야, 상상도 하지 못했다.

"잠깐. 그런 게 아직까지도 남아있다고?"

"물론 법적으로는 이제 아무런 의미도 없지요. 하지만 오랫동안 전승되어 내려온 관습은 법보다 더 강력하니까요."

트리샤의 말에 원일은 잠깐 혼란스럽다는 표정을 지었지만, 곧 평정을 되찾고 질문을 이어갔다.

"그럼 트리샤 너도 그… 달리트였어?"

어렸을 때부터 타인과의 접촉을 피하라는 교육을 받고 자랐다면 그녀의 뿌리 깊은 혐오증도 이해가 간다.

하지만 트리샤는 그 질문에는 고개를 가로저었다.

"아니요. 달리트였던 건 오빠뿐이었어요. 천한 달리트들과 어울렸다는 이유만으로 기존의 계급을 박탈당하고 불가촉의 계급을 받았죠. 때문에 오빠는 집에도 돌아오지 못하는 퍼라이어(Paraiyar) 취급을 받았어요."

"그런…."

원일은 갑작스럽게 접한 그녀의 과거사에 충격을 받았는지 제대로 말을 잇지 못했다. 어쩌면 적당한 위로의 말을 찾고 있는 것일지도 모른다.

"하지만 아이러니컬하게도 저를 가장 많이 챙겨준 건 다른 가족

들이 아닌 오빠였어요. 제가 계속 요리를 할 수 있도록 격려해준 것도 오빠였지요. 하지만 정작 오빠가 그 계급 때문에 곤경에 처했을 때… 저는 오빠를 돕지 못했어요."

사내들은 달리트 주제에 건방지다는 이유만으로 그녀의 오빠를 무자비하게 폭행했다. 그것이 부당한 폭력이라는 것을 알면서도 트리샤는 나서지 못했다.

"…무서웠어요. 그 폭력이 저를 향할까봐 두려웠어요. 머릿속으로는 도와야한다고 생각하면서도… 저는 오빠가 죽을 때까지 아무런 행동도 취하지 못했어요."

그 두려움은 오빠가 죽고 난 이후에도 계속 트리샤의 마음속에 남아 망령처럼 그녀를 괴롭혔다. 오빠를 돕지 못했다는 죄책감과 그를 죽음으로 몰고 간 사내들에 대한 혐오감이 뒤섞여 불완전한 남성공포증을 자아냈다.

'아, 그 때문이었던 걸까.'

결국 원일이 트리샤의 공포증에서 어느 정도 예외가 될 수 있었던 까닭은, 그가 다른 남자들과는 달리 트리샤에게 유일한 호감의 대상이었던 오빠를 닮았었기 때문이었다.

그럼 무엇 하랴. 그 성격 때문에 트리샤는 또 주변 사람을 곤경에 빠트리고 말았다. …모든 것이 자신 때문이었다.

"의무장님도 저를 도와주실 필요 없어요. 저는 저를 도와준 사람에게 불행을 몰고 오는 액귀니까… 차라리 이곳에서 얼어죽어 지박령이 되는 게 더 나을지도 몰라요."

트리샤는 그렇게 말하고 숨을 크게 들이쉬었다.

차라리 죽기를 각오하니 마음이 이상하리만큼 홀가분해졌다. 자신이 일생동안 흩뿌리고 다녔던 불행이 이것으로 끝날 거라 생각하니 입가에는 미소마저 떠올랐다.

하지만 원일은 그렇게 생각하지 않았던 모양이었다.

"…역시 안 되겠어."

원일은 갑자기 자리에서 일어나 넥타이를 풀더니 셔츠의 단추를 하나씩 풀어 젖히기 시작했다. 의무장의 갑작스러운 탈의에 트리샤는 당황하여 무어라 말도 잇지 못한 채 손바닥으로 눈을 가렸다.

"…!"

사람이 중증의 저체온증 상태가 되면 착란에 빠져 오히려 옷을 벗고 체온을 낮추려 한다는데, 원일도 그와 같은 증상을 앓고 있는 걸까. 그도 아니라면 갑자기 트리샤를 덮칠 마음이라도 들은 걸까?

하지만 그녀의 걱정이 무색하게도 원일은 벗어젖힌 상의를 그대로 들어 트리샤의 몸 위에 덮어주었다. 두 사람의 체격차가 어느 정도 있었던 터라, 원일의 상의는 담요처럼 트리샤를 폭 덮고도 남았다. 원일은 티 한 장만 입은 채 이를 딱딱 부딪치며 발을 굴렀다.

"이거… 네가 덮어."

"하지만 저는…."

"눈앞에서 환자가 죽어가는 데 아무런 조치도 취하지 않는 의무장이 세상에 어디 있어?"

그는 과장스럽게 몸을 흔들어대며 마구 골을 냈다.

"액귀? 불가촉의 저주? 그런 건 이 시대에 아무런 힘도 쓰지 못해. 포술장은 내가 반편이라지만, 그렇다고 정의되지 않은 것을 두려워할 정도로 모자라지는 않는다고!"

"하지만… 이걸 벗어주시면 의무장님이…."

"괜찮아, 괜찮아. 맨손 체조라도 하고 있으면 체온이 올라가겠지. 기록상으로는 영하의 환경에서도 쉬지 않고 운동을 해서 12시간 넘게 살아있었던 사례도 있다더라. 그러니까 나는… 신경 쓰지 마!"

그리고 원일은 우스꽝스러운 자세로 마구 팔다리를 휘두르며 정체불명의 체조를 하기 시작했다. 그 모습은 우습다기보다는 어쩐지 애처롭게 보였다.

'…어쩜 이렇게 바보 같은 모습까지 닮았는지.'

그녀의 오빠도 그랬었다.

자신을 도와주지 않는 여동생을 원망할 법도 하건만, 그는 마지막까지 웃으며 여동생을 마주했다. 괜찮다—는 말 한 마디만을 남기고. 그 때의 트리샤는 차마 용기를 내지 못했지만… 두려움 때문에 또 다시 **오빠**를 잃을 수는 없었다.

트리샤는 손을 내뻗어 원일의 옷깃을 잡아당겼다. 갑자기 옷을 잡힌 원일은 체조를 하는 것을 멈춘 채 의아한 표정으로 그녀를 내려다보았다.

"…왜 그래?"

"의무장 님. 저는… 저는 괜찮으니까…."

트리샤는 눈을 꾹 감은 채, 원일을 향해 양 손을 크게 벌리며 외쳤다.

"저를… 안아주세요!"

덜컥.

그 순간, 굳게 닫혀 있던 창고의 문이 갑자기 활짝 열렸다. 원일과 트리샤가 조심스럽게 고개를 돌려보니… 해인이 창고의 문 앞에 굳은 표정으로 서 있었다.

"…뭐라고요?"

고장난 로봇처럼 삐걱거리며 원일과 트리샤를 번갈아 보는 해인. 그녀의 눈에 들어온 것은 상의를 벗은 채 엉거주춤하게 서 있는 원일과 그를 향해 안아달라며 양 손을 내뻗은 트리샤.

…누가 보더라도 오해하기에 딱 좋은 상황이었다.

"하, 하하… 그, 그게 말이야…."

원일은 황급히 말을 더듬으며 상의를 주워들었다.

살았다는 안도에 앞서 다른 의미의 오한이 훅 몰려들었다.

-6-

다음 날. 트리샤는 약간의 문진만 받고 별일 없이 업무에 복귀했지만, 원일은 독한 감기에 걸려 입실 신세를 면치 못했다. 냉장실에 갇혀 있었던 시간은 똑같은 데, 이렇게나 차이가 나다니. 원일은 문득 불공평하다는 생각이 들었다.

이불을 끌어올린 채 코를 훌쩍이고 있노라니, 쇼우코 대위가 다가와 그에게 가벼운 면박을 주었다.

"그러게 누가 새벽에 냉장창고에서 반팔 티만 입은 채 춤을 추고 있으래? 자업자득이야."

원일은 그 말에 발끈하며 몸을 일으켰다.

"트리샤를 감싸주기 위해서 그런 거잖습니까. 저라고 추운 게 좋아서 그런 것도 아니라고요."

"다음부터 그런 상황에 처하면 너나 꼭꼭 잘 껴입어. 일반적으로 여자가 남자보다 피하 지방량이 많아서 추위에 더 강하다고 하니까."

"…제 입으로 했다가는 욕먹기 딱 좋은 소리군요."

원일은 그리고 큰 소리로 재채기를 뱉었다.

여전히 콧날이 시큰거리고 머리가 아팠다. 그가 머리맡에 두었던 해열제 통에 손을 뻗으려 하자, 쇼우코 대위가 날렵하게 통을 가로챘다. 원일은 이해가 가지 않는다는 표정으로 손을 내밀었다.

"약 이리 주십쇼."

"아서라. 바보한테는 아세트아미노펜도 안 먹혀."

"그 격언이 그렇게 구체적인 줄은 몰랐는데요."

"지금 너한테 필요한 건 약보다는 충분한 수면과 영양섭취야. 약은 조금 줄여. 전에 인터넷에서 보니까 약 안 쓰고 병을 앓아야 건강한 면역력이 생긴다더라."

"의사 입에서 절대로 나와서는 안 될 소리가 나왔잖아!"

원일의 딴죽에 쇼우코는 의미심장한 미소를 지어보이더니, 그의 이마를 꾹 눌러 다시 자리에 눕혔다.

"조용히 요양이나 하면서 기다려. 조리장한테 일러 점심을 가져다 줄테니."

이해가 가지 않는 처사였지만, 배의 유일한 함의가 직접 투약을 제한하니 어쩔 도리가 없었다. 원일은 쇼우코 대위가 의무실을 빠져나가는 것을 눈으로 좇으며 잠시 눈을 감았다.

"…의무장님, 의무장님."

"어… 어어?"

원일은 누군가가 속삭이는 목소리에 놀라 잠에서 깨어났다. 잠시 눈을 붙인다는 게 저도 모르게 잠에 들었나 보다. 눈을 뜨고 몸을 일으켜 보니 트리샤가 빨간색 법랑 냄비를 든 채 침대 옆에 서 있는 게 보였다.

"아, 트리샤구나. 몸은 좀 괜찮아?"

"네, 덕분에요. 그보다 의무장님 몸은 어떠신가요?"

"나는 괜찮아… 에취!"

괜찮다는 말이 끝나기가 무섭게 재채기를 하자 트리샤가 쓴웃음을 지으며 냄비를 내밀었다.

"식사를 아직 안 하셨을 것 같아서요. 요리를 조금 가져와 봤어요."

아까 군의관이 해인에게 말을 전해준다 하더니만, 대신 트리샤를 보내온 건가. 원일은 그런 생각을 하며 냄비를 받아들었다.

냄비의 뚜껑을 열어보니 붉은 소스에 푹 졸여진 감자가 안에 소담히 담겨 있었다. 색만 보았을 때는 간장이나 고추장으로 조린 감자인가 싶었지만, 코를 가까이 해 냄새를 맡아보니 처음 맡아보는 알싸하고 달콤한 향이 느껴졌다.

"…이건 처음 보는 요리네."

"알루 마살라(Aloo Masala)에요."

"마살라? 아, 커리의 일종인가."

원일은 수저를 들어 감자의 귀퉁이를 조금 베어냈다. 포슬포슬하게 익은 감자는 마치 무른 반죽을 베어내는 것처럼 수저로도 쉽게 떠졌다.

소스와 허브가 잘 어우러도록 수저 끝으로 감자를 뒤섞은 다음, 원일은 크게 한 술을 떠 알루 마살라를 맛보았다.

"…달다."

혀끝에 느껴진 첫 맛은 단 맛이었다. 설탕으로 끌어올린 인위적인 단 맛이 아닌, 감자 특유의 달착지근한 맛이 기분 좋게 입 안을 두드렸다.

이어서 느껴진 것은 가람 마살라 특유의 알싸한 향.

후추와 정향, 계피와 육두구의 강렬한 향이 자칫 밋밋할 수 있는 감자의 맛에 변주를 더했다.

처음에는 주재료가 감자뿐이라 맛이 심심하지 않을까 걱정했는데, 향신료의 이채로운 맛은 원일의 걱정을 충분히 씻어주었다. 무엇보다 몸이 따듯해지는 느낌이 들어서 좋았다. 단순히 향신료에 버무린 감자일 뿐인데, 뜨거운 국물 요리를 연신 삼킨 것처럼 몸이 훈훈해졌다.

원일이 감탄하며 감상을 말하려던 찰나, 옆에서 계속 손가락을 배배 꼬아가며 그의 눈치를 살피던 트리샤가 갑자기 입을 열었다.

“저기, 의무장님.”

“응? 왜?”

“전에 제가 직접 만든 커리를 맛보게 해 드린다고 약속한 적이 있었지요?”

“그랬던 것 같기도 하고… 그런데 왜?”

“제 커리, 어떠신가요?”

그녀의 말에 원일은 다시 자신이 들고 있던 알루 마살라를 내려다보았다.

“아, 그러니까 이건…”

이 알루 마살라는 해인이 가져다 준 점심이 아니라 트리샤가 제멋대로 몰래 가져온 특식이란 말인가. 갑자기 머리가 복잡해졌다. 안 그래도 어제의 일도 제대로 해명하지 못했는데 트리샤가 해 준 음식을 몰래 먹다 들킨다면… 해인이 무슨 잔소리를 할지 상상조차 가질 않았다.

하지만 그와 별개로 알루 마살라는 맛있었다. 원일은 입에 머금은 감자를 마저 삼키며 엄지를 치켜세웠다.

“…맛있는 걸. 앞으로도 종종 부탁할 게.”

“감사합니다!”

트리샤는 정말 기쁜 표정으로 고개를 푹 숙이며 미소를 지어보였다. 그 환한 미소를 보고 있노라니 원일의 마음도 자못 훈훈해졌다.

'자, 그나저나 해인에게는 무어라고 핑계를 댄담.'

분명 식사를 하는 꼴이 시원찮으면 해인은 그가 식사 전에 다른 음식을 먹었다는 것을 알아차릴 것이다. 아니, 해인이라면 의무실 내에 퍼진 향신료의 향만 맡고도 알아차리겠지.

"무슨 고민이라도 있으신가요?"

"아무것도 아니야."

트리샤의 질문에 시치미를 떼며 원일은 가볍게 고개를 가로 저었다. 물론 아무것도 아닌 것은 아니지만… 그래도 어제의 소동에 비하면 사소한 일이다.

간이 배인 감자를 베어 물며 원일은 그런 생각을 했다.

(끝)

ASH OCTOBER

3. 당근

-1-

[정기 면담 기록 1]

일시 : 20XX-03-12
기록자 : 의무 일등병조 – 이원일
대상자 : 병기 중위 – 아나스타샤 최

– 이하 녹취 기록 –

이렇게 의무장과 단 둘이 면담을 하는 건 처음이네요. 하긴, 의무장이 착임한 이후로 계속 바빴으니까요. 반 년 사이에 해전과 육전을 벌써 두 번이나 치렀으니….

아, 의무장이 남자라서 말하기 곤란하다거나 불편하다는 건 아녜요. 제게는 비밀도 없을뿐더러, 이것도 업무의 연장이니까요. 이름은 딱딱하게 '아나스타샤'라고 부를 필요는 없어요. '나스챠'라고 부르면 족하답니다.

러시아인 치고는 꽤 특이한 성이죠? 듣자하니 제 할아버지의 할아버지는 오래 전 연방에서 왔다고 하더라고요. 물론 지금에 와서는 아무래도 상관없는 일이지만… 이 검은 머리와 눈동자의 색을 제외하면 제 몸 속에는 연방인과 관련된 것이 아무것도 없어요.

그보다 갑자기 면담을 요청한 이유가 뭔가요?

…체중 변화, 말인가요.

그러네요. 최근 들어 제 체중은 꽤 크게 줄었죠. 2주 동안 5kg 정도 빠졌나? 허리를 조이기 위해 벨트의 구멍을 하나 더 뚫었을 정도니까요.

식사는 제대로 하고 있어요. 조리장이 만들어주는 식사는 워낙 맛이 좋아서 거르고 싶어도 거르기가 힘들 정도에요. 물론 몸이 아픈 것도 아니에요. 얼마 전에 받은 종합 검진에서도 큰 이상이 없었고, 생리도 제 때 하고 있어요.

그 외에 짚이는 일이라면—

아, 포술장님과의 관계는 원만하냐고요?

물론이에요. 블라디보스토크에서 출항한 이후로 포술장님은 퍽 친절해지셔서 요새는 영내 분위기도 꽤 평화롭답니다. 심지어 어제는 **쑤까 블랴(Сука блядь, 개X)이라는 욕설을 열세 번 밖에 쓰시지 않았을 정도에요.**

…갑자기 왜 그러나요, 의무장? 커피에 사레라도 들렸나요?

네? 부하를 개X이라고 부르는 게 병기부에서는 흔한 일이냐고요?

물론이죠. 후후, 의무장도 이상한 질문을 하네요.

병기부는 언제나 위험한 무기를 다루고 있어요. 정신을 차리지 않고 멍하니 있다가는 자신의 목숨뿐만 아니라 승조원들의 목숨도 위태롭게 만들 수 있어요. 그렇기 때문에 병기부 승조원은 주기적으로 격한 소리를 해서 정신을 환기시키는 게 무엇보다 중요해요. 그리고 포술장님이 하시는 말씀 중에서 쑤까 블럇 정도면 욕 축에도 끼지 못할걸요?

그럼 포술장님이 정말로 화가 나면 뭐라고 하시냐고요?

음, 저번에 나쟈가 포탄 운반 중에 발을 헛디뎌 휘청거렸을 때는 **XX에 XX를 해서 XXXX를 하게 만들어버릴 XX-** 라고 하셨죠. 아, 그 때는 정말 볼만했어요.

의무장, 정말 몸이 안 좋은 게 아닌가요?

금방이라도 토할 것 같은 표정을 짓고 있는데요.

그 외에 육체적 폭력이나 린치가 이루어진 적은 없냐고요? 걱정 마세요. **포술장님이 정강이를 걷어차는 건 생각만큼 그리 아프지 않으니까요.**

…저기, 이게 뭔가요? CES-D* 설문지?

뭐, 좋아요. 한 번 작성해보죠.

---

* Center for Epidemiologic Studies Depression Scale – 역학연구에 사용되는 자가보고형 우울증상 척도

-2-

원일이 함장의 책상 앞에 한 무더기의 서류 뭉치를 쾅하고 내려놓자, 카밀라 대교는 눈썹을 긁적이며 신문 너머로 그를 흘겨보았다.

"…이 문서들은 도대체 뭐지, 의무장?"

"병기부 승조원들의 면담 기록입니다."

원일의 표정은 전에 없이 진지해보였다. 하지만 함장은 귀찮다는 내색을 노골적으로 드러내며 의자에 등을 기댔다.

"으음, 나 글씨 읽는 거 싫어하는데…."

"싫어도 좀 읽으십쇼. 함장이잖습니까!"

"이 함장님은 말이야, 함 내의 모든 일을 직접 처리하기에는 너무 바쁘다고. 의무장이 대신 요약해주면 안 될까?"

"십자말풀이가 그렇게 바쁜 업무이십니까?"

원일은 책상 위에 펼쳐진 신문 지면을 손가락으로 툭툭 치며 불만스럽게 되물었다. 하지만 함장은 원일의 말에는 대꾸도 하지 않고 한창 진지한 표정으로 'S' 로 시작하는 단어의 뜻을 열심히 궁리하고 있었다.

"'물에 떠서 사람, 가축, 물자를 싣고 다니는 이동식 구조물을 무어라고 하는가?' 의무장, 이거 답 알아?"

"보통 그런 걸 '배(Ship)'라고 하지요. 이제는 제 직업까지 까먹으신 겁니까?"

"말도 안 돼! 그럼 수상 항공기나 부양식 도크도 배로 취급하는 거야? 어문학자 녀석들은 이래서 안 돼."

함장이 여전히 그의 질문에 답할 기색을 보이지 않자, 결국 원일은 한숨을 내쉬며 보고서를 직접 집어 들었다.

"…좋습니다. 제가 짧게 요약해드리지요."

그리고 원일은 숨도 쉬지 않고 그 위에 적힌 내용을 빠르게 읊어 내렸다.

"포술장의 거듭되는 폭언과 린치로 인해 병기부의 승조원들 중 대부분이 경도우울증(minor depression) 증상을 보이고 있습니다. 특히 가장 문제가 심각한 것은 대잠관인 나스챠 중위로 최근 급격한 체중 감소가 관측되었습니다."

"…그 보고서 이리 줘 봐."

그가 보고한 내용이 단순한 건강검진기록이 아님을 깨닫자 함장은 웃음기를 거두고 황급히 그에게서 보고서를 받아들었다.

면담 기록을 읽어 내려가는 동안 함장의 얼굴은 이상야릇한 모습으로 뒤바뀌기를 반복했다. 진지한 표정에서 놀란 표정으로, 놀란 표정에서 웃음기 어린 표정으로, 그리고 마지막에는 곤란하다는 표정으로….

글을 모두 정독한 뒤, 함장은 원일에게 조심스럽게 보고서를 돌려주며 쓴웃음을 지어보였다.

"으음. 물론 포술장이 입이 험한 것도 맞고, 병기부 승조원들이 최근 우울해진 것도 맞는데… 우울증의 원인은 포술장의 폭언 때문은 아닐걸?"

"그럼 그 외에 어떤 이유가 있다는 겁니까?"

"…미안. 그건 내 입으로 말하기가 좀 어려워."

카밀라 함장은 머리카락 끝을 손가락으로 배배꼬며 원일의 시선을 피했다. 짐짓 기밀과 관련되어 있다는 뉘앙스를 주어 질문을 회피해 보려고 했던 것이었지만, 원일은 그녀의 의도와는 다르게 함장이 그저 답하기가 귀찮아서 말을 돌린다고 생각해버렸다.

"함장님."

원일은 양 손으로 책상을 짚으며 화난 표정을 지어보였다.

"외람된 말임을 알고 있습니다만, 병기부 승조원들의 사기 진작과 정신 건강 회복을 위해 엘레나 포술장은 지휘 업무에서 즉시 배제시켜야 합니다. 그게 불가능하다면… 적어도 병기부 인원들을 포술장과 격리시켜야 합니다."

원일도 일개 부사관인 자신이 장교들의 일에 이래라 저래라 하는 것이 얼마나 무례하고 주제넘은 짓인지는 잘 알고 있었다. 하지만 그는 이 일이 평소처럼 웃으며 넘길 수 있을 만한 가벼운 사안이 아니라고 생각했다.

함 내에서 부당한 괴롭힘이 발생하고, 그것이 지휘관에 의해 묵인되고 있다. 지금 당장은 문제가 일어나지 않는다 하더라도 이러한 부조리가 계속 누적된다면 진짜 전투가 일어났을 때 병기병들의 총구가 어디를 향할지 확신할 수 없다.

"으음… 쉬운 일은 아닌데."

하지만 카밀라도 곤란하기는 마찬가지였다. 배 위에서 함장은 대통령보다 더 강력한 권한을 갖는다지만, 그렇다고 부사관의 말만 듣고 막무가내로 인사를 단행할 수도 없었다. 함장은 원일을 달래듯이

포술장에 대한 변명을 대신 해주었다.

"저기, 의무장. 의무장도 알고 있겠지만 병기를 다루는 일이라는 건 원체 위험하기 짝이 없다고. 정신을 까딱했다가는 큰 폭발사고가 일어날 수도 있고, 사람이 크게 다칠 수도 있어. 포술장의 입이 험한 것도 그걸 방지하기 위해서라고 생각하는 게—."

"욕설과 폭력으로밖에 부하를 다룰 수 없다면 그 또한 문제입니다."

하지만 원일의 태도는 여전히 딱딱했다.

"지휘관이 부리는 병사는 사람이지 말이 통하지 않는 개가 아닙니다. 욕설과 폭력을 쓰지 않았다고 부하들이 따르지 않는다면, 그 지휘관의 자질에 대해서도 다시 한 번 의심해 볼 필요가 있습니다."

"우으… 이럴 때 필드 매뉴얼을 들이밀다니."

의무장이 이곳에 어지간한 각오로 서 있는 게 아니라는 것을 다시 한 번 확인하자 함장은 깊은 한숨을 푹 내쉬었다.

"하, 이걸 내 입으로 말할 수도 없고…."

카밀라 대교는 여전히 무언가 말 못할 고민 때문에 주저하는 것처럼 보였다. 그게 무엇이냐고 원일이 물으려던 찰나, 갑자기 함장실의 문이 거칠게 열렸다.

"함장님! 계십니까!"

함장실의 문을 박차고 들어온 것은 조리장인 이해인 일등병조였다. 해인은 무슨 일인지 화가 머리끝까지 올라 분을 주체하지 못하고 있었다.

"아, 조리장. 무슨 일이야?"

해인은 아까의 원일과 마찬가지로 책상 위에 손을 거칠게 내리짚으며 불평을 늘어놓았다.

"루나 일등수병 말입니다! 오늘도 또 부식 창고에서 라면을 훔치다가 걸렸단 말입니다! 도대체 기관부의 수병 관리는 어떻게 되고 있는 겁니까?"

함장은 해인의 손아래에서 십자말풀이가 인쇄된 신문이 구겨지는 걸 바라보며 한숨을 내쉬었다.

"저기, 화가 나는 건 알겠지만… 기관병들의 근태 관리는 내 소관이 아니야."

"알고 있습니다! 가브리엘라 기관장에게 이미 몇 차례나 서면으로 항의를 넣었지요. 그런데 루나 일병의 태도는 여전히 바뀌지 않았단 말입니다!"

"으음, 그건 유감이네. 가비는 아랫사람을 질책하는 데 익숙하지 못하니까."

함장은 그렇게 말하고 머쓱하게 웃었다.

루나 일등수병의 군기 위반은 전부터 지적되어 온 문제였지만, 기관부의 부서장인 가브리엘라 기관장이 워낙 무른 사람이었던지라 제대로 교정이 되고 있지 않았다.

그런데 갑자기 무슨 재미있는 일이라도 떠올렸는지, 함장은 마지막으로 했던 말을 계속 반복해서 중얼거리며 턱을 긁적였다.

"아랫사람… 익숙지 않은 일이라…."

함장은 곧 자리에서 벌떡 일어나더니, 환한 미소를 지으며 원일을 쳐다보았다.

"의무장! 좋은 생각이 났어!"

그렇게 말하는 함장의 눈은 유난히 반짝거리고 있었다.

그녀가 저렇게 눈을 반짝이며 '좋은 생각이 났다'라고 말했을 때마다 언제나 피곤한 일이 뒤따랐었기에 원일은 갑자기 불안해졌다.

-3-

No. GM-10324M-0001

光明學會 -Ash October

□수신: 잿빛 10월 경의부 행정반

■제목: 인사명령 제 4호

1. 관련 근거

광명학회 함대 인사 규정 제 12조 (20XX.05.22)

A. 파견

221 중위 –80331– 아나스타샤 최 – 병기부 대잠반

명: 기관부 파견 근무

43 일등수병 – 71824 – 루나 클라인 – 기관부 원자력반

명: 병기부 파견 근무

파견 기간 : XX.03.15 — XX.03.31

끝.

잿빛 10월 함장
함장 : 대교 카밀라 아미누딘

-4-

"더워…."

나스챠 중위는 지독한 더위에 신음하며 침대에서 일어났다. 병기부의 침실이 이렇게 더울 리가 없는데. 어디서 불이라도 난걸까? 나스챠는 눈을 비비고 주위를 둘러보았다.

그녀가 깨어난 침실은 이상하리만큼 낯이 설었다. 천장 위로는 복잡하게 얽힌 기관 파이프가 지나가고 있었고, 벽에는 처음 보는 남성 배우의 특대 브로마이드가 붙어 있었다. 약간의 시간이 흐른 뒤에 나스챠 중위는 자신이 깨어난 곳이 기관부 장교 침실이라는 것을 기억해냈다.

"으으… 거기는 안 돼…."

옆에서 속옷 차림으로 웅크리고 있던 전기관—에반스 중위가 잠꼬대를 하며 옆으로 돌아 누었다. 그 꼴이 꽤나 썰렁해보여서 이불이라도 덮어줄까 싶었지만 애당초 이 침실에는 이불이 없었다.

겨울에도 뜨끈뜨끈한 기관부 침실과는 달리 O-2 데크에 위치한 병기부 침실은 여름에도 외풍이 솔솔 들어왔기 때문에 이처럼 속옷 차림으로 잠자리에 눕는 것은 꿈도 꿀 수 없는 일이었다. 나스챠는 베개를 끌어안고 맛있게 단잠을 자고 있는 중위를 내려다보며 어제의 일을 떠올렸다.

나스챠 중위는 어제 카밀라 대교에게 불려가 '기관부에 파견을 가 그곳에서 2주 동안 근무를 하라'는 명을 받았다. 어째서냐고 물어도 함장은 "승조원 간의 유대를 돈독하게 하기 위함이야—" 라는 말 이외에는 뾰족한 답을 해주지 않았다.

함장이 이상한 명령을 내리는 게 하루 이틀도 아니었거니와 당분간 잿빛 10월은 잠수함이 활동할 수 없는 저수심지대를 항행할 예정이었으므로 나스챠 중위는 군말 없이 대잠관 일을 내려놓은 채 짐을 기관부 침실로 옮겼다.

파견을 온 지 아직 만 하루도 지나지 않았지만, 나스챠 중위는 기관부의 생활에서 미묘한 위화감을 느끼고 있었다. 병기부와 마찬가지로 평범하게 근무를 하고, 평범하게 식사를 하고, 평범하게 잠자리에 드는 일상의 연속인데… 이곳에는 **무언가 중요한 것**이 결여되어

04 MARIOLATRY RECIPECARD

알루 마살라

재료 (2인분 기준)

감자 2개 반, 양파 1/4개, 마늘 1쪽, 올리브유 2 작은 술, 옥수수 가루 1 작은 술,

향신료 (칠리파우더 0.5tsp, 터메릭 0.5tsp, 커민 시드 0.5tsp, 커민 파우더 0.5tsp, 고수 파우더 1tsp, 쥐똥고추 1개) 소금 0.5tsp, 고수풀 약간

밑 준비

1 감자는 끓는 물에 삶은 다음, 얼음물에 담가 껍질을 벗겨낸다. 껍질을 벗겨낸 감자는 먹기 좋은 크기로 잘라 요리하기 전 옥수수 가루에 버무려둔다. 양파는 작게 깍둑썰기 한 뒤 물에 담가 인편을 제거한다.

2 쥐똥 고추는 가루가 될 정도로 잘게 다지고, 고수풀은 1cm 간격으로 썰어낸다.

조리

1 팬에 기름을 두르고 센 불로 달군다. 기름의 점성이 낮아져 흐를 정도로 팬이 충분히 달궈지면 커민 시드와 양파를 먼저 볶는다.

2 양파의 색이 갈색으로 변하고, 커민 시드가 흩어지면 나머지 향신료와 소금을 기름에 첨가한다. 기름에 향신료가 잘 배어들도록 낮은 불에서 기름을 졸인다.

3 기름에 향신료가 충분히 배어들면 옥수수 가루에 버무린 감자와 마늘을 팬에 올려 튀겨내듯이 볶는다. 이후 감자에 향신료가 충분히 밸 수 있도록 7분간 낮은 불에서 조리한다.

4 향신료가 배인 감자를 고수풀에 버무려 접시에 낸다.

주의 사항

기름의 온도가 너무 높으면 향신료가 타거나 향이 변질될 수 있으므로 불의 세기에 주의한다.

POST CARD

보내는 사람

받는 분

IMAGEFRAME

있었다.

물론 이 잿빛 10월에서 이상하지 않은 사람을 찾는 게 더 어려운 일일지도 모르겠지만, 기관부의 승조원들은 겉보기에는 별 다른 문제가 없어보였다. 때문에 나스챠는 그 위화감의 정체를 명확하게 알아낼 수가 없었다.

…어쩌면 그것은 '나태' 일지도 모른다. 병기부의 승조원들과 비교하면 확실히 기관부 승조원들은 나태한 편이었다.

지금 이 상황만 보더라도 그렇다. 총 기상 시간까지 30분도 채 남지 않았건만, 기관부 승조원 중 일어난 사람은 아무도 없었다. 포갑부의 수병들이었다면 모두 15분종이 울리기도 전에 예식갑판에 모여 조례 준비를 마쳤을 것이다.

이런 나태한 분위기가 새삼 마뜩잖았지만 지금의 나스챠는 파견을 온 타부서의 장교일 뿐이라. 그녀는 잠을 자고 있는 전기관을 조용히 지나쳐 자신의 캐비넷으로 향했다.

나스챠는 체육복을 벗은 뒤 근무복을 꺼내려다 말고 잠깐 멈칫했다. 침실 이곳저곳을 살펴보았지만 으레 있어야 할 세탁물 바구니가 어디에도 보이지 않았다.

혹시나 싶어 침대 아래도 꼼꼼히 살폈지만, 속옷을 담아두는 바구니는 아무 데에도 없었다.

'그럼 기관부 승조원들은 속옷을 어디에 두는 거지?'

바구니를 찾느라 귀중한 아침의 시간을 또 3분이나 낭비하고 말았다. 결국 나스챠는 어제 입었던 속옷을 그대로 입은 채 환복을 했다. 근무복의 리본을 여미고 마지막으로 치마의 지퍼를 올리고 있는데, 마침 에반스 중위가 인기척을 느끼고 잠에서 깨어났는지 눈을 비비며 침대에서 일어났다.

"하암… 벌써 일어났구나, 대잠관. 부지런하네…."

그녀가 깬 것을 보자마자 중위는 반가운 표정으로 그녀에게 세탁물 바구니의 행방을 물었다.

"에반스 중위, 기관부에서는 세탁물 바구니를 어디에 두나요? 옷을 갈아입으려고 했는데 바구니가 보이질 않아서요."

"…세탁물 바구니? 기관부에서 세탁은 개인이 알아서 하는데. 혹시 빨아야할 옷이 있다면 후부 화장실 옆의 세탁실을 사용하면 돼."

"그런… 그럼 속옷은 누가 관리하나요?"

"속옷…?"

에반스 중위는 그녀의 질문을 곱씹으며 고개를 갸웃거렸다. 처음에는 잠이 덜 깨서 말을 잘못 알아들었나 싶었지만, 아무리 생각해도 세탁물 바구니가 없는 것이 어째서 속옷 관리의 화제로 이어지는가에 대해서는 여전히 이해를 할 수 없었다.

"대잠관, 혹시 개인 속옷 안 가져 왔어?"

하지만 에반스 중위의 말을 이해하지 못한 것은 나스챠 역시 마찬가지였다.

"개인 속옷이요? 민간도 아니고 군대인데 승조원들이 개인 속옷을 따로 쓴다고요?"

"당연하지. 속옷은 위생용품이잖아?"

나스챠는 고개를 갸웃거리며 단어를 다시 골랐다.

"혹시 오해했나 싶어서 하는 말이지만, 지금 말한 속옷은 냅킨(napkin, 생리대)을 말한 게 아니라 팬티를 말한 건데요."

"응, 나도 그렇게 이해했어. …여하튼 지금 갈아입을 속옷이 없다는 뜻이지?"

에반스 중위는 자신의 캐비넷을 뒤져 돌돌 말린 팬티 하나를 꺼내들더니 나스차 중위에게 흔쾌히 내밀었다.

"지금은 내 속옷을 빌려줄 테니까 나중에 돌려줘."

"…."

나스챠 중위는 에반스에게서 건네받은 속옷을 한동안 낯선 물건을 대하는 것처럼 조심스럽게 만지작거렸다. 그리고 양 손으로 속옷을 펼쳐 그 모양을 관찰한 다음, 어째서인지 깊은 한숨을 내쉬었다.

"에반스 중위."

"또 무슨 일이야?"

"…에반스 중위는 그동안 이렇게 파렴치한 디자인의 속옷을 입고 다녔었나요?"

나스챠의 질문에 에반스 중위는 당황하여 얼굴을 빨갛게 물들이며 항변했다.

"뭐, 뭐가 파렴치한데! 이 정도는 보통이잖아?"

"하지만 이렇게 면적이 좁아서야…. 제대로 보온이 될지도 의심스러운걸요."

나스챠의 말이 끝나기도 전에 침대 위층에서 보수관 브라운 중위가 눈을 반짝이며 머리를 불쑥 내밀었다.

"뭐? 에반스가 야시시한 속옷을 입고 있다고?"

"아무도 그렇게 말 안 했거든!"

브라운 중위는 짓궂은 미소를 흘리며 나스챠에게서 속옷을 받아 들었지만, 그 모양을 확인하자 실망한 표정을 지어보였다.

"뭐야, 평범한 헤인즈(Hanes) 속옷이잖아. 난 또 에반스의 캐비넷에서 빅토리아 시크릿이라도 나왔나 했는데."

"그럴 리가 있겠냐!"

에반스는 브라운 중위에게 일갈을 한 다음 나스챠를 돌아보며 불만스러운 표정으로 툴툴거렸다.

"그보다 이런 속옷이 파렴치하게 느껴질 정도면 도대체 병기부 승조원들은 평소에 어떤 속옷을 입고 다니는 거야?"

"평범한 것입니다만…."

나스챠 중위는 치마 아래로 손을 넣어 입고 있던 속옷을 직접 벗어 보여주었다. 에반스와 브라운 중위는 그 속옷을 보자마자 눈살을 찌푸리며 저들끼리 수군덕거렸다.

"우아… 이게 뭐야? 드로어즈? 블루머?"

"이걸 미국에서 드로어즈라고 불렀다가는 로이 레이먼드*한테 따귀를 맞을걸. 이건 말로만 듣던 그 속고쟁이라는 녀석이야."

"그럴 리가. 우리 할머니도 이런 건 안 입는다고."

다른 사람 둘이서 자신의 속옷을 두고 아옹다옹하는 꼴을 보고 있노라니 나스챠 중위는 갑자기 부끄러운 마음이 들어 두 사람의 손에서 자신의 속옷을 빼앗아들었다.

---

* 로이 레이먼드 (Roy Raymond) : 빅토리아 시크릿 브랜드의 창립자

"이상한 말들을 하시네요. 속옷이 촌스러운 게 뭐 어때서요? 어차피 겉으로는 보이지도 않는데 편하기만 하면 그만이지."

하지만 두 중위는 아직도 이해하기 어렵다는 표정을 지어보이며 불만을 늘어놓았다.

"하지만 애초에 그 속옷은 편해보이지도 않는 걸. 통기성도 나빠 보이고…."

"대잠관. 속는 셈치고 그 속옷 한 번 입어봐. 바로 차이를 알 수 있을 걸?"

"…이 속옷을 입으라고요?"

"응. 어려울 게 뭐 있어?"

나스챠 중위는 한동안 에반스의 눈치를 보며 그녀가 준 팬티를 만지작거렸다. 어쩐지 악마 앞에서 타락과 퇴폐를 시험받는 기분이었지만… 어차피 보는 사람도 없겠다, 그녀는 속는 기분으로 다리 사이에 속옷을 넣어 치마 안으로 끌어올렸다.

"읏…."

부드러운 실크의 촉감이 피부에 닿자마자 나스챠 중위는 저도 모르게 나지막한 신음을 흘리고 말았다. 전에 느껴본 적 없는 부드러운 감촉에 놀라 그녀는 말도 제대로 잇지 못했다.

"도, 도대체 뭐죠… 이 부드러움은…."

"그렇지? 면이 아무리 좋다 하더라도 실크 혼방에는 견주지 못한다고. …그보다 이건 면도 아니잖아?"

"이게 그 말로만 듣던 비날론인가? 엄청 뻣뻣한데."

두 사람이 자신의 속옷을 문지르고 당겨보는데도 나스챠는 새로운 속옷의 감촉을 탐미하느라 둘에게는 눈길도 주지 않고 있었다.

나스챠 중위는 몸을 가볍게 구부렸다가 일으키며 속옷의 착용감을 시험해보았다. 조금만 거칠게 움직여도 끝단이 말려 올라가던 기존의 속옷과는 달리 에반스가 준 것은 나스챠의 피부에 착 달라붙어 그녀의 둔부를 부드럽게 지탱해주고 있었다. 그 착용감이 너무나 자연스러워서 나스챠는 속옷을 입고 있다는 사실도 잊을 뻔했다.

"부드럽고 가벼워서 마치 속옷을 안 입고 있는 기분이야…."

나스챠가 홀린 표정으로 그렇게 중얼거리자 에반스가 다시 얼굴을 붉히며 손을 내저었다.

"그, 그렇게 말하지 말라고! 내가 변태가 된 것 같잖아!"

"뭘 새삼스럽게. 그보다 전에 전기실에 굴러다니던 전동안마기, 네 거 아니었어?"

"쉿, 브라운! 조용히 해!"

브라운 중위는 한동안 에반스 중위를 놀리며 낄낄거리다가 새삼스럽게 질문을 던졌다.

"그보다 어째서 그동안 새 속옷을 살 생각을 안 했던 거야? 중위 월급이 부족해서 속옷을 못 샀을 리도 없고."

브라운 중위의 말에 나스챠는 백일몽에서 깨어나 새삼스레 그 이유를 반추해보았다. 그러고 보면 병기부 승조원들은 왜 그렇게 질이 나쁜 속옷을 고집했던 걸까?

…이유는 간단했다.

고민이 머리에 닿기도 전에 대답이 입에서 흘러나왔다.

"그야… 이 속옷은 입기에 너무 편하잖아요?"

너무 편해서 입지 않는다니.

자신이 말하고도 이해가 가질 않는 답이었다.

하지만 브라운 중위는 그녀의 의중을 오해했는지 제멋대로 살을 붙여 해석을 시작했다.

"아, 그런 건가? 옷을 편하게 하면 나태가 몸에 스며들어 군율을 잊게 하고 질서를 붕괴시킨다— 라던가. 나스챠 중위도 답지 않게 진지한 이야기를 하네."

"아니. 그런 말은 아니지만…."

기관부와 비교해 병기부 승조원들은 일과에 부지런하기는 했지만, 그렇다고 딱히 병기부가 갑판부처럼 군율을 잘 지키는 부서인 것도 아니었다. 급여를 걸고 노름과 투기를 벌이지를 않나, 영내에서 술을 마시지를 않나…

특히 영내 음주는 병기부에선 일상다반사로 이루어졌던지라, 그 악명 높은 이해인 조리장도 일찌감치 손을 놓았을 정도였다. 만일 잿빛 10월의 어뢰가 에탄올로 추진되는 물건이었더라면, 병기병들이 연료로 어뢰 주스를 발효시키느라 함 전체에 술 냄새가 진동했을지도 모른다.

하지만 이러한 기행과는 별개로 병기부원들은 힘든 과업이 주어지더라도 싫어하지 않고 성실하게 수행했다. 아니, 성실하다 못해 가끔은 오히려 고행을 자처하는 것처럼 보이기도 했다.

하지만 그 누구도 자신들이 왜 그러는가에 대해서는 뚜렷한 답을 내놓지 못했다. 나스챠 중위 또한 마찬가지였다.

“그래도 의식주는 제대로 챙겨. 안 그러면 건강 나빠지는 거, 금방이다?”

브라운 중위는 거의 입을 맞출 수 있을 정도로 가까이 다가와 나스챠를 걱정스럽다는 표정으로 올려다보았다.

“알겠어요. 가끔은 신경을 쓸게요.”

그런데 그 순간, 갑자기 브라운 중위의 눈이 묘하게 가늘어졌다. 그녀는 나스챠의 얼굴을 뚫어져라 쳐다보더니, 사뭇 진지한 어투로 캐물었다.

“…대잠관, 화장품 뭐 써?”

“…안 쓰는데요?”

“그게 말이나 돼? 피부가 이게 뭐야!”

브라운 중위는 믿을 수 없는 광경이라도 목격한 것처럼 나스챠의 얼굴을 잡아당기며 소리를 질렀다.

“아야야… 왜 그렇게 흥분하시는 거예요? 어차피 저희 같은 뱃사람에게 화장품은 사치라고요. 일을 하다보면 검댕과 초연이 잔뜩 묻는데 발라봤자 무슨 소용이 있다고….”

“그러니까 더 중요하지! 아무래도 안 되겠어. 에반스! 네 파운데이션 좀 가져다 줘. 토너랑 컨실러도 같이.”

에반스 중위가 바로 캐비넷에서 컨실러를 꺼내주며 물었다.

“파운데이션은 몇 호로? 19호면 되려나?”

“17호로 줘.”

그리고 두 사람은 나스챠를 앉혀 놓은 채 맨 얼굴에 풀 메이크업을 하기 시작했다. 마침 타이밍 좋게 총기상 15분 전을 알리는 타종이 울렸다.

[땡— 땡—]

"자, 잠깐만요. 이제 곧 조례가 시작될 때인데…."

"대잠관은 가만히 있어!"

에반스는 나스챠의 어깨를 꽉 누르며 브라운 중위가 억지로 그녀에게 메이크업을 하는 것을 거들었다.

결국 세 사람은 아침 조례에 30분이나 늦었지만, 기관장은 풀 메이크업을 한 채 나타난 나스챠 중위를 보고 빙그레 미소만 지어보였다.

-5-

[정기 면담 기록 2]

일시 : 20XX-03-17

기록자 : 의무 일등병조 – 이원일

대상자 : 병기 중위 – 아나스타샤 최

– 이하 녹취 기록 –

음… 일주일만인가요? 요새는 상담이 잦네요.

안 그래도 지난 번 상담 이후에 갑작스럽게 파견 명령이 떨어져서 한 마디 물어볼까 했었어요.

의무장, 도대체 그때 함장님께 무슨 소리를 한 건가요?

특별한 이슈가 생긴 것도 아닌데, 멀쩡한 사관을 갑자기 타 부서로 가라고 하다니… 도무지 이해할 수가 없는 처분이에요. 제가 잘못한 것이 있다면 정식으로 징계를 내릴 것이지, 이런 식으로 업무에서 배제하면 제가 어떻게 잘못을 고치나요?

네? 요새 제가 힘들어 보여서 요양을 겸해 파견을 보낸 거라고요? 그거야말로 더 이해가 가질 않는 소리인데요.

저는 환자도 아닐뿐더러, 설령 제가 환자였더라면 휴가를 주거나 의무실에 입실을 시켰어야지, 이렇게 일도 익지 않은 타 부서에 보내 봐야 무슨 도움이 되나요?

…표정을 보아하니 의무장도 그 이유에 대해서는 모르는 눈치네요. 뭐, 모른다면 어쩔 수 없죠.

기관부에서의 생활은 어떠냐고요?

음… 이틀밖에 지나지 않아서 무어라 말하기는 어렵지만, 큰 문제는 없어요. 얀케(янки, 미국인)들의 문화는 이해하기 어렵지만 업무와 관련해서 무리한 일이 주어지는 것도 아니고, 다들 격 없이 대해줘서 괜찮아요.

…오히려 가끔은 이렇게 편하게 지내도 괜찮은 건지 되레 걱정이

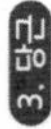

될 정도라니까요. 병기부의 다른 사관들은 오늘도 힘들게 일하고 있을 텐데, 나 혼자 이렇게 편하게 지내다니. 뭔가 불합리한 기분이 들기도 하고.

다른 사관들 걱정은 말라고요?

아뇨, 다른 사관들이 아니라 저에게 불합리하다는 말이에요. 이렇게 편하게 지내고 있노라니 무언가 부족한 기분이 들어서, 속이 막 끓어올라서…

…실언을 했네요. 방금 한 말은 잊어주세요.

그나저나 명령서를 보니 저 말고도 파견 명령을 받은 수병이 하나 더 있던데. 로니였던가, 리나였던가….

아… 그래요. 루나, 루나 클라인 일등수병이었죠. 이상하게 미국식 이름은 기억하기가 어렵네요.

저야 요양을 위해서 온 것이라고는 하지만, 그 수병은 무슨 이유로 병기부에 파견을 간 건가요? 제 입으로 말하는 것도 좀 그렇지만 병기부는 요양을 하기에 좋은 부서도 아닌걸요….

…그 건에 대해서도 모른다고요?

함장님이 하시는 일은 언제나 이해하기 어렵지만. 지금 제 걱정을 할 바에는 그 수병 걱정을 하는 게 더 낫지 않을까 싶네요.

분명 엄청나게 깨지고 있을 테니까 말이죠.

-6-

"으, 추워…."

루나 클라인 일등수병은 사늘하게 식은 팔꿈치를 문지르며 탄약고의 문을 열었다. 분명 똑같은 배 위인데도 병기부 승조원들이 활동하는 O-2 데크는 이상하리만큼 기온이 낮았다.

병기부로 파견을 온 첫날밤, 루나는 기관부에서 지내던 것처럼 속옷 차림으로 침실에 누웠다가 새벽 내내 추위에 떨어야 했다. 뒤늦게 부랴부랴 모포를 찾았지만, 침실에 남아있는 것은 촉감이 거칠거칠한 화섬 모포뿐이었다. 한겨울에도 속옷만 입은 채로 잠을 자는 루나에게 두툼한 화섬 모포는 덮고만 있어도 욕창을 유발할 것만 같았다.

'말로만 듣던 시베리아 유형지가 따로 없군.'

루나는 늘어지게 하품을 하며 벽에 걸린 온도계를 확인해 보았다. 탄약고의 수은주는 영상 5도를 가리키고 있었다. 상시 따듯한 온수관이 지나가는 기관부에서는 한겨울에도 보기 힘든 온도였다.

"거기에다 일어나자마자 이 수많은 부포의 포구를 청소해야 한다니… 아침 정도는 먹고 해도 괜찮잖아!"

루나는 툴툴거리며 부포용 꽂을대를 탄약고 바닥에 힘껏 내팽겨쳤다. 평소에도 연돌을 청소하느라 좁은 곳의 그을음을 지우는 일 자체에는 꽤 익숙해져 있었지만, 그래도 일어나자마자 바로 과업이 시작되는 병기부의 일과는 루나에게 너무나도 가혹했다.

하지만 아침 일과를 수행하며 오만상을 찌푸리고 있던 루나와는 달리 다른 병기병들은 일과가 즐거워서 어쩔 줄 모르겠다는 것처럼 신이 나서 열심히 포신의 그을음을 지우고 있었다. 침실은 춥고, 일과는 고된데, 저렇게도 즐거워할 수 있다니. 그 비결을 알고 싶을 정도였다.

'이런 환경에서도 웃음이 나오다니, 전부 변태들인가.'

탄약고를 정리하고 밖으로 나오니 포탑 위에 앉아있던 수병 하나가 루나를 발견하고 반갑게 손을 흔들어 보였다. 그녀의 파견 기간 동안 사수 역할을 맡고 있는 나디에즈나, 약칭 나쟈 일병이었다. 그녀는 루나를 내려다보며 장난스럽게 그녀의 이름을 비틀어 불렀다.

"여어, 루나스카야 동지."

"누가 루나스카야야. 그리고 누가 네 동지고."

루나가 노골적으로 싫은 기색을 드러내며 불평을 하는데도 나쟈는 입가에서 웃음을 거두지 않고 있었다. 이른 아침부터 고된 일을 하느라 녹초가 되었을 법도 한데 그녀는 퍽 즐거워보였다.

나쟈는 갑자기 생각났다는 표정으로 자신이 차고 있던 손목시계를 가리키며 짐짓 딱딱한 어조로 말했다.

"오늘은 아침 조례에 1분 30초나 늦었더군. 한번만 더 늦는다면 태업 혐의로 고발하겠어."

"늦었다니 그게 무슨 소리야? 나는 분명히 총 기상 5분 전에 나왔다고!"

분명히 루나는 총기상 15분전 종소리를 듣고 일어나 바로 예식갑판으로 올라왔었다. 그런데 1분이나 늦었다니.

"병기부에서는 모든 일과가 5분 전이 아니라 15분 전에 완료되어 있어야 해. 잘 알아두도록, 동지."

"웃기는 소리 하지 마. 밥 먹는 시간이랑 수면 시간은 그렇게 안 치잖아?"

"호오, 체제에 대한 불만인가? 그런 종류의 불만은 정훈관 업무를 맡고 있는 예레멘코 중위가 동석한 자리에서만 하도록. 지금은 들어줄 수 없어."

나쟈의 꽉 막힌 태도에 루나는 질렸다는 투로 혀를 내두르며 고개를 가로저었다.

"아서라, 아서. 고발할거면 빨리 고발해. 차라리 여기보다 영창이 더 따듯하겠다."

루나가 이를 갈며 돌아서려 하자 나쟈는 포탑 위에서 고양이처럼 훌쩍 뛰어내리더니, 그녀의 어깨를 붙잡으며 장광설을 늘어놓았다.

"너무 딱딱하게 굴지 말라고, 동지. 나라고 강철의 마음을 가진 건 아니야. 루냐로브나 동지가 조금만 성의를 보여준다면 그렇게 나쁘게 대하지는 않겠어."

"누가 루냐로브나야! 내 이름은 루나라니까!"

그 손을 뿌리치고 돌아서려는데, 나쟈가 갑자기 루나의 눈앞에 빨간 캔 음료 하나를 흔들어보였다. 음료에 찍힌 상표를 보자마자 루나의 눈이 동그랗게 변했다.

"코카콜라? 이건 어디서 구한거야?"

"저번 외출 때 박스째로 몰래 들여왔지. 당직병 눈을 속이느라 꽤 힘들었다고. 얀케(янки)투성이인 기관부에서도 콜라는 구하기 힘들 테지?"

나쟈의 말처럼 기관부에서, 아니 잿빛 10월에서 탄산음료를 구하는 것은 매우 어려운 일이었다. 탄산음료가 몸에 좋지 않다고 굳게 믿고 있는 이해인 조리장이 식단에 탄산음료를 내놓을 리도 없을 뿐더러, 개인이 반입할 수 있는 사제품의 양에도 한계가 있기 때문이었다. 그래서 항해가 길어지면 콜라 같은 기호품은 가장 먼저 동이 나고 만다.

루나도 시원한 콜라를 먹어본지 벌써 일주일이 넘었던지라, 기꺼운 마음으로 손을 내밀었다.

"뭐, 탄산음료라면 당연히—"

하지만 루나가 콜라를 집으려고 하자 나쟈는 손을 쑥 들어 그녀의 손을 무색하게 했다. 루나는 다시 눈살을 찌푸리며 나쟈를 노려보았다.

"…뭐하는 짓이야?"

"뭔가 착각을 한 모양인데… 우리는 돈으로 고용된 용병이 맞지? 자본주의에 공짜는 없는 법이니까."

"네가 지금 그런 소리를 할 때냐?"

순간 C로 시작하는 비속어가 입 밖으로 튀어나올 뻔 했지만 루나는 간신히 말을 삼키는 데 성공했다.

"그럼 얼마에 팔 생각인데? 나 현금 없어."

"나도 현금으로 받을 생각은 없어. 그보다 담배 있나? 럭키 스트라이크가 있으면 다섯 개비랑 교환해줄 수도 있는데."

나쟈는 루나의 불룩한 뒷주머니를 가리키며 씩 웃어보였다. 확실히 그녀의 말처럼 루나의 뒷주머니에는 담배 한 갑이 들어있었다. 아

마도 아침에 옷을 갈아입을 때 본 모양이었다.

"이거 완전 도둑놈이네."

루나는 인상을 찌푸리며 담배를 뽑아 나자에게 건네주었다.

루나가 담배를 소지하고 다니는 이유는 그녀가 흡연자라서가 아니라, 아까 말했듯이 항해가 예상 외로 길어지면 담배가 귀해져 흡연자들에게 유용하게 써먹을 수 있기 때문이었다. 현재의 시세로 럭키 스트라이크 다섯 개비는 5달러를 받을 수 있는 값이었지만, 콜라 역시 그만큼 귀했다.

루나가 떨떠름한 표정으로 콜라를 받아들자 나자는 어깨를 으쓱이며 담배를 입에 물었다.

"나쁘게 생각하지 마. 동지가 이곳에서 잘 교화되어서 돌아간다면 동지도 샤스띠에(счастье, 행복), 우리도 샤스띠에한 일이 아니겠나."

"교화라니, 진짜 너희 단어 선택 이상해."

루나는 툴툴거리며 캔을 딴 다음, 콜라를 한 모금 입 안에 흘려 넣었다. 달콤한 콜라의 맛이 탄산과 함께 입 안이 확 퍼지자 루나는 저도 모르게 탄성을 내질렀다.

"크으…"

이 달콤함, 이 청량함. 세계 어느 곳을 가더라도 콜라의 맛은 루나를 실망시킨 적이 한 번도 없었다. 사늘한 곳에서 차가운 콜라를 마시고 있노라니 입 안의 감각이 얼어붙는 것처럼 무뎌졌지만, 그래도 일을 마치고 마시는 차가운 콜라의 맛은 포기할 수 없는 달콤한 유혹이었다.

루나가 콜라를 마시는 동안 나쟈는 담배를 피우며 루나에게 오늘의 일정에 대해 느긋하게 설명했다.

"동지, 아침을 먹고 나면 제 2 탄약고로 바로 내려와. 오늘 해가 지기 전에 탄약 1만발을 모두 실셈 해야 하니."

"뭐? 탄약 실셈은 원래 병기과 승조원들이 해야 하는 정례 업무잖아. 왜 내가 그걸 해야 하는데?"

하지만 나쟈는 되레 루나의 말이 이해가 가지 않는다는 투로 고개를 갸웃거렸다.

"실셈 파악은 병기부 수병 전원이 참가하라는 포술장 동지의 명령이 있었고… 현재 루나 동지는 병기부 소속이니 당연한 일이 아닌가?"

"아니야! 나는 기관부 소속이라고!"

나쟈는 잠시 고민을 하는 시늉을 해보이더니, 곧바로 다시 고개를 가로저었다.

"그래도 안 돼."

"어째서?"

"기관부 수병이 탄약 실셈을 하면 안 된다는 명령이 내려온 적이 있었나? 명령에 없는 한 주어진 업무는 그대로 수행하는 것이 이상적이지. '맡은 업무에서 한 발자국도 물러나지 마라.' 병기장 동지의 수병 생활 강령 제 227조에도 기록되어 있는 내용이야."

"여기 병기장은 서기장 임무도 맡고 있냐?"

루나가 빈정거리며 이를 드러냈지만 나쟈는 여전히 고집을 꺾지

않았다.

"다시 말하지만 체제에 대한 불만은 정훈관이 동석한 자리에서만 듣겠어. 마음에 들지 않는다면 함장의 명령서라도 갖고 오라고, 루나스키 동지."

"으으…."

루나는 결국 화가 머리끝까지 치밀어 올라 이를 바득바득 갈며 욕지거리를 내뱉었다.

"도대체 이 빌어먹을 빨갱이(Commie)년들은 일처리를 어떻게 해먹는 거야? 죄 제멋대로잖아!"

루나가 욕지거리를 중얼거리는 것과 동시에 나쟈가 그녀의 팔을 확 잡아끌었다. 나쟈는 방금 전까지 짓고 있던 미소를 얼굴에서 거둔 채 루나를 빤히 노려보았다.

"…방금 뭐라고 그랬나?"

나쟈가 갑자기 심각한 표정으로 정색을 하는 바람에 루나는 당황하여 말을 더듬었다.

"아, 아무것도 아니었어."

"분명히 방금 욕 했잖아?"

"…미안해. 하도 짜증이 나서 그랬어."

"사과를 들으려는 게 아니야. 나는 그저 **아까 무어라 그랬냐고 물었을 뿐이야.**"

"미안하다니까. 사람 무안하게 정색 좀 하지 마."

"그런 게 아니야. 루나 일병, 내 눈을 똑바로 보고 아까 한 말을 다시 되풀이 해 봐."

나쟈가 계속 그녀를 붙잡고 같은 말을 되풀이하자, 루나는 결국 될 대로 되라는 심정으로 아까 했던 욕설을 큰 목소리로 다시 외쳤다.

"아, 정말… 그래! **빌어먹을 빨갱이 년**이라고 그랬다! 그게 뭐 어때서, 이 망할 년들아!"

루나는 맞을 각오를 하고 눈을 꾹 감았지만, 이상하게 나쟈는 아무 말이 없었다.

조심스럽게 다시 눈을 떠보니 나쟈가 거칠게 숨을 몰아쉬는 것이 보였다. 갑자기 오한이라도 든 것처럼 나쟈는 입을 가린 채 몸을 바들바들 떨고 있었다.

"하아, 하아…."

"괘, 괜찮은 거야?"

"응. 괜찮아. **아주 좋아**, 동지."

나쟈는 두 번이나 욕을 얻어먹었는데도 얼굴 가득히 미소를 띠운 채 고개를 끄덕였다. 상황을 이해하지 못한 루나가 어리둥절해 하는 사이, 나쟈는 담배를 바닥에 비벼 끄고 황급히 자리를 피했다.

"그럼 조금 있다가 아침 식사 마치고 보자, 루나치카."

"루나라니까…."

루나는 기어들어가는 목소리로 딴죽을 걸며 그녀가 사라지는 것을 보고만 있었다. 저 계집애는 도대체 왜 저러는 거지? 설마 '빨갱이'라는 말을 칭찬으로 오해한 건 아니겠지?

여러 가지 가설이 루나의 머리를 스치고 지나갔지만 그 어떤 것도 답이 되지 못했다. 결국 루나는 처음에 했던 것과 같은 말로 잠정 결

론을 맺었다.

"…미친년들."

-7-

[정기 면담 기록 3]

일시 : 20XX-03-20
기록자 : 의무 일등병조 – 이원일
대상자 : 기관 일등수병 – 루나 클라인

– 이하 녹취 기록 –

(루나 일등수병의 부적절한 언사로 인해 녹음 앞부분을 잘라냈습니다.)

…XX. 기분 다 풀렸냐고요? 아뇨, 전혀요! 아직도 말하지 못한 불만이 산더미처럼 남아 있어요.

도대체 뭔가요, 그 멍청이들은. 군함 안에 프티 소비에트를 세운 멍청이는 도대체 누구에요?

아, 말씀하시지 않아도 알겠어요.

경애해 마지않는 전 서기장 동무의 따님이시겠지요. 평상시에도 온몸에서 즈베즈다의 붉은 빛을 쏘아대고 계시는데, 병기병들이 그곳에서 제 정신으로 버틸 수나 있겠어요?

…정서적으로 불안해 보이는 사람은 없었냐니, 그게 무슨 소리신가요? 저를 보세요! 지금 제가 정서적으로 안정되어 보이나요? 왜 저를 불러다 놓고 다른 여자 이야기를 하시는 거예요! 좀 더 저를 위로하세요! 따듯한 말을 하라고!

(루나 일등수병의 부적절한 행위로 인해 녹음 일부분을 잘라냈습니다.)

후… 이제야 조금 진정이 되네요.

괜찮아요, 초콜릿은 별로 마시고 싶지 않아요.

아까 했던 이야기요? …의무장님도 꽤 끈질기시네요.

좋아요. 제가 아는 대로 답해드리지요.

사실 뭐, 병기부에 이상한 사람이 있냐고 물으셔도 새삼스럽기만 하네요. 애초에 잿빛 10월에 이상하지 않은 사람이 있기라도 한가요? 하하….

…마지막으로 한 이야기는 농담이었는데. 왜 그렇게 진지하게 고개를 끄덕이시는 거죠?

의무장님도 알고 계시겠지만, 잿빛 10월의 승조원들은 대부분이 구린 냄새를 풍기는 과거를 갖고 있어요. 단순하게 엄마랑 싸우고 집을

나온 수준이었으면 여기까지 흘러들어오지도 않았을 테죠. 때문에 승조원들은 어지간해서는 서로의 과거에 대해 궁금해 하지도 않고, 묻지도 않아요.

하지만 그렇다고 해서 승조원들이 희로애락도 없는 냉혈한이라고 생각하시면 곤란해요. 평상시에는 즐거우면 웃고 슬프면 우는 평범한 소녀일 뿐이에요.

그런데 병기부 녀석들은 뭔가… 감정을 표현하는 기능이 고장 난 것처럼 보일 때가 있어요.

아뇨, 갑판부 수병들처럼 무뚝뚝하다는 뜻이 아니에요.

녀석들은 가끔 전깃줄의 배선을 잘못 이은 것처럼 자극에 대해 전혀 다른 반응을 보여줄 때가 있어요. 예를 들면 포술장님이 걸진 욕을 할 때도 녀석들은 화를 내거나 슬퍼하지 않고 오히려 실실거리며 웃고 있었어요. 미친 거 아니에요?

세상에 욕먹는 걸 좋아하는 사람이 어디에 있겠어요!

어라? 뭔가 알아내기라도 하셨나요? 왜 그런 표정을 짓고 계시나요?

…아, 벌써 면담 시간이 다 끝났군요. 네, 네. 할 수 없지요.

그럼 돌아가 보겠습니다. 필승.

(작은 목소리로) 아… 그 멍청이들이랑 다시 이야기를 할 생각을 하니 벌써부터 숨이 턱턱 막히는 것 같아.

-8-

파견 근무가 이루어진지 일주일이 되던 날의 오후.

루나는 양 손에 수기(手旗)를 든 채 함수포 옆에 서서 함교를 올려다보고 있었다. 맞바람 때문에 앞머리가 자꾸 휘날려 눈을 찔렀지만 루나는 비장한 표정으로 입술을 꽉 깨물며 시선을 그대로 고정했다.

그녀가 쳐다보고 있는 함교 위에는 병기부의 부서장인 엘레나 포술장이 서있었다. 포술장은 못마땅한 표정으로 루나를 흘겨보더니 다시 한 번 지시를 내렸다.

[함수포 조준. 3-2-0 방향의 적함을 향해 사격 개시.]

그녀의 말이 떨어지기가 무섭게 루나는 깃발을 흔들어 수기 신호를 전달했다. 오른손을 살짝 들었다가, 왼손을 직각으로 쳐 올린 다음, 다시 오른손을 머리 위로 올린다.

하지만 그녀의 신호를 읽은 포술장은 한숨을 푹푹 내쉬며 고개를 가로저었다.

[어이, 바보 금발. 그건 3-2-0가 아니라 1-6-0다. 그 방향대로 포를 쏘면 적함이 아니라 함교가 날아가잖아. 어깨 위에 달려있는 그 금색 털 뭉치는 모자걸이냐?]

루나는 정말로 함교에 포탄을 날려버리고 싶은 마음을 억지로 억누르며 다시 한 번 수기를 흔들어 신호를 보냈다. 하지만 속성으로 배운 수기 신호가 완벽할리는 없었고, 포술장은 다시 한 번 루나에게 폭언을 내뱉었다.

[가르치는 보람이 없는 바보로군. 루나 일병, 가서 빨리 머리를 갈

색으로 염색하고 오도록. 머리가 브루네트(brunette, 밤색 머리)가 되면 바보 병이 좀 나을지도 모르니까.]

계속되는 폭언에 결국 루나의 참을성도 바닥났는지, 그녀는 깃발을 내던지며 소리를 빽 질렀다.

"그러는 포술장님도 금발이잖아요! 그보다 제가 왜 세마포어 수기 신호를 배워야 하는데요?"

루나가 지금 배우고 있는 신호법은 세마포어 신호라는 서양의 전통적인 깃발 신호 전달법이었다. 무전이 개발된 이후로는 대부분의 영역에서 사장되었지만, 해군에서는 방수(傍受)를 막기 위해 가까운 거리에서는 아직도 깃발 신호를 쓰기도 했다. 하지만 루나는 여전히 이해하지 못하겠다는 투로 시근덕거리며 짜증을 부렸다.

"어차피 함 내 사격 통제는 레이더로 하잖아요. 누가 요즘 시대에 수신호로 좌표를 받아서 포를 쏴요?"

[호오, 루나 일병은 난전 속에서도 배의 레이더만 안전하게 지켜낼 수 있는 비법이라도 알고 있나 보지? 앞으로 레이더가 피격당하면 보수장이 아니라 루나 일병을 불러야겠어.]

포술장이 노골적으로 빈정거리는데도 루나는 눈 하나 깜짝하지 않고 제 하고 싶은 말을 죽 늘어놓았다.

"레이더가 먹통이 될 정도면 이미 함교도 제 구실을 못하는 상태가 아닌가요? 상황이 그 지경이라면 포 따위는 그냥 아무렇게나 쏴도 똑같을 텐데."

[…아무렇게나?]

루나의 말에 포술장의 표정이 일순 일그러졌지만, 역광이 비친 탓

에 루나는 그 표정 변화를 알아차리지 못하고 제 말을 꿋꿋이 이어갔다.

"사통 장치는 망가지고, 함교가 불타는 상황에 승산이 있겠어요? 그 난리 통에 깃발을 파닥이느니 차라리 한 시라도 빨리 항복을 하는 편이 나을지도 모르죠."

[호오… 그 말인즉 귀관은 포탄이 적함이 아니라 똥구멍에 쳐 박히더라도 개의치 않겠다는 말이지?]

"…네?"

루나는 뒤늦게 상황을 파악했지만, 이미 엘레나 포술장의 얼굴은 악귀처럼 변해있었다.

[좋아. 사하로프 일조, 당장 가서 저 년의 스패츠를 벗겨서 내 앞에 데려와. 내가 직접 저 년의 뒷구멍에 40mm 대공 포탄을 쑤셔 넣어 줄 테니.]

"잠깐만요, 그렇게 큰 건… 그보다 이거 성희롱이라구요!"

루나는 발광하며 함수 갑판에서 도망치려 했지만 병기사의 억센 손아귀 힘을 이겨내지 못하고 곧 짐짝처럼 질질 끌려가기 시작했다.

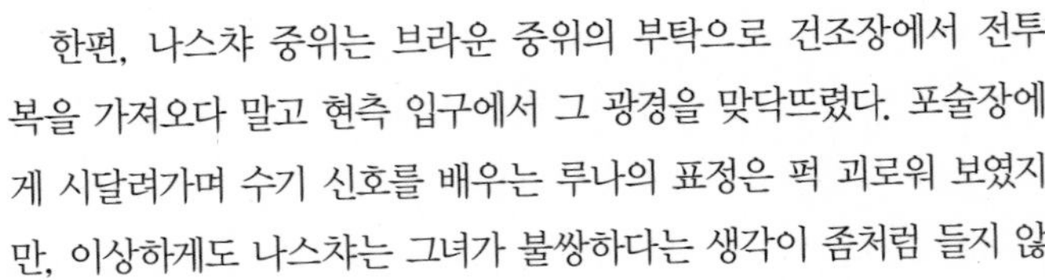

한편, 나스챠 중위는 브라운 중위의 부탁으로 건조장에서 전투복을 가져오다 말고 현측 입구에서 그 광경을 맞닥뜨렸다. 포술장에게 시달려가며 수기 신호를 배우는 루나의 표정은 퍽 괴로워 보였지만, 이상하게도 나스챠는 그녀가 불쌍하다는 생각이 좀처럼 들지 않

았다.

자신이 기관부에 파견을 오지 않고 병기부에 남아 있었더라면. 아니, 오히려 저 자리에서 혼나고 있는 사람이 나스챠 중위 본인이었더라면….

"읏…."

갑자기 짜릿한 감각이 오싹오싹하며 전신에 내달렸다. 등골을 쓰다듬는듯한 감각에 순간 나스챠는 그 자리에 털썩 주저앉을 뻔 했지만, 곧 정신을 바로잡고 브라운 중위가 있는 사이드 윙으로 발걸음을 재촉했다.

사이드 윙에 올라와보니 마침 그 자리에 있던 에반스 중위도 포술장이 루나를 괴롭히는 광경을 목격했는지, 브라운 중위와 옥신각신 말다툼을 하고 있었다.

"…아무리 생각해도 병기부의 체벌 방식은 너무 야만적인 것 같아. 저것 좀 보라고. 저렇게 수병들을 괴롭혀서야 제대로 된 훈육이 되겠어?"

"물론 과하다는 생각은 나도 하지만… 그래도 루나는 한 번 크게 혼나봐야 해. 그동안 걔가 저지른 일들을 떠올려보라고. 영창에 가도 모자랄 판에 파견 근무로 때워주시다니, 함장님도 너무 무르시다니까."

"저게 무른가…?"

나스챠는 데크 위에서 새우꺾기를 당하고 있는 루나를 빤히 내려다보며 두 사람의 말을 귓등으로 흘려들었다.

"하지만 저런다고 루나가 정신을 차리겠어? 루나 같은 론리 울프

(lonely wolf)들은 체벌보다는 사랑으로 대해 줘야 정신을 차리는 타입이야."

"야, 너는 루나가 론리 울프로 보이냐? 저건 그냥 평범한 옆집 여자애(girl next door) 타입이야. 장담하건대 쟤 고등학교 다닐 때 분명 치어리더 부였을걸? 그런 애들은 상냥하게 대해줄수록 오히려 기어오른다고. …나스챠 중위도 그렇게 생각하지 않아?"

브라운 중위가 갑작스럽게 화제를 돌렸을 때, 나스챠는 루나를 바라보느라 정신이 팔려 대화를 듣고 있지 않았었다.

그래서 그녀는 두 중위가 자신을 쳐다본다는 것도 잊은 채 무심코 **솔직한 본심**을 내뱉고 말았다.

"그러게요. 정말 부럽네요…."

"뭐라고?"

두 중위가 놀란 표정으로 소리를 지르자 나스챠는 그제야 자신이 실언을 했음을 깨닫고 황급히 손을 내저었다.

"아, 시, 실수에요. 잠깐 다른 생각을 하느라…."

"뭐야. 나는 또 대잠관이 혼나는 게 부럽다고 한 줄 알고 깜짝 놀랐네."

"에이, 과장도. 세상에 그런 사람이 어디 있어?"

"하, 하하… 그, 그러게 말이죠."

나스챠 중위는 식은땀을 훔치며 황급히 품에 안고 있던 전투복 꾸러미를 브라운 중위에게 넘겼다.

"그보다 여기! 아까 부탁한 전투복 가져왔어요."

"아, 고마워. 이제야 작업을 시작할 수 있겠네."

브라운 중위는 나스챠가 가져다 준 전투복을 뒤집어 바닥에 평평하게 펼쳐놓은 다음, 옆에 치워두었던 오일 통을 그 위에 끌어다 놓았다. 에반스 중위는 통 안에 담긴 오일을 내려다보며 신기하다는 투로 중얼거렸다.

"그나저나 이것만으로 고장 난 자이로 리피터를 고칠 수 있단 말이야?"

"물론이지. 이건 베어링 틈에 발린 구리스가 오래 되어서 생긴 문제거든. 먼저 오일에 담가 둔 허브베어링을 밖에 꺼내 놓고…."

브라운 중위는 설명을 이어가며 기름을 잔뜩 먹인 기계 부품을 분해하다 말고 이상하다는 표정으로 전투복을 다시 살펴보았다.

"그런데 이 CS 복, 이상하게 질이 좋은 걸. 마치 새 전투복인 것 마냥… 우아앗!"

브라운 중위는 새된 비명을 지르며 전투복을 황급히 집어 들었다. 그 바람에 전투복 위에 놓여있던 부품들이 마구 흩어져 바닥에 나동그라졌지만, 중위는 거기에 신경을 쓰지 못할 만큼 흥분해 있었다.

"이, 이거. 내 새 전투복이잖아! 나스챠 중위, 이 전투복 어디서 가져온 거야?"

"어, 어라? 분명히 보수관 말대로 건조대 맨 아래에 걸려 있는 전투복을 가져왔는데…."

"CS 복은 맨 아래가 아니라 맨 위에 걸려 있었다고! 으아아… 이건 내 하나뿐인 외출용 전투복이었는데."

브라운 중위는 울상을 지으며 전투복을 돌려보았다. 하지만 이미

페구리스가 전투복의 어깨 부분에 배어들어 큼지막한 얼룩을 남기고 있었다.

"이걸 어째… 이런 건 빨아도 안 지워질 텐데."

브라운 중위의 흥분이 점차 가라앉고 어색한 침묵이 찾아오자 나스챠 중위는 바로 고개를 숙였다.

"… 정말 죄송해요!"

안 그래도 성한 전투복이 부족한 기관부 승조원들에게 A급 전투복을 더럽힌다는 행위가 얼마나 짜증나는 일인지는 나스챠도 익히 들어 잘 알고 있었다. 그동안은 나스챠가 어떤 실수를 하더라도 어지간해서는 웃는 낯으로 넘어갔던 브라운 중위도 이번만큼은 참기 어려울 것이다.

나스챠는 눈을 꾹 감은 채 자신에게 떨어질 불호령을 상상하기 시작했다. 머저리나 귀머거리라고 욕설을 할까, 아니면 신체적 결점을 비틀어 인신공격을 할까.

그도 아니라면… 혹시 따귀가 날아오지는 않을까?

나스챠의 긴장이 최고조에 달한 그 순간—

"…하는 수 없지. 정확히 확인도 안 하고 작업을 시작한 내 잘못도 있으니까."

놀랍게도 브라운 중위는 어색한 미소를 지어보이며 나스챠를 일으켜 세웠다. 나스챠가 상황을 파악하지 못하고 어리둥절해 하는 사이, 브라운 중위는 에반스 중위와 농담까지 섞어가며 대화를 나누기 시작했다.

"하지만 이 전투복 보급 받은 지 얼마 되지도 않았잖아. 괜찮겠어?"

"괜찮아, 괜찮아. 기름때가 밴 전투복이야 말로 기관부 장교의 훈장이라고. 자, 어때. 꽤 베테랑 같아 보이지 않아?"

"얼굴에서 설탕이 뚝뚝 떨어지는 데 기름 배인 전투복을 입고 있다고 베테랑처럼 보일 리가 있겠어? 그냥 단순한 얼간이처럼 보이는 걸."

"뭐라고~?"

하지만 나스챠 중위는 여전히 이 상황을 이해할 수 없었다.

"어째서…."

어째서 혼나지 않은 걸까? 그녀의 실수로 브라운 중위는 큰 피해를 입었는데, 어쩜 저렇게 웃으면서 상황을 넘길 수 있는 걸까?

이해할 수가 없었다. 이해하고 싶지 않았다.

기대하고 있던 선물을 빼앗긴 것처럼, 나스챠는 그렇게 한동안 계속 혼잣말을 중얼거렸다.

"나스챠 중위, 어디 안 좋아?"

그녀의 표정을 알아본 에반스가 걱정스러운 표정으로 손을 내밀었다. 그 상냥하고 부드러운 표정이 너무나도 참을 수가 없어서. 나스챠는 외마디 말을 남기고 화장실로 뛰어갔다.

"…잠깐 화장실에 좀 다녀올게요."

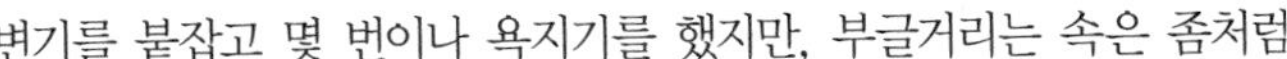

변기를 붙잡고 몇 번이나 욕지기를 했지만, 부글거리는 속은 좀처럼

가시지를 않았다. 중위는 세면대에서 대충 얼굴을 씻은 다음 거울을 노려보았다.

거울 너머에서는 일주일 전보다 더 핼쑥해진 인상의 대잠관이 그녀를 쳐다보고 있었다. 마치 일주일동안 줄곧 과로라도 한 것 같은 몰골이었다.

하지만 실상은 정반대였다. 파견을 온 뒤로 나스챠 중위는 이보다 더 좋을 수는 없을 정도로 편안한 생활을 보내고 있었다. 보급은 풍요롭고 사람들은 여유로웠다. 상관은 자잘한 실수는 그냥 넘어가 줄 정도로 너그러웠고, 일도 어렵지 않았다.

'그런데 어째서….'

하지만 나스챠는 기관부의 생활에 만족하지 못했다. 누차 말해온 것이지만 기관부에는 결정적으로 한 가지가 결여되어 있었다. 그것은 퇴폐도 군인정신도 아니다. 병기부에는 존재하고 기관부에는 존재하지 않는 것… 그것은 바로 **불편함**이었다.

딱딱한 침구와 거친 촉감의 공용 속옷, 눈이 멀 정도로 독한 보드카와 언제나 한기가 도는 격실. 그리고 잘못의 유무와는 상관없이 쉴 새 없이 쏟아지던 포술장의 걸쭉한 욕설까지….

나스챠는 어느새 그 모든 불편함을 그리워하고 있었다.

그 때, 바닥에 붙은 기묘한 모양의 배관이 그녀의 눈에 들어왔다. 가까이 가서 캡을 열고 냄새를 맡아보니 안쪽에서 지독한 기름 냄새가 풍겨 나왔다.

그러고 보니 일전에 구축함을 탔었을 때, 그곳의 기관병들이 이런 모양의 배관에 가느다란 막대를 집어넣어 남은 기름을 체크하던 것이 떠올랐다. 아마 이 배관은 배의 연료 탱크로 이어지는 주유구인 모양이었다.

순간, 나스챠 중위는 얼토당토않은 생각을 떠올렸다.

'만약 이 배관에 물을 붓는다면… 기관부 사관들도 화를 낼까?'

그건 스스로에게 묻지 않아도 당연한 것이었다.

물이 섞인 연료는 발전에 쓸 수 없다. 심지어 그 연료가 기관에 흡입되기라도 한다면 큰 손상이 생길 것이다.

'그럼 기관부 사관들이라 하더라도 참을 수 없을 거야.'

'분명 짜증이 잔뜩 난 표정으로 나를 벌레처럼 쳐다보겠지.'

'입에도 담을 수 없는 욕을 잔뜩 지껄일 거야.'

생각이 거기에 닿았을 무렵, 나스챠 중위는 무언가에 홀린 것처럼 탁자 위에 올려져있던 작은 수통을 집어 들었다. 그리고 수통의 뚜껑을 열고 그대로 주둥이를 연료 주입구에 처박아 내용물이 흘러가게 두었다.

물이 꿀렁꿀렁 소리를 내며 조금씩 빠져나가는 모습을 보고 있노라니, 정말로 '저질러버렸다—' 라는 실감이 시나브로 밀려들었다.

'아아— 분명 온화한 기관부 사관들이라 하더라도 이것만큼은 용

서해주지 않겠지.'

긴장감에 숨이 서서히 가빠지고, 몸이 떨려왔다.

하지만 어째서였을까. 나스챠 중위의 입가에는 엉뚱하게도 희미한 미소가 떠올라 있었다.

-9-

[정기 면담 기록 3]

일시 : 20XX-03-23
기록자 : 의무 일등병조 – 이원일
대상자 : 병기 중위 – 아나스타샤 최

– 이하 녹취 기록 –

…이번에도 '상담'이라고요? '취조'가 아니라?
뭐, 좋아요. 아는 대로 솔직히 답해드리죠.

아까도 말했지만 그 연료 탱크에 청수를 부은 건 저예요. 왜 그런 짓을 했냐고요? 그야 아무도 저를 혼내주지 않으셨기 때문이잖아요! 그렇게 잘못을 하고도 혼나지 못한다니, 그건 무슨 종류의 고문인가요? 그래서 이번에는 아예 **확실하게 혼날 수 있도록** 큰 잘못을 저질러 보기로 했어요.

…저는 기관부에 있는 동안 매일 매일이 괴로웠어요. 제가 무슨 잘못을 하더라도 다들 따듯하게 감싸주고, 친절한 말만 건네주었지요.

저는 그 친절함이 견딜 수 없을 만큼 괴로웠어요!

하지만 지금은 괜찮아요. 배의 연료 탱크를 망가트렸으니 그 온화한 기관장님이라도 크게 화가 나셨겠죠. 기관장님은 제게 어떤 벌을 주실까요?

그 고운 입으로 마구 욕설을 퍼부으실까요? 아니면 튼튼한 군홧발로 저를 자근자근 짓밟아 주실까요?

아… 벌써부터 기대가 되어서 참을 수가 없어요!

네…? 그게 무슨 소리인가요. 제가 잘못하지 않았다니.

저희 배에는 기름으로 가는 내연기관이 없다고요? 그럼 그 기름 냄새가 풍겨 올라오던 배관은 뭐죠? 그 아래에는 새로 페인트칠을 한 격실이 있어서 시너(Thinner) 냄새가 났던 것뿐이지, 연료 탱크가 있었던 게 아니라고요? 그럼 제가 했던 그 행동은… 무의미한 일이었단 말인가요?

…그럴 수는 없어요.

모처럼 혼날 수 있는 기회를 얻었는데, 그럴 수는 없다고요! 하아, 하아…. 더 이상은 못 참아요.

누구든 저를 혼내주지 않으면 저는 미쳐버릴 거예요!

…아. 그래요, 의무장. 당신이 저를 야단쳐 줄 건가요?

괜찮아요! 무서워하지 마세요. 우선 이 가죽 벨트를 잡아보는 게 어때요?

아아… 정말이지 멋진 소리가 나네요. 벨트를 세게 휘둘러 저를 마구 학대해주세요! 온 몸에 붉은 자국이 가득 날 때까지!

네? 잘못도 하지 않은 사람을 때릴 수는 없다고요?

…그럼 지금 이 자리에서 **기정사실**을 만들어버리면 되죠.

후후후… 의무장. **잠깐 실례할게요.**

[* 이원일 일조의 비명소리]

[* 무언가가 부서지는 소리]

[녹취 종료]

-10-

그리고 다음 날.

나스챠 중위는 군함 위에서는 보기 드물게 완전군장을 멘 채로 함수 갑판 위에 위태롭게 서 있었다. 쏟아지는 뙤약볕 아래에서 무거

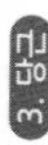

운 군장을 메고 있으니 더울 법도 하건만, 정작 중위의 표정은 시원한 그늘에 앉아있는 것처럼 청량하기 그지없었다. 그런 나스챠의 얼굴을 빤히 노려보며 포술장은 질린다는 투로 한숨을 내뱉었다.

"…야, 암퇘지."

"네, 포술장님."

"포술장? 웃기지 마. 난 너 같은 빌어먹을 암퇘지의 상관이었던 적이 없어."

"죄송합니다!"

"도대체 뭐가 문제인거야? 매일 어뢰 주스를 쳐 마시다보니 이제는 피아도 구분 못하게 되었어?"

"죄송합니다!"

"파견을 갔으면 얌전히 시키는 일이나 처리하면서 머무를 것이지. 의무장은 왜 덮친 거야? 정말 발정이라도 난 거야? 포구 손질하는 꽂을대로 네 아랫구멍을 쑤셔줘야 좀 진정하겠어?"

"죄송합니다!"

폭언을 늘어놓는 상관과 앵무새처럼 사과만 반복하는 부하. 이 대화만 듣고 있노라면 부조리한 언어폭력의 현장이 따로 없었지만, 놀랍게도 나스챠 중위는 행복에 겨워 어찌할 줄 모르고 있었다.

포술장은 곧 포기했다는 투로 고개를 가로저으며 다시 한 번 깊은 한숨을 내쉬었다.

"후우… 됐어. 일단 닥치고 갑판 50 바퀴나 돌아."

포술장이 뛰라는 명령을 내리자마자 갑자기 나스챠 중위의 표정이 살짝 일그러졌다. 그녀는 포술장의 눈치를 살피며 조심스럽게 입

을 열었다.

"저기… 그건 좀…."

"뭐, 왜? 무슨 불만이라도 있어? 설마 내가 갑판 50바퀴를 도는 것만으로 널 용서해줄 거라고 생각한 거야? 웃기지 마. 오늘 해 질 때까지 내내 괴롭혀줄 테니까, 단단히 각오해 두라고."

그제야 나스챠 중위의 얼굴이 다시 환하게 펴졌다.

"감사합니다!"

"뭐가 감사합니다냐, 이 빌어먹을 암퇘지가!"

포술장이 엉덩이를 걷어차는 것을 신호로 나스챠 중위는 군장을 짤각거리며 열심히 갑판을 돌기 시작했다.

한편, 함교 위에서는 이번 일의 원흉이자 주동자인 카밀라 함장과 이원일 일조가 심각한 표정으로 그 광경을 내려다보고 있었다. 나스챠 중위가 갑판을 다섯 바퀴쯤 돌았을 때, 원일은 침묵을 깨고 조심스럽게 함장을 불렀다.

"…함장님."

"왜?"

"어째서 병기부 승조원들이 중증의 마조히스트라는 사실을 미리 제게 말씀해주시지 않으셨던 겁니까?"

함장은 머리를 긁적이며 아주 잠깐 고민하는 시늉을 하더니, 곧 대수롭지 않다는 투로 변명을 늘어놓았다.

"으음, 그야… 의무장이 그걸 알았더라면 병기부 수병들을 자신의 왜곡된 성 취향으로 조교하려 들었을 거 아냐? 함 내에 건전한

성 군기를 정착시키기 위해서라도 이 사실은 1급 기밀에 부칠 필요가 있었지!"

"웃기는 소리 하지 마십쇼. 그냥 그 때 제게 솔직히 말씀해주셨더라면 이런 촌극을 찍을 필요도 없었잖습니까?"

함장은 원일의 말에 바로 답하지 않고 한동안 방글방글 미소만 지어보이며 시선을 피했다. 원일은 카밀라 함장이 답하기 귀찮아서 부러 말을 피한다고 생각했지만, 잠시 후 카밀라는 드물게 진지한 목소리로 원일을 불렀다.

"의무장."

"…뭡니까?"

"만일 그 때 내가 '병기부 애들은 욕먹고 두들겨 맞는 거 좋아하는 마조히스트니까 걱정 할 필요 없어–' 라고 말했더라면, 의무장이 그걸 곧이곧대로 믿었을까?"

"그건…."

그 대답을 듣자마자 원일은 말문이 턱 막혀버리고 말았다. 확실히 그 때 그런 답을 들었더라면 믿기는커녕 '헛소리 하지 말라'며 오히려 함장을 비난했을 것이다.

설마 그것까지 생각에 두고 이번 일을 벌였단 말인가. 원일은 속으로 혀를 내둘렀다.

"사실 의무장이 보고하기 전부터 나도 어느 정도 눈치는 채고 있었어. 블라디보스토크에 다녀온 이후로 포술장의 기운이 빠지는 바람에 병기부 분위기가 한동안 울적했었거든. 그래서 뭔가 분위기를 환기할만한 일이 있었으면 좋겠다고 생각은 했는데–"

"그래서 이런 바보 같은 명령을 내리셨다는 겁니까."

"빙고. 바로 그거지."

원일은 함교 벽에 붙어있는 인사명령서를 흘겨보며 한숨을 내쉬었다. 하지만 카밀라 대교는 재미있지 않았냐— 라는 투로 눈을 반짝였다.

"뭐, 백문이 붙여 일견이라잖아. 어때, 좋은 경험이 되지 않았어? 뭔가 숨겨두었던 내면의 욕망이 깨어나는 것 같아?"

"…좋은 경험 두 번 하려다가 사람 잡겠습니다."

원일은 진저리를 치며 다시 창밖을 내다보았다.

모르는 사람이 본다면 체벌이 아니라 자발적으로 운동을 하고 있는 것처럼 보일 정도로 나스챠 중위는 성실하게 갑판을 돌고 있었다. 저렇게 성실하고 상냥해 보이는 사람이 그런 왜곡된 취향을 갖고 있었다니… 원일은 자신이 직접 겪은 일임에도 불구하고 아직도 제대로 실감을 하지 못했다.

'하기사. 포술장도 처음 봤을 때는 깜짝 놀랐었으니까.'

그 인형 같은 외모에서 걸쭉한 욕설이 쏟아졌을 때는 정말 자신의 눈을 의심했었다. 최근에는 좀 뜸하다 싶었는데 오늘의 포술장은 말 그대로 물 만난 물고기처럼 신이 나서 나스챠 중위를 매도하고 있었다.

"어이, 암퇘지. 벌써 지친 거냐? 빨리빨리 움직여! 느려터진 벌로 열 바퀴 더 추가한다!"

"하아… 하아… 감사합니다!"

"너 진짜 자꾸 그렇게 이상한 소리하면 내버려두고 간다!"

"아아, 그것만은 참아주세요! …하, 하지만 포술장님께 방치당하는 것도 다른 의미로 나쁘지 않을 것 같아요!"

"…너, 진짜 기분 나쁘거든?"

'둘 다 즐거워 보이니까 그냥 둘까.'

원일은 한숨을 내쉬며 창가에서 돌아섰다.

어차피 이곳은 예외가 상식이 되고, 기적이 일상처럼 일어나는 군함 '잿빛 10월' 이니까. 그가 여태껏 겪어왔고, 또 앞으로 겪을 이변들에 비하면 이 정도 사건은 별 것도 아니었다.

(끝)

4. 블러디 럼

-1-

미나미 쇼우코의 경험상, 늦은 저녁의 펍(Pub)에서 갑자기 사근거리며 말을 걸어오는 남성은 크게 두 가지 부류로 나눌 수 있었다. 동양인 여성이 백인 여성보다 꾀어내기 쉽다고 믿는 머저리거나, 아니면 애니메이션 오타쿠.

이번에는 후자였다.

"일본인이시군요? 저도 일본 애니메이션 엄청 좋아하거든요! 그러고 보니 타츠노코 프로덕션의 이번 갓챠맨 신작이 말이죠…."

일본인이라는 것을 알아차리자마자 숨도 쉬지 않고 아는 이야기를 마구 쏟아내는 백인 남성을 보고 있노라니, 쇼우코는 영 성가셔졌다.

'귀찮아.'

쇼우코는 스팸 프리터를 안주삼아 맥주를 홀짝이던 중이었다.

물론 식사를 방해받은 것이 거슬릴 정도로 프리터의 맛이 만족스러웠던 것은 아니었다. 그저 불현듯 고향의 튀김이 그리워서 가장 비슷한 것을 시킨 것이었지만, 영국식 프리터는 일본의 덴푸라에 비할 게 못되었다.

주방에서 갓 튀겨냈음에도 불구하고 프리터는 이상하리만큼 눅눅했다. 포크로 꾹 누르자 튀김옷에 절은 기름이 죽 흘러내렸다.

'안주가 이 모양이니 술 맛도 없고.'

쇼우코는 아직 파인트 잔에 담긴 에일을 반도 비우지 못했다. 런던에서 마시는 에일이라고 해서 맛이 각별할리도 없다. 그저 취기를 불러오기 위해 들이킬 뿐이다. 오늘만큼은 방해받지 않고 혼자 조용히 취하고 싶었는데. 위로가 되기는커녕 꼬이는 남자라곤 죄 이 모양이니.

쇼우코는 어쩐지 울고 싶어졌다.

그녀의 속을 아는지 모르는지 여전히 사내는 저 좋을 대로만 떠들어대고 있었다.

"그 중에 가장 명작은 무책임 함장 테일러지요! 매력적인 캐릭터와 스토리 전반에 깔려있는 주제는 요즈음의 애니메이션이 따라가지 못하는 중후한 맛이 있어요."

무책임 함장 테일러라니.

사내가 말하고 있는 것은 쇼우코의 아버지 세대에서나 보았을 법한 고전 애니메이션이었다. 쇼우코는 그 애니메이션을 거의 알지 못했지만, 모질게 말을 끊기가 어려워 적당히 맞장구를 쳐 주었다.

"아, 네… 그렇지요."

성가신 상대를 만났을 때도 미소를 유지할 수 있는 건 일본인으로서 받은 교육 덕분일까. 하지만 언제나 싹싹한 일본인이라도 "NO"를 말하지 못하는 건 아니다. 돌려서 완곡하게 거절할 뿐이다.

쇼우코는 평소처럼 상냥하게 웃는 낯을 지어 보이며 더 이상 대화가 이어지는 것을 막으려 했다.

"저기, 말씀은 감사하지만 제가 오늘은 좀 피곤해서요. 병원에서 막 실습을 마치고 나온 참이라 좀 지치기도 했고…."

"병원이요? 그럼 의사이신가요?"

"아직은 아니에요. 폴리클*이거든요. 전문의가 되려면 아직 멀었어요."

하지만 그 백인 사내는 말 속에 담긴 뼈를 보지 못했는지 계속해서 이야기를 꿰어나가기 시작했다.

"그럼 블랙잭 좋아하시겠네요! 역시 메디컬 만화계의 명작이라면 블랙잭이죠!"

"음…."

아무래도 오래 걸리겠군.

쇼우코는 잠시 포크를 내려놓은 채 사내의 이야기를 들어주는 시늉을 했다. 맥주잔의 손잡이를 만지작거리며 적당히 시선을 피한다.

"들어는 봤지만 실제로 본 적은 없네요."

"블랙잭이라는 가명을 쓰는 무면허 천재 의사의 이야기를 다룬 작품이에요! 뭐, 면허 없이 치료를 일삼으니 정식 외과의들은 안 좋아했지만요."

"아, 그런가요."

'결국은 나랑 상관없는 이야기잖아.'

* 폴리클 (Polyklinics) : 임상 실습 단계의 의대생

쇼우코는 속으로 사내의 말에 혀를 차며 억지 미소를 지어 보였다.

"아, 그래도 블랙잭의 작가인 데즈카 오사무는 다른 만화가들에 비해 의학에 정통한 편이었어요. 의대 출신이었거든요."

"아, 그것 참 흥미롭네요. 저는 그런 뒷사정은 잘 몰랐던지라…."

"그게 말이죠. 데즈카는 태평양 전쟁이 거의 끝나가던 시기인 1945년, 오사카 제국대학의 의학 전문부에 입학 했는데요…."

'이 정도로 말했으면 좀 눈치껏 사라져라.'

쇼우코는 어금니를 꽉 깨물며 손끝으로 입술을 가볍게 훔쳤다. 겉으로는 여전히 미소를 유지하고 있었지만, 속으로는 욕지거리를 수도 없이 내뱉은 후였다.

그런데 어째서 화를 낼 수 없는 걸까?

이미 속은 폭발하고도 남을 정도로 타들어가고 있는데, 감정이 거세되기라도 한 것처럼 입에서는 공허한 웃음만 흘러 나왔다. 입 안이 바짝바짝 말랐다.

쇼우코는 에일로 목을 축인 다음 다시 프리터 한 조각을 입 안에 밀어 넣었다. 프리터 특유의 버석한 식감 사이로 짜고 기름진 스팸의 맛이 역하게 올라왔다.

짜디짠 통조림 햄, 시큼한 에일, 눈치없는 사내.

어느새 술기운이 모두 가셨다. 남은 에일에도 미련이 없었다. 쇼우코는 자리를 박차고 일어나 서버에게 계산서를 건넸다.

"계산이요."

갑자기 쇼우코가 펍을 나가려는 기색을 보이자 사내는 허둥거리며 그녀를 붙잡았다.

"아, 저기. 조금만 더 이야기를…."

"죄송해요. 제가 영어를 잘 못해서요."

쇼우코는 생긋 웃으며 유창한 영어로 거짓말을 했다.

-2-

로체스터의 지하철 역에서 내린 쇼우코는 메드웨이 강의 천변을 따라 런던의 하숙집으로 향했다. 학기 중에는 케임브리지 대학의 기숙사에 머물렀지만 방학에는 런던의 하숙집에서 머무르며 아르바이트를 하고 있었다.

케임브리지 대학 근처에도 좋은 하숙집이나 아르바이트 자리는 얼마든지 많았지만 쇼우코는 방학이 되면 런던으로 돌아와 아르바이트를 했다. 시급도 더 좋았거니와, 하숙집 주인인 튜더 여사와 정이 들어버렸기 때문이었다. 튜더 여사는 외국인에게 너그러운 편이었지만, 대부분의 나이 든 영국인들은 동양에서 온 검은 머리 이방인을 꺼려했다. 케임브리지 대학의 교수들도 마찬가지였다. 젊은 교수들은 그나마 나은 편이었지만, 다들 어딘가 모르게 거리를 두고 있었다.

대학의 동기들도 처음에는 쇼우코에게 호기심을 갖고 다가왔지만 정작 문제가 생겼을 때에는 벽을 세우고 거리를 두었다.

"동기들은 한 조가 되는 것을 피하고. 교수는 동양인은 어쩔 수 없다는 식의 인종 차별이나 해대고. 술집에서 말을 걸어오는 것은 바보뿐이고…."

쇼우코는 툴툴거리며 길에 구르는 돌멩이를 걷어찼다.

이 나라에 온 지 벌써 3년.

쇼우코는 심적으로 지쳐가고 있었다.

일종의 향수병이려나. 쇼우코는 당장 떠오르는 일본의 그리운 모습을 손꼽아보았다.

갓 튀겨낸 크로켓, 돈까스. 드링크 바가 딸린 패밀리 레스토랑에서 먹는 햄버그와 나폴리탄….

'역시 가장 큰 건 음식 문제려나.'

영국 음식은 맛이 없기로 정평이 나있었지만, 사실 영국의 셰프들이 요리를 못하는 것은 아니었다. 돈만 내면 수백 킬로 밖까지 요리를 배달해주는 세상에, 영국에서만 실력 없는 셰프가 버젓이 살아남았을 리가 없다.

문제가 있다면 영국인들의 미식 취향일 것이다.

영국인들은 요리에 향신료를 잘 쓰지 않으며, 채소도 최소한으로만 먹는다. 때문에 대부분의 음식이 무미건조하고 느끼했다.

직접 음식을 만들어 먹는다면 형편이 괜찮았겠지만, 수면 시간도 부족한 의대생이 직접 요리를 한다는 것은 시간적으로도 금전적으로도 거의 불가능한 일이었다.

쇼우코는 대부분의 식사를 클럽 샌드위치로 때웠지만 샌드위치에 들어간 채소조차도 선도가 낮았다. 토마토는 진물이 빠진 채로 입 안에서 흐물거렸고, 양상추는 쓴 맛이 났다.

브릭 레인(Brick Lane)의 인도 요릿집에서 먹는 카레는 그나마 괜찮았지만 카레만 매일 먹을 수도 없는 노릇이라.

오늘도 마찬가지였다.

좀 더 식감이 좋고 바삭한 튀김이 먹고 싶었는데. 나온 것은 기름에 절은 축축한 프리터였다. 일본의 패밀리 레스토랑에서 이런 게 나왔다가는 지역 사회 내에서 한동안 입방아에 오르내렸을 것이다.

"후후."

쇼우코는 매 주 음식점을 순회하며 품평을 늘어놓던 고향 상점회의 회장을 떠올리며 쿡쿡 웃었다. 이렇게 고향 생각을 하니 갑자기 일본이 더 그리워졌다.

하지만… 아무것도 하지 못한 채 돌아갈 수는 없었다. 일본이라 해서 즐거웠던 것만은 아니다.

그녀가 어릴 적 의사가 되겠노라고 말했을 때, 사람들은 오히려 차갑게 반문했다.

"너희 집안은 의사를 배출한 적이 없잖아?"

"여자가 외과 의사 일을 하기는 힘들지 않을까."

"생긴 건 야마토 나데시코(やまと なでしこ, 요조숙녀) 인데 행동거지는 사내들 마냥 사나우니."

"그냥 평범하게 부모 일을 물려받으면 안 되겠니?"

그게 뭐 어쨌다는 건가.

쇼우코는 개인의 재능이 아니라 천부적으로 물려받은 혈통이나 성별, 외견 등에 의해서 직업이 정해진다는 것을 받아들일 수가 없었다. 무슨 중세 국가도 아니고!

학창 시절에는 욱하는 마음에 다른 학생들과 시비가 붙기도 했다. 하지만 사람 몇을 바꿀 수는 있어도 세계를 바꿀 수는 없었다. 수년간 이지메를 당하고 나서야 그녀는 다테마에(建て前)의 가면을 쓰는 법을 배웠다.

그렇지만 쇼우코는 여전히 의사의 꿈을 놓지 못했다. TV 속에서 가문을 위해 개인을 내려놓고 가업을 물려받았다는 미담을 볼 때는 속이 부글거렸다.

그러던 어느 날, 쇼우코는 TV 토크쇼에서 어떤 외국인이 일본인과 유럽인의 차이에 대해 이야기를 하는 것을 보게 되었다.

[유럽인들은 다른 사람들의 시선을 신경 쓰지 않고 자신의 의견을 타인에게 자유롭게 말하곤 합니다.]

[그건 무례한 일이 아닌가요?]

[그렇지요. 하지만 그 덕분에 성 소수자나 이민자가 공직에 오르는 일도 있습니다. 일본과는 다르지요.]

[그 점은 긍정적이네요.]

평생을 일본, 아니 태어난 지역 내에서만 살아왔던 쇼우코에게 그 말은 충격적이었다. 확신할 수는 없었지만 유럽에만 간다면 뭐든지 잘 풀릴 것만 같았다.

대학 입시를 앞두고 있었던 어느 날 저녁. 쇼우코는 갑작스럽게 부모에게 선언했다.

"나, 유럽에 유학 갈 거야."

"…왜?"

"거기서는 차별받지 않고 원하는 공부를 할 수 있을 거야. 유럽에 유학을 가서, 거기서 의사가 될 거야."

그녀의 부모는 의외로 크게 놀라지 않았다. 오히려 예상했다는 투로 선선히 허가를 내 주었다.

"네가 그렇게 생각한다면 다녀오렴."

말끝에 알듯말듯한 한 마디를 덧붙이긴 했지만.

"…사람 사는 곳이 그렇게 다르겠냐만."

부모의 걱정대로 유럽 유학은 순탄치 않았다.

케임브리지 대학의 제한적인 선발 기준을 뚫고 입학하는 과정 자체도 어려웠지만, 쇼우코에게는 대학의 다른 교우들과 원만한 관계를 유지하는 것이 더 어려웠다.

그녀는 교우들이 자신을 평범한 사람으로 봐주기를 원했지만, 그들에게 쇼우코는 특별했다.

예를 들자면, 음식점에서 생선을 남기기라도 하면 어김없이 이상하다는 시선이 내리꽂혔다.

"너는 왜 생선을 안 먹어?"

"비리잖아."

"일본인이라면 스시를 먹어야지."

"그건 누가 정했는데?"

그렇게 반문하면 어색한 분위기가 흘렀다.

이곳에서는 아무도 쇼우코를 쇼우코로 봐주지 않는다.

그녀는 영국에 유학 온 '특별한' 일본인 여성일 뿐이다. 그리고 영국인들이 생각하는 일본인의 이미지는 꽤 전형적이었다. 생선을 좋아하고, 상냥하고, 속마음을 쉽게 드러내지 않으며, 일을 과하게 많이 하는 아시아인.

그리고 그 이미지에 맞지 않으면 특이하다며 기인 취급을 했다.

가장 화가 나는 것은 어느새 쇼우코 스스로도 주변의 시선에 맞춰주기 위해 연기를 시작했다는 것이다. 사소한 일에 호들갑을 떤다든지, 자청해서 잔업을 한다든지, 그런 식으로 정형화된 일본인의 이미지를 제공하자 다시 교우 관계는 원만해졌다.

하지만 일본에 있었을 때처럼 속은 까맣게 타들어갔다.

개개인의 능력에 따라 평가받을 수 있을 거라 생각해서 일본을 떠나왔는데, 여기서도 결국 출신에 따른 이미지로 소비된다니!

쇼우코는 메드웨이 강 하구를 바라보며 바로 섰다.

늦은 시간이었지만 북해로 나아가는 배들은 탁한 연기를 내뿜으며 물살을 타고 있었다.

한 때는 이 바다만 건너면 뭐든지 할 수 있을 거라고 생각했는데. 누가 속인 것도 아니건만, 속은 기분이 들었다.

성공해서 인정받는 위치에 오르기 전까지는 돌아가지 않겠다고 결심했는데. 벌써부터 마음이 꺾일 것 같았다.

고향과 마찬가지로 유유히 흘러가는 바다를 보고 있노라니 쇼우코는 성질이 나 노성을 빽 질렀다.

"나는 이러려고 바다를 건너온 게 아니란 아니야!"

숨을 들이키자마자 비린한 바닷내음이 훅 끼쳐 올라왔다. 쇼우코는 가로등을 붙잡고 헛구역질을 했다.

"우욱."

역시 바다는 싫다.

이럴 줄 알았으면 내륙 지방으로 유학을 갈걸 그랬어.

하지만 결정을 되돌리기에는 이미 너무 늦었다.

-3-

대학 인근에 있는 하숙집에 도착했을 때,

튜더 여사는 화롯불 근처에 앉아 뜨개질을 하고 있었다. 시간이 늦은 탓인지 퍽 피곤해 보였지만, 튜더 여사는 쇼우코를 보자마자 종종 걸음으로 달려와 숄을 둘러주었다.

"다녀왔습니다, 마담."

"오랜만이구나, 미나미. 학교생활은 어땠니?"

"뭐, 그저 그랬어요."

쇼우코는 말을 얼버무리며 코트를 벗어두고 침실이 있는 2층으로 올라가려 했다.

그런데 어찌된 일인지 튜더 여사가 그녀의 앞을 가로막으며 갑작스럽게 이야기를 꺼냈다.

"잠깐만 기다리렴."

"…마담. 일단 자고 일어나서 내일 말씀하시면 안 될까요? 저는 멀리서 오느라 피곤하다고요."

"그 자는 일에 관련된 문제야."

튜더 여사는 그렇게 말하고 하숙생들의 출입을 관리하기 위해 걸어둔 명패함을 가리켰다. 그곳에는 처음 보는 하숙생의 이름이 걸려 있었다.

"어제부터 그 방에 새 룸메이트가 들어왔어. 런던에 잠깐 체류할 예정이라고 하는 구나. 비어있던 오른쪽 침대를 쓸 거야."

그러고 보니 예전에 같이 방을 쓰던 일본인 유학생이 나간 이후로 쇼우코는 계속 2인실을 혼자 쓰고 있었다. 새 유학생을 받을 거라는 이야기는 들었지만… 너무 갑작스럽다.

쇼우코는 눈을 가늘게 뜬 채 새 룸메이트의 이름을 소리 내어 읽어보았다.

"카밀라 아미누딘."

묘하게 이국적인 울림이 입 안에서 퍼져나갔다.

어느 나라 사람이지? 어떤 사람이려나?

새 룸메이트에 대해 궁금한 게 이것저것 떠올랐지만, 호기심보다 피로가 더 심했다. 쇼우코는 질문을 던지는 대신 발걸음을 재촉했다.

"직접 가서 이야기 할게요."

쇼우코의 뒤에 대고 튜더 여사가 장난스럽게 한 마디를 덧 붙였다.

"먼저 들어왔다고 텃세 부리지 말고."

"네, 네–."

텃세를 부리기는커녕 역으로 눌리지나 않으면 다행이지. 쇼우코는 속으로 그렇게 중얼거리며 방문을 열었다.

방 안에는 튜더 여사가 말한 새 룸메이트가 앉아있었다. 하지만 쇼우코는 새 룸메이트에게 인사를 건네기도 전에 당혹스러운 신음부터 입 밖으로 흘리고 말았다.

"아…."

그녀의 새 룸메이트는 평범한 양장 대신 무슬림 여성들이 주로 두르는 헤자브(Hijab)를 머리에 쓰고 있었다.

'이방인이다.'

머릿속에서 갑자기 그런 생각이 떠올랐다.

물론 쇼우코도 일본에서 온 이방인이지만, **이렇게 노골적으로 자신이 이방인임을 드러내는 사람**은 처음 보는 것 같았다.

'I Love UK' 티셔츠를 입고 다니는 건 아니지만, 그래도 쇼우코는 영국에서 살아가며 가급적 튀지 않으려 노력해왔다. 현지인들과 대립하는 것을 최대한 피하고 그들의 눈에 띄지 않도록 수수한 옷을 고집했다. 가급적 평범한 영국의 학생으로 보이고 싶었다.

그런데 카밀라라는 이 새 룸메이트는 런던 한복판에서 이국적인 색채가 물씬 풍기는 전통 복장을 입은 채 앉아 있었다. 과장된 걱정일지도 모르겠지만, 요새처럼 반 이슬람 정서가 팽배하는 시기에는 테러리스트로 몰려도 이상하지 않을만한 차림새였다.

예의가 아니라는 생각을 하면서도 쇼우코는 한동안 상대의 얼굴을 뚫어져라 쳐다보았다. 헤자브를 엉성하게 틀어 올린 탓인지 이마

아래로는 붉은 머리칼이 한 가닥 부드럽게 흘러내리고 있었고, 그 아래에 가려진 카페오레 빛 얼굴은 자못 단단해보였다.

그녀의 이국적인 옷차림 때문이었을까. 아니면 몸 전체에서 풍겨나오는 알 수 없는 아우라 때문이었을까. 쇼우코는 한동안 방 안으로 들어가지 못하고 문 앞에서 머뭇거렸다.

먼저 자리를 털고 다가온 것은 카밀라였다.

"네가 그 룸메이트니?"

"아, 넵!"

저도 모르게 존대말이 튀어나왔다.

하지만 쇼우코의 속내를 눈치채지 못했는지 카밀라는 여전히 싹싹한 투로 그녀의 손을 꼭 붙잡은 채 팔을 마구 흔들어댔다.

"말레이시아에서 온 카밀라야. 앞으로 잘 부탁해!"

그리고 카밀라는 생긋하고 웃었다. 보는 사람이 무안해질 정도의 환한 미소였다.

'아직도 이런 미소를 지을 수 있는 사람이 있었구나.'

조금도 계산하지 않고 순수한 기쁨으로만 우려낸 미소.

그 미소는 쇼우코에게 그립다 못해 낯설게까지 느껴졌다. 속내를 털어놓는 것이 꼭 좋은 일이 아니라는 걸 알고 난 이후부터 그녀는 웃음도 가려서 지었다.

"하아."

대답보다 한숨이 먼저 흘러나왔다.

묻고 싶은 말이 마구 떠올랐지만, 쇼우코는 말을 아끼기로 했다.

예의도 아니었을 뿐더러 쇼우코는 이야기꽃을 피우기에는 너무 지쳐 있었다.

-4-

쇼우코가 튜더 여사의 하숙집을 좋아하는 이유 중 하나는 매일 따듯한 아침식사가 제공된다는 점이었다. 편견이라면 편견이겠지만, 다른 영국인들에 비해 튜더 여사의 요리 솜씨는 꽤 훌륭한 편이었다.

일전에 하숙생 중 누군가가 그녀의 요리를 칭찬하며 다른 영국인들의 요리 솜씨에 대해 불만을 터트렸을 때, 튜더 여사는 변명을 하듯 옛 이야기를 늘어놓았다.

“그 빌어먹을 우유 도둑이 급식 제도를 실시하기 전까지는 그래도 사람들이 튀긴 감자와 신선한 야채를 구분할 수는 있었는데 말이야.”

그녀는 고개를 가로저으며 한숨을 내쉬었다.

“요즈음 영국 아이들은 당근도 과일인 줄 알거야.”

쇼우코는 영국에 급식 제도를 도입한 수상의 재임 시기를 역산해보며 튜더 여사의 나이를 가늠해보았지만, 그녀의 나이가 세 자리 수를 넘어간다는 결론이 나오자 곧 생각하는 것을 그만두었다.

그 날의 아침은 베이크드 빈스와 베이컨, 스크램블 에그 등으로 이루어진 잉글리시 블랙퍼스트였다. 쇼우코는 빈 접시를 들고 무엇

을 담을지 행복하게 고민했다.

탁자 위에는 요크셔 푸딩*도 있었다. 정석대로 그레이비 소스를 찍어먹는 것도 좋겠지만, 크렘 프레슈**를 바르고 생 햄을 올려서 카나페처럼 먹어도 맛있을 것이다.

그 옆에 훈제 연어 슬라이스도 있었지만… 쇼우코는 연어 접시를 보이지 않게 슬쩍 밀어놓고 다른 메뉴를 살폈다.

탁자 맞은편에서는 독일인 유학생인 쿠르츠가 접시에 로스트 비프를 산더미처럼 담고 있었다. 집게를 건네받긴 했지만 아침부터 기름진 음식을 먹는 건 영 당기지가 않았던지라. 쇼우코는 그레이비 소스만 조금 덜은 다음 집게를 옆으로 밀어놓았다.

다음으로 손을 뻗은 음식은 스크램블 에그였다. 샛노란 계란 위에 까만 통후추를 듬뿍 뿌린 스크램블 에그는 색깔부터가 먹음직스러웠다. 다른 요리도 마찬가지이지만 튜더 여사는 요리를 할 때 후추 같은 향신료를 아낌없이 쳤다. 일부 세입자들은 재채기가 날 것 같다며 불평을 토로했지만, 무미건조한 식단에 질려있었던 쇼우코는 향신료를 듬뿍 친 이런 아침 식사가 더없이 고마웠다.

'한 학기 동안 이게 그리웠단 말이지.'

학기중에는 보통 아침을 우유와 클럽 샌드위치로 때웠다. 샌드위치를 싫어하는 것은 아니었지만 찬 음식으로 하루를 시작하면 어쩐지 무기력한 기분이 들었다. 그에 비하면 튜더 가(家)에서의 아침은 이 얼마나 활기찬가.

---

* 요크셔 푸딩 (Yorkshire Pudding) : 짭잘한 맛이 나는 전채용 빵

** 크렘 프레슈 (Créme Fraîche) : 유지방을 뺀 프랑스식 사워크림

쇼우코는 우선 요크셔 푸딩을 손으로 길게 찢은 다음, 한쪽 면에 그레이비 소스를 발라 맛을 보았다. 짭조름하고 감칠맛이 도는 그레이비 소스와 바삭한 푸딩은 역시나 잘 어울렸다.

하지만 오늘의 메인 소스는 이미 크렘 프레슈로 결정했다. 쇼우코는 한 입 크기로 잘라낸 푸딩 위에 잼 나이프로 크렘 프레슈를 바른 다음 그 위에 생 햄 조각을 올려 크게 한 입 깨물었다.

산뜻하다. 촉촉하고 알맞게 간이 된 빵과 부드러운 크렘 프레슈, 그리고 부드러운 감칠맛이 나는 생 햄이 입 안에서 절묘하게 어우러졌다. 역시 예상대로 크렘 프레슈와 생 햄은 잘 어울리는 조합이었다.

그럼 스크램블 에그는 어떨까? 쇼우코는 접시 한 쪽에 밀어둔 스크램블 에그를 포크로 찔러보았다.

버터를 섞어 중탕한 스크램블 에그는 수저로 떠야할 만큼 촉촉하고 부드러웠다. 다른 소스처럼 요크셔 푸딩 위에 얇게 펴 발라 한 입 깨물자 계란 특유의 감칠맛이 입 안 가득 퍼져 나갔다.

아, 이 얼마 만에 먹는 담백한 식사인가.

쇼우코는 행복감을 느끼며 부지런히 식사를 이어갔다. 정말 오랜만에 맞이하는 완벽한 아침이었다.

…적어도 카밀라가 나타나기 전까지는 그랬다.

2층 계단에서 헤자브로 머리를 말아 올린 카밀라가 내려오자, 식탁에 앉아 있던 하숙생들은 그림 리퍼(Grim Reaper)라도 마주친 것처럼 새파랗게 질려 마른침을 삼켰다.

식탁의 분위기가 순식간에 얼음을 떨어트린 밀크 티처럼 하얗게 얼어붙었다. 유일하게 표정이 바뀌지 않은 것은 주인인 튜더 여사뿐이었다. 그걸 아는지 모르는지, 카밀라는 식탁에 앉은 다른 하숙생들에게 손을 들어 기운차게 인사를 건넸다.

"좋은 아침입니다!"

"아침부터 기운도 좋구나, 카밀라. 쇼우코 옆 자리에 앉으렴. 이것저것 다양하게 만들어 두었다만… 혹시 가리는 음식 있니?"

"아뇨. 없어요."

카밀라는 자리에 앉은 다음, 두툼한 베이컨 한 조각을 집어 들었다. 그리고 주저 없이 입을 크게 벌려 베이컨을 물어뜯었다. 품위라고는 조금도 없었지만 그녀는 보는 사람의 식욕이 다 동할 만큼 베이컨을 맛나게 먹어치웠다. 그리고 이어서 로스트비프와 생 햄을 접시에 잔뜩 덜었다.

그 호쾌한 식사에 신경이 쓰여 음식을 먹지 못하게 된 건 오히려 다른 학생들 쪽이었다. 쇼우코는 카밀라가 식사를 하는 모습을 바라보며 잠시 생각에 잠겼다.

'재는 왜 타인의 시선을 신경 쓰지 않는 걸까?'

카밀라는 어제부터 계속 다른 사람을 신경 쓰지 않고 제 페이스대로 움직이고 있었다.

옷차림부터 행동거지까지 튀지 않는 부분이 없었다.

'분명 일본에서였다면 이지메를 당했겠지.'

쇼우코는 자신의 학창 시절을 떠올리며 쓰게 웃었다.

그녀의 고향에서 다수와 다른 옷차림을 하거나 독특한 행동을 보이는 사람은 괴롭힘, 이지메의 대상이 된다. 굳이 일본이 아니더라도 사회는 본능적으로 이물(異物)을 배척한다. 오랜 세월동안 누려온 안정을 유지하기 위해 새로운 것을 경계하고 적의를 드러낸다.

그것이 새로운 유행이든, 다른 곳에서 온 이방인이든.

이러한 사회의 냉대에서 자유롭고 싶다면 주변의 시선을 항상 신경 쓰며 눈치껏 사는 것이 이롭다. 특히 여성이나 학생처럼 불이익을 받기 쉬운 사회적 약자라면 더더욱 주의해야 한다.

—물론 이방인이면서 타인의 시선을 신경 쓰지 않는 경우도 있다. 새로운 정복자라든지, 암흑세계의 일원이라든지… 기존의 다수파 위에 오를 수 있는 강자라면 룰을 어겨도 괜찮다.

하지만 돈도 권력도 없는 이 말레이 출신 유학생이 이곳에서 군림할 수 있는 강자처럼 보이지는 않았다.

그럼 어째서 그녀는 타인의 눈치를 보지 않는가. 쇼우코의 질문에 답이라도 하듯 누군가가 작게 중얼거렸다.

“간만에 오드볼(Oddball, 괴짜)이 들어왔군.”

쇼우코는 공감하며 고개를 끄덕였다.

카밀라는 괴짜다. 괴짜는 자신의 행동이 주변에 어떤 영향을 끼칠지 고려하지 않는다. 그저 몸이 가는대로 움직이고 하고 싶은 말을 내뱉는다.

괴짜의 행동을 이해하려고 해봤자 피곤해질 뿐이다.

쇼우코는 그렇게 잠정 결론을 내리고 다시 식사에 집중했다. 잠시 식사를 멈추었던 다른 하숙생들도 카밀라가 계속 제 식사에만 열중하자 곧 흥미를 잃고 수저를 바로 잡았다.

식사가 어느 정도 무르익었을 무렵.

튜더 여사는 비워진 그릇을 치우다가 쇼우코가 연어 접시를 보지 못해서 안 먹고 있다고 생각했는지 직접 접시를 들고 그녀에게 연어를 권했다.

"쇼우코, 이 연어도 먹어보렴. 훈연이 잘 되었단다."

그리고 여사는 집게로 연어 조각 몇 점을 집어 쇼우코의 접시 위에 옮겨 주었다. 접시 위에 떨어진 선홍빛의 연어 조각을 보자마자 쇼우코는 작게 탄식을 내지르고 말았다.

"아…."

당연히 튜더 여사는 그녀가 생선을 먹지 못한다는 것을 모른다. 하숙을 시작한 첫날부터 말할 기회를 놓쳐버린 탓에 쇼우코는 튜더 여사가 내미는 생선 요리를 거절하지 못하고 있었다. 하숙을 시작하기 전에 생선은 못 먹는다고 슬쩍 말해두면 좋았을 텐데.

하지만 뒤늦은 고백이 여사에게 또 다른 부담을 줄까 두려워 쇼우코는 원치도 않는 거짓말을 반복했다.

"…감사합니다."

쇼우코는 짧게 목례를 하며 연어를 포크로 꾹 찍었다.

연한 주황빛을 띄는 훈제 연어는 보기만 해도 비린 향기가 피어오르는 것 같았다. 당장이라도 토악질을 하고 싶었지만 쇼우코는 차마 포크를 내려놓지 못했다.

비린 생선을 먹는 것보다 하숙집의 사람들에게 '이상한 일본인'이라는 시선을 받는 것이 더욱 싫었기 때문이었다.

쇼우코는 포크를 입가에 가져가며 자기최면을 걸었다.

'그래. 숨을 꽉 참고 삼키면 돼. 약을 먹는 것처럼.'

연어 조각을 입 안에 던져 넣자 생선 특유의 물컹한 식감과 비릿한 바닷내음이 코끝까지 확 퍼졌다. 그녀는 욕지기를 억누르며 다시 한 번 스스로 되뇌었다.

'이건 생선이 아니야. 그저 미끌미끌한 비계 덩어리지.'

그녀는 재빨리 연어를 삼킨 다음, 커피로 입 안에 남은 비린내를 헹구었다.

"휴우."

쇼우코는 다시 접시를 내려다보았다. 연어는 아직도 세 조각이나 남아있었다. 그녀는 어려운 도전에 임하는 것처럼 숨을 깊게 들이쉰 다음, 다시 포크를 들었다.

카밀라가 갑자기 말을 걸어 온 것은 그 때였다.

"너 연어 싫어해?"

뻣뻣하게 고개를 돌려보니 카밀라가 눈을 반짝이며 그녀를 쳐다보고 있었다. 쇼우코는 무의식적으로 미간을 찌푸렸다.

"왜?"

'왜 그렇게 생각했어?'라고 물으려 했는데 어째서인지 말이 날카롭게 잘려 나왔다. 하지만 카밀라는 여전히 명랑한 태도로 방글거렸다.

"그야 다른 음식은 맛나게 잘 먹으면서 연어는 숨을 꾹 참고 먹었잖아."

"그건…."

쇼우코는 무어라 변명을 하려다 입을 다물었다.

예상치 못한 타이밍에 정곡을 찔려 머릿속이 새하얘졌다. 쇼우코가 어물거리는 사이 카밀라는 씩 웃으며 추가타를 날렸다.

"좋아하는 음식이라면 그렇게 먹을 리가 없지."

그녀의 말이 끝나자마자 하숙생들이 수군거렸다.

"쇼우코가 연어를 싫어한다고?"

"그럴 리가. 그 동안은 잘 먹었잖아?"

쇼우코는 고개를 푹 숙였다.

부끄러운 장난을 치다가 들킨 것처럼 얼굴이 화끈거렸다. 머리 너머로 튜더 여사의 걱정스러운 목소리가 들려왔다.

"쇼우코, 연어 싫어했니?"

"…네."

쇼우코는 치부를 고백하는 것처럼 기어들어가는 목소리로 답했다. 하지만 입을 열자 말은 생각보다 쉽게 흘러나왔다.

"사실 생선은… 그다지 좋아하지 않아요."

"어머, 그런 줄도 모르고 계속 생선을 권했네. 알아차리지 못해서 미안하구나."

"아뇨. 괜찮아요."

고개를 들자 다른 하숙생들의 시선이 내리꽂혔다. 그 시선은 평소의 쇼우코에게 향하던 시선과는 조금 달랐다.

그래. 카밀라와 같은 '괴짜'를 바라보는 시선이었다.

"일본인인데 생선을 못 먹는다고?"

"날 생선만 먹어서 그런가?"

"간장이 없어서 못 먹는 걸지도 몰라."

주변 사람들의 말이 묵직하게 쇼우코의 가슴에 날아와 박혔다. 말 자체에 악의는 없었지만 말끝에 배인 편견이 버거웠다.

'곤란하네.'

쇼우코는 영국에 막 도착했을 때의 경험을 떠올렸다.

이제 곧 사람들은 쇼우코에게 '생선을 먹지 못하는 특별한 이유'를 찾으려 들 것이다. '그냥 비려서-'라는 단순한 이유는 통하지 않는다. 그들은 쇼우코가 다수와 다른 이유를 어떻게든 찾아내고 낙인을 찍은 다음, 식사 후의 가십으로 소비할 것이다.

그리고 아무도 쇼우코를 쇼우코로 봐주지 않을 것이다.

'정말 곤란해.'

쇼우코는 재빨리 머리를 굴려 핑계를 생각해냈다.

그래. 오늘따라 속이 안 좋아서 비린 것을 먹고 싶지 않았다고 핑계를 대자. 그리고 다시 원래의 평범한 유학생으로 돌아가자.

생선을 먹을 줄 아는. 눈에 튀지 않는.

쇼우코가 그렇게 마음을 먹고 다시 거짓말을 하려던 순간, 갑자기 카밀라가 그녀의 말을 가로챘다.

"뭐. 그럴 수도 있죠."

카밀라의 청량한 목소리가 울려 퍼지자 갑자기 주변이 조용해졌다. 모두가 그녀의 말을 경청하기 위해 숨을 멈추고 귀를 기울였다. 쇼우코라면 그 침묵의 무게를 버텨내지 못했을 것이다. 하지만 카밀

라는 그 살벌한 침묵을 조금도 부담스러워하지 않고 천천히 말을 이어갔다.

"일본인이라고 다 생선을 좋아하는 것도 아니잖아요?"

당연한 소리이지만 그동안 아무도 하지 않았던.

심지어 당사자인 쇼우코 조차도 오랫동안 하지 못했던 이야기를 그녀는 너무나도 태연하게 말했다.

"그게 뭐 어때서요? 허물도 아닌데."

그리고 카밀라는 쇼우코의 접시 위에 있는 연어 조각을 꿰듯이 포크로 찍어 눌러 한 입에 삼켰다. 그리고 연어를 입 안 가득 머금고, 과시하듯이 우물거리며 주변을 둘러보았다. 사람들은 여전히 아무 말도 하지 못했다.

다시 식탁 위에 불편한 침묵이 흘렀다. 카밀라가 연어를 씹는 소리만이 낮게 울려 퍼졌다. 그 침묵의 끝에서 누군가가 그녀의 말에 동조하듯이 운을 띄웠다.

"그런가?"

"하긴. 그럴 수도 있지."

"영국인 중에서도 마마이트 싫어하는 사람은 많잖아?"

"일본인 중에서도 생선 싫어하는 사람이 있을 수 있지."

하숙생들은 고개를 끄덕이며 천천히 카밀라의 말을 반추했다. 쇼우코에게 향하던 시선은 허공으로 흐트러지고, 사람들은 다시 식사를 시작했다.

그제야 쇼우코는 카밀라가 단순한 괴짜가 아니라는 것을 실감했다. 머리에 뒤집어 쓴 요란스러운 헤자브 때문에 단순한 이방인이라고만 생각했는데. 그 두건 아래에는 범인(凡人)이 상상하기 어려울 만큼 거대한 무언가가 숨겨져 있었다.

쇼우코는 식사를 하는 것도 잊은 채 카밀라를 우두커니 바라보았다. 그녀는 어느새 다시 평소의 태평한 표정으로 돌아와 기세 좋게 베이컨을 씹고 있었다.

그 때, 튜더 여사가 갑자기 생각났다는 투로 물었다.

"그나저나 카밀라. 너 무슬림이라고 하지 않았었니? 돼지고기를 먹어도 괜찮은 거야?"

카밀라는 튜더 여사의 지적에 '아차' 싶은 표정으로 머리를 긁적였다. 하지만 이내 시치미를 뚝 떼고 아까처럼 천연덕스럽게 웃어보였다.

"뭐… 먹을 수도 있죠."

그렇지, 뭐. 허물도 아닌데.

-5-

그 이후로 며칠 동안 쇼우코는 카밀라를 유심히 관찰했지만 아무것도 알아낼 수 없었다. 알 수 있는 사실은 그녀가 직접 밝힌 국적과 이름 뿐. 나이는 물론이고 그녀가 왜 영국에 왔는지도 도통 감을 잡을 수가 없었다.

일을 하러 온 것처럼 보이지도 않았고, 학생처럼 보이지도 않았다.

튜더 여사에게 카밀라의 정체에 대해 넌지시 물었지만, 그런 건 직접 물어보라는 답이 돌아왔다. 하지만 카밀라를 마주한 채 신상을 캐묻는 것은 어쩐지 꺼림칙했다. 그 생글거리는 미소와 마주하면 정체를 밝히기도 전에 속내를 모조리 털릴 것만 같았다.

쇼우코 이외의 다른 하숙생들도 마찬가지였는지, 다들 모이기만 하면 카밀라의 정체에 대해 수군거렸지만 정작 그녀 앞에서는 아무도 말을 꺼내지 못했다.

대체로 화제가 되는 것은 그녀가 쓰고 있는 헤자브였다. 물론 그녀가 독실한 무슬림이라면 헤자브를 쓰고 있는 것도 이상하지는 않았지만, 매일 아침마다 베이컨을 다섯 줄이나 먹는 아가씨가 독실한 무슬림일리는 없었다.

학생들은 카밀라가 왜 헤자브를 쓰고 있는지에 대해 여러 가지 추측을 늘어놓았다.

"목에 보여주기 싫은 큰 흉터라도 있는 게 아닐까?"

대부분의 중론은 이와 비슷한 정도였고.

"그냥 저런 패션이 취향인가 보지."

짐짓 무신경한 척 주제를 흐리는 사람도 있었다.

"이슬람 무장 세력을 물리치기 위해 위장 전입한 힌두교의 전사일지도 몰라."

헛소리도 가끔 나왔다.

하지만 카밀라에게 직접 묻지 않는 한 그들은 영원히 정답을 알지 못할 것이다. 카밀라 역시 하숙생들이 자신을 두고 어떤 말을 하고 있는지는 대략이나마 눈치를 챘을 텐데 그녀는 계속 모른 척만 하고 있었다.

정말, 뻔뻔한 건지, 대범한 건지.

결국 쇼우코는 며칠 동안 카밀라와 한 방에서 함께 지내면서도 정작 궁금한 것은 묻지 못하고 선문답 같은 이야기만 나누었다.

아침 식사에 나온 빵의 맛이라든지, 시외버스는 어디에서 탈 수 있는지 등등. 전혀 관심 없는 타인과도 나눌 수 있는 적당한 이야기가 계속 되었다. 대화 자체는 즐거웠지만 영양가 없는 한천을 씹어 먹은 것처럼 속이 허전했다.

그러는 사이 어느덧 한 주가 돌고 주말이 되었다.

쇼우코는 지난 학기에 썼던 교재와 책을 들고 채링 크로스(Charing Cross)의 단골 헌책방을 찾았다.

대학 교재라는 녀석은 전공서를 제외하면 보통 한 학기 밖에 쓸모가 없지만 값은 엄청나게 비싼지라. 가난한 고학생인 쇼우코가 소장하고 있기에는 꽤 부담스러웠다.

채링 크로스에 있는 이 헌책방은 전공서를 중값에 사들였기 때문에 쇼우코는 매 학기가 끝날 때마다 다 읽은 책을 이곳에 가져와 팔았다. 운이 좋으면 다음 학기의 전공서를 싸게 구할 수도 있었고.

쇼우코는 헌 책을 팔기 전에 우선 전공서를 꽂아두는 책장으로 먼저 발길을 옮겼다. 헌 책의 값을 흥정하는 사이에 원하는 책을 놓칠지도 모르기 때문이었다.

그녀는 필요한 책의 목록이 적힌 쪽지를 참고하며 천천히 책장을 훑었다.

"응?"

두꺼운 전공서 사이에 유난히 책등이 낮은 소설책 한 권이 꽂혀 있었다. 아마도 분류가 잘못 되어 참고서 사이에 꽂혀있는 모양이었다. 쇼우코는 책을 뽑아 책등에 쌓인 먼지를 가볍게 털어냈다. 그리고 제목을 소리 내어 읽었다.

"…이방인(The Stranger)."

오래전 일역본을 읽었던 기억이 있다.

전체적인 줄거리는 기억나지 않았지만, 주인공이 햇빛이 눈 부시다는 이유로 알제리인을 쏴 죽이는 클라이맥스만큼은 확실하게 기억할 수 있었다.

쇼우코는 책을 펼쳐 들고 첫 문장을 읽었다.

"오늘 엄마가 죽었다. 아니, 어쩌면 어제."

무미건조한 첫 문장을 읽고 나니 쇼우코는 속이 서늘해졌다. 이거, 사이코 소설이었던가?

내용이 어쨌든 간에 '이방인' 이라는 제목만큼은 마음에 들었다. 쇼우코는 책을 뽑아 들고 카운터로 가져가 계산을 부탁했다. 그런데 어찌된 일인지 점원은 쇼우코의 얼굴을 보더니 한동안 버르적거리며 말하기를 주저했다. 그제야 쇼우코는 점원의 얼굴이 낯이 익다는 것을 알아차렸다.

"아, 저번의 그…."

서점의 카운터를 보고 있었던 사내는 펍에서 애니메이션 이야기를 마구 쏟아냈던 그 청년이었다.

무의식중에 '민폐남'이라는 단어가 입 밖으로 튀어나올 뻔 했지만, 쇼우코는 가까스로 말을 삼키는 데 성공했다.

"저번에는 실례했습니다."

사내는 머쓱한 표정으로 머리를 긁적이며 고개를 숙였다. 눈치 없는 사람이라고 생각했는데, 그 날 쇼우코가 불쾌해했다는 건 어떻게 나중에라도 알아차렸나보다.

"괜찮아요. 그날은 저도 좀 피곤했거든요."

쇼우코는 짧게 말을 끊으며 다시 책을 내밀었다. 하지만 사내는 책 계산을 미룬 채 계속 무언가를 말하려 했다.

"아, 저…."

'곤란하네.'

쇼우코는 아랫입술을 가볍게 깨물며 시선을 피했다. 오늘은 사내의 말을 제대로 받아 줄 자신이 없었다. 하지만 매몰차게 박대하자니 그것도 마뜩찮고….

"괜찮으시다면 이걸 봐주시겠어요?"

사내는 서랍에서 무언가가 그려진 종이 다발을 꺼냈다. 그리고 그것을 쇼우코에게 건네려던 순간- 갑자기 누군가가 둘 사이에 끼어들었다.

"어이, 이 아가씨가 곤란해 하고 있잖아."

낯익은 감색 헤자브가 쇼우코의 눈앞에서 나풀거렸다. 그녀의 룸메이트, 카밀라였다.

"카밀라?"

쇼우코는 당황한 목소리로 룸메이트를 불렀다.

하지만 카밀라는 들은 체도 하지 않고 사내의 손목을 붙잡아 비틀어버렸다.

"아야, 아야얏! 이, 이러지 마세요! 저는 수상한 사람이 아닙니다!"

"그렇게 말하는 녀석 치고 안 수상한 사람이 없지."

점원이 비명을 지르며 몸을 비틀자 서점 안에 있던 손님들이 수군거리며 카밀라와 쇼우코를 번갈아 쳐다보았다. 사람들의 시선이 급격히 따가워지자 쇼우코는 얼굴을 붉히며 황급히 카밀라를 말렸다.

"그만해. 아는 사람이야."

그러자 카밀라는 못마땅한 표정으로 툴툴거렸다.

"시시하게."

사람의 손목을 비틀어놓고 시시할 건 또 뭐람.

쇼우코는 사내에게 대신 사과를 건넨 다음 그가 떨어트린 종이 다발을 그러모았다. 슬쩍 보니 종이 위에는 일본 애니메이션 풍의 소녀가 동세 별로 연달아 스케치되어 있었다. 조심스럽게 페이지를 넘기니 종이 위의 소녀가 팔락팔락 소리를 내며 달리기 시작했다.

"이건… 애니메이션 원화인가요?"

"네. 저는 애니메이터를 지망하고 있거든요."

사내는 옷매무새를 바로 잡으며 낮게 헛기침을 했다.

단순한 애니메이션 오타쿠라고 생각했는데. 생각 외로 대단한 사람이었나. 종이 위에 그려진 원화는 쇼우코 같은 문외한이 보기에도 꽤 수준급이었다.

"일본 애니메이션이 좋아서 독학으로 무작정 그린 것이라… 사실 정말로 제가 잘 하는지는 모르겠어요."

그의 그림 실력은 다른 사람에게 충분히 자랑해도 될 만큼 훌륭했다. 하지만 쇼우코는 사내가 왜 이걸 그녀에게 보여주려고 했는지 여전히 짐작하지 못했다. 누차 말해온 것이지만 쇼우코는 애니메이션을 그다지 좋아하지 않는다.

"어째서 이걸 저에게 보여주고 싶으셨던 건가요?"

쇼우코의 질문에 사내는 아주 잠시 동안 주뼛거리더니 원화를 받아들며 기어들어가는 목소리로 답했다.

"이 그림이 일본인에게도 멋지게 보일지 궁금해서요."

"멋지다고 생각해요."

쇼우코는 가식을 섞지 않고 그의 그림을 칭찬했다. 하지만 사내는 여전히 만족하지 못한 듯 입술을 앙다물었다.

'도대체 무얼 바라는 건지.'

쇼우코는 한숨을 내쉬었다.

"굳이 일본인에게 인정받아야 할 이유가 있나요?"

그것도 애니메이션을 좋아하지도 않는 일본인한테.

"그야… 일본인들은 애니메이션이라는 환경에 언제나 노출되어 있으니까요."

'그렇지도 않은데.'

하지만 쇼우코는 그 생각을 입 밖으로 내지는 않았다. 대꾸가 없어도 사내는 계속 말을 이었다.

"일상적으로 애니메이션을 접하는 사람이 느끼는 기준과 가끔씩

취미로 보는 사람이 느끼는 기준은 전혀 달라요. 저는 일본인들의 일상에서 이 그림이 어떻게 느껴질지 알고 싶었습니다."

"그렇군요."

쇼우코는 맞장구를 쳤지만 그가 무슨 말을 하는지 정확히 이해할 수가 없었다. 들으면 들을수록 아리송했다.

"하지만 물어볼 사람이 없었어요. 물론 당신이 애니메이션을 좋아하지 않는다는 건 나중에 알았지만… 그래도 일본 사람에게 직접 제 그림을 보여주고 이야기를 듣고 싶었어요."

"그런 거라면 인터넷에 올려도 되잖아요? 번역 어플을 쓰면 일본 웹 사이트에서 활동도 할 수 있을 텐데."

"아뇨."

사내는 고개를 가로저으며 진지하게 선언했다.

"직접 얼굴을 마주해야 진심을 들을 수 있습니다."

그 마음은 이해하지만 사람을 잘못 골랐다.

좀 더 애니메이션을 잘 알고 좋아해주는 사람을 만났더라면 도움이 될 만한 조언을 받을 수 있었을 텐데. 쇼우코로서는 앵무새처럼 좋은 말을 반복할 수밖에 없다.

사내도 그녀가 원하는 말을 해주지 못할 거라는 걸 실감했는지 한숨을 푹 내쉬었다. 그리고 쇼우코에게만 들릴 정도로 작은 목소리로 뇌까렸다.

"일본에 갈 기회가 있었더라면 좋았을 텐데."

"…"

그 말을 듣자 쇼우코의 마음속에서 무언가가 깨져 나갔다. 일본에 갔더라면 사내는 저 고민을 해결할 수 있었을까? 유럽이 아니라 일본이었더라면. 일본이 아니라 유럽이었더라면.

'…사람 사는 곳이 그렇게 다르겠냐만.'

문득 어머니가 했던 말이 떠올랐다. 그 때는 이해하지 못했지만, 지금은 어머니가 어떤 심정으로 그 말을 했는지 알 것 같았다.

그래서 쇼우코는.

그에게 조언을 해주기 위해 천천히 입을 열었다.

"속 편한 소리를 하네요."

쇼우코는 자신의 목소리가 의도했던 것보다 더 싸늘하게 들리는 바람에 저도 모르게 흠칫했다. 마치 다른 사람이 자신의 입을 빌려 대신 말을 하고 있는 것처럼 느껴졌다. 속으로는 여기서 입을 다물어야 하나 싶은 생각이 들었지만, 한번 터져 나온 날카로운 말은 멈추지 않고 계속 쏟아져 내렸다.

"장소를 바꾸는 것만으로 성공할 수 있을 리가 없잖아요. 당신이 바뀌지 않는 한 세상은 똑같을 거예요."

사내 또한 갑작스럽게 독설이 나올 거라고는 예상치 못했는지 당황한 표정으로 손을 내저었다.

"하, 하지만 그곳 사람들은 보통 애니메이션을 좋아하잖아요? 저처럼 애니메이션을 좋아하는 사람도 배척받지 않을 수 있다고 생각했는데…."

"그럴 리가요. 일본에서도 애니메이션 오타쿠는 배척받아요."

쇼우코는 한숨을 쉰 다음 서서히 언성을 높였다.

“일본인이라면 누구나 애니메이션을 좋아할 거라니… 그건 당신 멋대로 떠올린 망상이잖아요. 왜 그렇게 제멋대로 기대하고 실망하시는 거냐고요!”

그녀가 목소리를 높이자 사내는 아무 말도 하지 못한 채 고개를 푹 숙였다. 쇼우코는 눈앞에 펼쳐진 이 상황이 낯설었다. 어쩐지 골을 내고 있는 다른 여자의 몸 속에 들어가서 사내를 바라보고 있는 것처럼 느껴졌다.

‘아아, 이렇게까지 화를 내려고 한 건 아니었는데.’

어쩌면 지금 하는 말은 눈앞의 사내가 아니라 명확한 목표도 없이 영국으로 도망치듯 온 자기 자신에게 하는 소리일지도 모른다.

쇼우코는 어느새 주변이 조용해진 것을 깨달았다.

서점 손님들의 시선이 그녀를 향하고 있었다. 공공장소에서 소리를 높여 화를 냈으니 주의가 몰리는 것도 당연하다. 쇼우코는 화끈거리는 얼굴을 가볍게 감싸 쥐며 고개를 가로저었다.

“어차피 일본에 가봤자 당신은 평범해질 수 없어요.”

“어째서죠?”

“당신은… 외국인이니까요.”

뒷말은 삼켰다.

‘나처럼.’

사내의 표정이 얼어붙었다.

그것만으로는 그가 쇼우코의 말에 공감하는지 부정하는지 알 수 없었다. 미묘한 침묵이 흘렀다. 구차하다고 생각하면서도 쇼우코는 결국 침묵을 버텨내지 못하고 변명처럼 말을 덧붙였다.

"그러니까… 저도…."

하지만 무어라고 말해야 할지 머리가 쉽게 돌아가지 않았다. 그보다 자신이 왜 이 자리에 있는지도 알 수가 없었다. 방금 전까지 독설을 내뱉던 여인이 쇼우코를 내팽개치고 어디론가 도망친 것 같았다.

"저는… 그러니까…."

그녀가 한동안 말을 잇지 못하고 어물거리자 잠자코 있던 카밀라가 다시 중간에 끼어들었다. 그녀는 쇼우코가 들고 있는 '이방인'을 집어 들어 사내에게 대신 내밀었다.

"책, 계산해주세요."

사내는 카밀라가 내민 카드를 받아 말없이 책을 계산했다. 인사는 없었다.

-6-

쇼우코는 카밀라의 손에 붙잡혀 서점을 빠져나왔다.

술에 진탕 취한 것처럼 머리가 어질어질했다. 그녀는 계속 걸음을 헛디뎠다. 카밀라는 잠시 발을 멈추고 쇼우코를 돌아보았다.

"괜찮아?"

"…아니."

쇼우코는 소설책의 까끌까끌한 양장 표지에 얼굴을 묻고 작게 탄식했다.

"아, 아아…."

바보짓을 했다.

도대체 왜 화를 낸 거람?

아니, 화를 낼 거라면 케임브릿지의 그 재수 없는 교수 앞에서 터트릴 것이지. 왜 하필이면 오늘, 그 사람한테 화를 낸 거람.

하지만 스스로를 책망한다고 해서 일어난 일이 없어지지는 않는다. 속은 느글거리고, 머리는 어지럽고. 딱 술에 취한 기분이었다.

그래서였을까. 술 생각이 났다.

쇼우코는 카밀라의 손을 잡아끌며 음울하게 말했다.

"술 마시고 싶어."

패닉에서 구해준 것에 대해 감사의 인사도 표하기 전에 술을 먹자고 조르는 것이 얼마나 무례한 일인지는 쇼우코도 잘 알고 있었다. 하지만 그런 체면이나 예의를 따지기에는 너무 지쳐 있었다. 쇼우코는 카밀라의 눈을 쳐다보며 함께 마시러 가자는 사인을 보냈다.

그러나 카밀라는 뺨을 긁적이며 쇼우코의 시선을 피했다.

"아, 나 술 못 마셔."

"왜?"

"나, 무슬림이잖아."

그녀의 대답에 쇼우코는 고장난 로봇처럼 휘청거렸다. 카밀라가 **진짜 무슬림**이었다고?

하지만 그녀의 머릿속에 곧 돼지고기 베이컨을 거리낌 없이 씹어 먹던 카밀라의 모습이 떠올랐다. 쇼우코는 카밀라의 멱살을 잡아당기며 벌컥 화를 냈다.

"너 같은 무슬림은 평생 본 적도 없거든!"

음식을 가리기는커녕 살라트(무슬림이 하는 매일 기도)조차 하지 않는 사람이 이제 와서 무슨 낯으로 무슬림을 자처하는지!

카밀라도 우길 생각은 없었는지, 곧 뒤통수를 긁적이며 혀를 내밀었다.

"아, 들켰나? 속일 수 있을 거라고 생각했는데."

"남의 눈을 속일 거였으면 베이컨을 우적우적 씹어 먹질 말았어야지!"

"하하, 미안. 하지만 무슬림 집안에서 자란 건 맞아. 돼지고기를 먹을 수 있었던 건 비교적 세속파라서 그래. 일본에도 불교도 신자가 많지만 고기 요리는 있잖아?"

"19세기 말까지는 금지였지."

쇼우코는 한숨을 내쉬며 작게 중얼거렸다.

술을 못하는 사람에게 술자리를 강권해봤자 즐겁지도 않다. 또 혼자 마셔야 하나― 고민하고 있노라니 카밀라가 그녀의 어깨를 툭툭 두들기며 손으로 술 마시는 시늉을 해보였다.

"마셔본 적은 없지만… 뭐, 한 잔 정도는 괜찮겠지."

술을 마셔본 적이 없다는 말이 영 불안했지만, 그렇다고 술 맛이 달라지는 것도 아니다.

쇼우코는 자주 가던 펍의 바 테이블에 걸터앉은 다음, 다시 한 번

카밀라에게 물었다.

"정말로 마셔도 괜찮은 거지?"

아무리 그녀가 나일롱 무슬림이라지만 혹여라도 나중에 신의 가르침을 어기도록 유혹한 악마라고 매도당하는 것은 사양이다. 하지만 카밀라는 정말 상관없었는지 어깨를 으쓱거리며 괜찮다고 다시 답했다.

쇼우코는 서버를 불렀다.

"여기. 블러디 럼 한 잔 씩이요."

서버는 주문을 받자마자 바카디의 블랙 럼을 한 잔 씩 따라 건네주었다.

카밀라는 처음 맡아보는 럼의 향이 신기했는지 마실 생각은 하지도 않고 코를 가까이 한 채 한동안 킁킁거렸다.

'처음 마셔보는 고등학생 같은 표정을 하고서는….'

쇼우코는 럼 잔을 가볍게 흔들었다. 붉은색의 럼이 유리벽을 타고 내리며 검붉은 잔상을 남겼다. 블러디 럼이라는 이름 때문이었을까. 유리잔을 타고 흘러내리는 검붉은 럼은 오늘따라 진짜 피처럼 느껴졌다. 쇼우코는 럼을 한 모금 들이키며 혼잣말을 중얼거렸다.

"그런데 왜 붉은색 럼은 블러디(Bloody)라고 부를까? 기분 나쁘게."

"아, 그거라면 내가 알고 있어."

특별히 상대를 정하지 않고 한 혼잣말이었건만, 놀랍게도 카밀라에게서 대답이 돌아왔다. 술을 처음 마셔본다던 룸메이트는 으쓱거리며 자신의 지식을 한 토막 풀어놓았다.

"넬슨 제독이 트라팔가 해전에서 전사했을 때, 수병들이 부패를 방지하기 위해 시신을 럼 통에 절여서 가져왔다고 해. 당시에는 수인병 방지 대책으로 물 대신 그로그 럼을 보급했기 때문에 해상에서 럼은 흔했거든. 그리고 런던으로 돌아와서 럼 통을 열어보니, 제독의 피가 배인 럼이 꼭 붉은색 럼처럼 보여서 그 이후로는 붉은색 럼을 블러드 럼이라고 부른다더라고."

술 한 잔 해본 적 없다는 카밀라가 블러디 럼의 어원을 알고 있다는 게 의외였는지, 쇼우코는 눈을 가늘게 뜨며 말했다.

"술 마셔본 적도 없다면서 잘 아네."

"전쟁사를 공부하면서 읽었어. 나, 넬슨 좋아하거든."

그리고 카밀라는 짐짓 나이 든 베테랑의 흉내를 내며 넬슨의 명언을 고풍스럽게 읊었다.

"'영국은 모든 이가 자신의 의무를 다할 것을 기대한다. (England expects that every man will do his duty.)' 이 말, 멋있지 않아?"

"흐음."

신이 나서 떠드는 카밀라를 보고 있노라니, 갑자기 묘한 기시감이 들었다. 곧 쇼우코는 그 기시감이 어디서 왔는지 깨달았다.

"아아."

자신이 좋아하는 화제가 나왔다고 신이 나서 떠들어대는 카밀라의 모습은 애니메이션을 좋아한다던 그 사내의 모습과 얼추 비슷했다.

하지만 그 사내와는 달리 카밀라는 어쩐지 밉지가 않았다. 쇼우코는 왜 같은 행동을 한 두 사람의 인상이 다르게 느껴졌는지 잠시 고

민했다. 그리고 곧 어렵지 않게 그 이유를 찾아냈다.

선입견 때문이었다.

쇼우코는 술집에서 동양인 여성에게 말을 거는 백인 남성은 수작질 하려는 머저리거나 오타쿠일 거라는 선입견을 갖고 있었다. 그래서 그가 술집에서 말을 걸어왔을 때도 처음부터 비딱한 시선을 가진 채 마주했다.

그가 진짜로 하고 싶었던 말이 무엇인지는 알아차리지 못한 채.

결국 쇼우코는 그 사내가 어떤 뉘앙스로 말을 꺼냈더라도 결국 짜증을 냈을 것이다. 매일 다른 사람들이 자신에게 선입견을 갖고 있다고 투덜댔으면서, 정작 자신도 다른 사람을 대할 때 선입견을 갖고 있었다니.

깨달음과 동시에 부끄러움이 물밀듯이 밀려왔다.

"아, 아아…."

쇼우코가 갑자기 머리를 감싸 쥐고 괴로워하자 카밀라가 이상하다는 투로 물었다.

"왜 그래?"

"아니, 갑자기 죽고 싶어졌을 뿐이야."

"흥, 흥흥~."

카밀라는 이상한 음색으로 콧노래를 부르더니 의미심장한 어투로 말을 툭 던졌다.

"누구나 이불을 걷어차고 싶은 날이 있는 법이지."

"너 말이야…."

쇼우코는 미간을 찌푸리며 사납게 그녀를 노려보았지만 카밀라는 시선을 맞추지 않고 술만 홀짝거렸다.

부끄러움을 취기로 무마하기 위해 쇼우코는 빠르게 마실 수 있는 쇼트 칵테일을 몇 잔 주문했다. 카밀라도 그녀와 같은 것을 주문하여 엇비슷한 속도로 술을 마셨다.

처음이라면서도 독한 술을 주저 없이 계속 들이키는 걸 보니 의외로 주당의 기질이 있었다.

주문이 몇 분 간격으로 반복되자, 쇼우코는 서버를 부르는 것도 번거로워 럼을 아예 병째로 주문했다. 그리고 카밀라의 빈 잔에 럼을 채워주며 화제를 돌렸다.

"그나저나 전쟁사에 관심이 있다니. 역사학자라도 되려고 온 거야?"

하지만 카밀라의 입에서 튀어나온 포부는 예상치도 못한 의외의 것이었다.

"아니. 군인이 되려고. 지금은 다트머스 왕립 사관학교에서 조함술(操艦術)을 배우고 있어."

"…뭐?"

쇼우코는 눈을 동그랗게 뜬 채 카밀라를 쳐다보았다.

또 농담을 하나 싶었지만 카밀라는 드물게 진지한 표정으로 잔을 꼭 그러쥐며 천천히 말을 이었다.

"나는 함장이 되고 싶었거든."

"함장?"

"수천 톤이나 되는 거대한 군함을 말 한마디로 이리저리 움직일

수 있다니. 생각만 해도 멋지지 않아?"

"뭐, 그야 그렇지만."

입으로는 맞장구를 쳐 주었지만 쇼우코는 그녀의 말을 완전히 이해하지 못했다. 무엇보다도 한 나라를 지키는 군인이 되고 싶다면서 다른 나라로 유학을 왔다는 게 이상했다. 쇼우코는 말레이시아의 지형을 머릿속으로 떠올리며 다시 물었다.

"말레이시아에는 해군이 없어?"

"있긴 하지만 여군한테는 함장이 될 수 있는 항해나 전투 직별을 안 맡기려고 하거든. 그냥 정훈이나 보급 같은 후방 지원 업무나 맡으라나."

쇼우코는 '아직도 그런 차별을 하는 곳이 있단 말이야?' 하고 물으려다 그만두었다. 멀리 갈 것도 없이 그녀의 조국부터가 그렇지 않았던가.

문화적, 사회적으로 큰 접점도 없는 카밀라가 같은 이유로 영국에 왔다는 사실이 쇼우코에게는 묘하게 느껴졌다.

카밀라는 안주로 나온 캐슈넛을 아작아작 씹으며 말을 이었다.

"더욱이 중국인 혼혈이면 취급이 더 안 좋지."

"의외네. 말레이시아에서는 중국인이 차별받아?"

"뭐, 화교들이 공직을 뺏는다던가— 나라를 중국에 팔아먹을 거라던가— 이런 저런 핑계로 눈칫밥 먹기 일쑤지."

어쩜 이런 것까지 비슷한지.

쇼우코는 저도 모르게 한숨을 내뱉었다.

"일본만 벗어나면 혈통 이야기는 안 들을 줄 알았는데."

"그래? 일본인들은 남의 개인사에 별 관심이 없는 줄 알았는데… 거기도 나름 문제가 있나 보구나."

"그래. 겉으로 대놓고 표현하는 일은 드물지만… 강 건너(川の向こう) 사는 사람들에게도 상냥한 건 아니라서."

"강 건너 사람들?"

"…아니. 잊어버려."

쇼우코는 황급히 말을 얼버무리며 카밀라의 잔에 술을 마저 따라 주었다. 카밀라는 일순 미심쩍다는 표정을 지었지만, 곧 술이 가득 차자 흥미를 잃었는지 다시 잔을 들어 홀짝거렸다.

"그래서. 다트머스에서 조함술을 배우면 본국에서도 인정을 받을 수 있는 거야?"

기술을 익히는 것과 기술을 인정받는 것은 다르다.

대부분의 경우 그 나라에서 발급된 인증서가 없으면 아무리 뛰어난 기술자라 하더라도 일을 할 수 없다.

쇼우코의 경우도 영국에서 의과 대학을 마치더라도 일본에서 개원을 하려면 면허 시험을 추가로 치러야한다. 그 때 사내가 말했던 '블랙잭'이 그런 식의 무면허 의사였던가. 하지만 정작 카밀라는 애매하게 고개를 가로저었다.

"아니. 여태껏 그런 선례는 없었어. 하지만 같은 영연방의 사관학교인데… **어떻게든** 길이 열리지 않을까?"

"그거 제대로 알아본 거 맞아?"

"내가 최초니 알아볼 게 뭐 있나. 일단 부딪혀 봐야지."

"속도 편하다."

일본에서 무작정 뛰쳐나오다시피 한 쇼우코조차도 MBBS*와 GMER**의 차이 정도는 알아보고 나왔다. 그런데 카밀라는 한 술 더 떠서 완전한 무대책으로 몸부터 부딪히고 있었다.

'도대체 이 근거 없는 자신감은 어디서 솟아나는 거람?'

쇼우코는 하도 어처구니가 없어 혀를 찼지만, 카밀라는 여전히 태평한 표정으로 킬킬거리고 있었다.

"뭐, 어때."

카밀라는 어깨를 으쓱이며 자신 있게 말했다.

"살고자 하면 어떻게든 살 길이 다 있는 거야. 그 뭐냐. 손자병법에도 필생즉사(必生卽死)라고 쓰여 있잖아?"

"행생즉사(幸生則死)겠지."

병법도 겉핥기로 배운 모양이었다.

어느새 안주로 먹고 있었던 캐슈넛이 모두 떨어졌다.

쇼우코가 적당히 술에 곁들여 먹을 만한 요리를 부탁하자, 서버는 스팸 프리터를 내왔다.

쇼우코는 프리터를 포크로 가볍게 눌러보았다. 이곳의 프리터도 전에 먹었던 것만큼이나 기름지고 눅눅했다. 기름 솥에서 튀김을 꺼내는 시간만 적당히 주의하면 해결되는 문제일 텐데, 왜 이런 건 고치지 못하는 걸까.

"있잖아."

* MBBS (Medicinae Baccalaureus) : 영미권의 의사 학위

** GMER (Global Minimum Essential Requirements) : 세계 의학 교육 기구의 표준 요구 수준

쇼우코는 기름진 프리터를 꾹꾹 누르며 물었다.

"우리가 나중에 커다란 사람이 된다면 이 사회를 바꿀 수 있을까?"

"커다란 사람? 아직도 키가 더 크고 싶은 거야?"

"아니. 사회적으로 영향력이 큰 사람."

많은 사람들이 음식이 맛없다고 불평하고, 심지어 총리까지 나서서 개혁 의지를 보였지만 결국 영국은 펍의 스팸 프리터조차도 바꾸지 못했다. 그럼 세계를 바꾸기 위해서는 얼마나 큰 영향력을 갖고 있어야 할까.

쇼우코는 갑자기 궁금해졌다.

"성별과 인종, 출신 등으로 차별받지 않는 사회를 만들려면 내가 얼마나 높은 위치까지 올라가야 할까?"

사실 쇼우코는 이미 답을 알고 있었다.

아무리 높은 위치에 오르더라도 사회적 편견을 완전히 없애는 건 불가능하다는 것을.

하지만 어쩐지 카밀라라면 대책 없이 희망찬 말을 해 줄 것 같아서. 쇼우코는 약간의 기대를 걸어 질문했다.

그러나 카밀라의 입에서 나온 대답은 쇼우코가 생각하던 것과 별반 다르지 않았다.

"그건 국제연합 총장이 되더라도 불가능할 걸."

"그렇지?"

겉으로는 동의를 표하면서도 쇼우코는 조금 실망스러워졌다. 카밀라라면 등을 떠밀어 줄 거라고 생각했는데. 결국 이 아가씨도 '사람

사는 곳은 다 똑같다'는 상투적인 답 밖에 내놓지 못하나 싶었다.

"하지만 말이야."

카밀라가 갑자기 포크를 들어 자신의 가슴을 가리켰다.

"세계를 직접 바꿀 수는 없어도 나는 바꿀 수 있잖아."

"…나?"

그녀는 위험하게도 눈앞에서 포크를 빙빙 돌려가며 말을 이었다.

"어차피 세계의 구조가 어떻게 되어있든 간에 내 눈에 비치는 세계는 나를 중심으로 돌아가게 되어 있잖아? 보이지 않는 곳까지 구석구석 바꿀 필요는 없어. 일단 내 눈에 보이는 세계를 바꾸는 거야."

"어떻게?"

"뭐, 간단하지. 먹고 싶은 대로 먹고, 하고 싶은 일을 하고, 무례한 녀석의 면상에 주먹을 꽂고…."

카밀라는 손가락을 꼽아가며 생각나는 말을 아무렇게나 뱉다가 결국 할 말이 모두 떨어졌는지 어깨를 으쓱였다.

"그러다보면 세상이 바뀌지 않을까?"

"퍽이나."

호쾌하긴 하지만 무리한이나 쓸법한 논리였다. 하지만 쇼우코는 그제야 웃음을 터트릴 수 있었다. 그런 바보 같은 대답이 나오기를 줄곧 기다렸다.

"그럼 그 헤자브는 왜 쓰고 다니는 거야?"

카밀라는 그제야 눈치 챘다는 것처럼 이마를 쓸어 올리며 헤자브를 가볍게 잡아당겼다.

"이거 말이야?"

"쓰고 싶어서 썼다고 보기에는 엄청 불편해 보이는데."

"그야 당연히 불편하지. 여름에는 덥고, 관리하기도 귀찮고… 마음 같아서는 벗어버리고 싶어."

"그럼 벗어버리면 되잖아. 여기는 말레이시아가 아니라고. 아무도 뭐라고 하지 않을 텐데 왜 그런 고행을 사서 하는 거야?"

"글쎄. 일종의 밸런스 패치라고나 할까?"

"밸런스 패치?"

카밀라는 헤자브 너머로 흘러내린 머리칼을 우아하게 쓸어 넘기며 짐짓 모델의 흉내를 냈다.

"이 정도로 얼굴을 가려주지 않으면 내 미모에 홀린 남자들이 어딜 가든 몰려들 텐데, 이 정도 페널티는 감수해야지. 그래야 인생이 공평한 법 아니겠어?"

"얼씨구."

카밀라가 너무 당당하게 흰소리를 하는 바람에 쇼우코는 어이가 없어졌다. 하지만 한 편으로는 뻔뻔하게 자기 자랑을 하는 카밀라가 부럽기도 했다.

"너는 자신감이 넘쳐서 좋겠네."

쇼우코는 입을 비죽 내밀고 불평했다.

"나는 돌아가서 의사 일을 할 수 있을지도 불투명한데."

"괜찮아, 괜찮아. 다 잘 될 거야. 자신감을 가지라고."

카밀라는 쇼우코의 등을 세게 두들기며 근거 없는 장밋빛 전망을 잔뜩 늘어놓았다.

"혹시 나중에 일자리를 구하지 못하면… 그 때는 나한테 연락해. 내 배에 선의(船醫)로 써줄게."

그 말에 '자신이 함장이 되지 못할 수도 있다'는 걱정은 조금도 섞여 있지 않았다. 정말 이 대책 없는 자신감은 어디서 솟아나는지. 쇼우코는 크게 소리 내어 웃었다.

그녀의 배에 선의로 타고 싶은 마음은 없었지만… 어쩐지 지금은 카밀라의 그 무모한 자신감에 어깨를 기대보고 싶었다.

"나중에 가서 딴 소리하기 없기다."

"물론이지. 이 언니만 믿으라고!"

쇼우코는 카밀라의 새끼손가락에 자신의 손가락을 걸며 눈을 마주 보았다. 그녀의 붉은 눈은 여전히 기묘한 빛깔로 반짝이고 있었다.

'아마 이 눈 속에 담긴 속내를 읽어내려면 10년으로도 모자라겠지.'

쇼우코는 어쩐지 분한 기분이 들어 검지로 카밀라의 뺨을 쿡쿡 찌르며 물었다.

"그보다 언니라니. 너 올해 몇 살인데?"

"어라? 술이 거의 다 떨어졌네."

쇼우코의 질문에 카밀라는 갑자기 헛기침을 하며 귀 먹은 시늉을 해보였다. 그리고 메뉴판에서 새 술을 고르며 시치미를 떼는 것이다.

"자, 그럼 한 병 더 시켜볼까…."

-7-

얼마 뒤. 카밀라는 다시 조함술 수업을 받기 위해 다트머스 해군 사관학교로 떠났다.

그리고 그 해 말, 쇼우코는 카밀라가 외국인 생도로서는 처음으로 수석졸업의 영예를 안게 되었다는 소식을 신문에서 보았다. 쇼우코는 그 날의 술자리를 떠올리며 쓴웃음을 지었다.

"아마 걔는 원하는 것을 모두 이룰 수 있을 거야."

하지만 카밀라의 배에 선의로 타게 되는 일은 없을 거라고, 쇼우코는 확신했다. 기울어가는 폐촌의 보건소장으로 가면 모를까. 비린내가 항시 진동하는 배 위에서 의사 일을 하느니 차라리 죽음을 택할 것이다.

…적어도 그 때는 그랬다.

-8-

[오늘은 영국의 떠오르는 신예 거장 애니메이션 감독이신 몬티 해리스 감독님과 만나보겠습니다. 안녕하세요, 몬티 감독 님. 그동안 영국 애니메이션 업계는 상업적으로 일본에 잘 알려지지 않았는데요. 몬티 감독님이 연출하신 이번 애니메이션 영화는 일본에서 큰 인기를 끌었습니다. 그 비결이 무엇이라고 생각하시나요?]

[글쎄요. 일단 제가 일본 애니메이션을 좋아하기 때문이 아닐까요? 저도 어릴 적에는 일본 애니메이션을 이것저것 많이 봤거든요. 그리고 그 중에서도 제일가는 명작은… 역시 '무책임 함장 테일러'지요!]

[와, 정말 일본 애니메이션에 대해 해박하시네요! 그런데 일본에 유학을 오시지 않고 영국에서 홀로 애니메이션 공부를 하신 이유가 따로 있으신가요?]

[음, 예전에 한 일본인 유학생에게 조언을 들었거든요. 일본에 가 봤자 저는 외국인이 될 뿐, 제 자신은 찾을 수 없을 거라고….]

"응?"

쇼우코는 라디오로 NHK의 심야 뉴스를 듣다가 고개를 갸웃거렸다. 뉴스에 나오고 있는 몬티 해리스라는 영국인 감독의 목소리는 어쩐지 귀에 익었다.

'유학 시절에 애니메이터를 만난 적이 있었던가?'

당장 떠오르는 사람 몇을 머릿속으로 꼽아 보았지만 비슷한 목소리를 가진 사람은 없었다. 아마 다른 사람의 목소리를 착각한 모양이었다.

'그러고 보니 벌써 수년도 더 지난 일인가.'

쇼우코는 자리를 털고 일어나 캐비넷 안쪽에 넣어둔 사진첩을 꺼내 펼쳤다. 그곳에는 메드웨이의 다른 하숙생들과 찍은 사진이 가득 꽂혀 있었다. 쇼우코는 그 사이에서 유난히 낯이 익은 얼굴 하나를 발견하고선 낮게 키득거렸다.

"얘는 그 때나 지금이나 변한 게 없네."

사진 속에는 20대 초반의 쇼우코와 카밀라가 카메라를 보고 나란히 서 있었다. 장난기가 만연한 미소를 얼굴 가득히 띤 카밀라와는 달리, 쇼우코는 뭐가 그리 불안한지 굳은 표정으로 주뼛거리며 서 있었다. 이러나저러나 둘 다 앳된 티가 덜 빠진 게 아직 한참 어렸다.

세상에 불만이 가득했던 시절의 자신을 보고 있노라니. 쇼우코는 저도 모르게 웃음이 터져 나왔다.

"어리다, 어려."

그녀는 사진 속의 자신을 손가락으로 쿡쿡 찌르며 빙그레 웃었다. 이때는 왜 그렇게 세상만사가 불만스러웠을까. 뭐, 지금이라도 레지던트 생활을 한 번 더 해야 한다는 통보를 듣는다면 세상이 저주스럽게 느껴지겠지만….

반면 카밀라는 쇼우코와 나이 차이도 그렇게 나지 않으면서, 그때부터 무언가 다 알고 있다는 것처럼 신비한 미소를 짓고 있었다.

정말이지 오랜 지음(知音)이지만 알면 알수록 불가사의한 아가씨다.

"쇼우코~ 한 잔 하자~."

그 때, 카밀라 함장이 손에 술병을 든 채 의무실의 문을 박차고 들어왔다. 아무래도 양반은 못 되는 모양이다.

쇼우코는 그녀의 손에 들린 술병을 곁눈질로 힐끗 훔쳐보았다. 바카디 블랙이라. 평일 밤에 마시기에는 다소 무겁지만… 카밀라랑 함께라면 괜찮겠지.

쇼우코는 가볍게 고개를 끄덕이며 캐비닛 안쪽에 숨겨둔 잔을 꺼

내 들었다.

"그래."

쇼우코가 순순히 술을 받아 들자 카밀라는 눈을 동그랗게 떴다. 평소라면 지금이 몇 시인줄 아냐며 면박을 주던 그녀가 흔쾌히 술을 받아들자 놀란 모양이었다.

카밀라가 가져온 럼은 냉장고에서 금방 꺼냈는지 쨍하니 차가웠다. 두 사람은 럼이 미지근해지기 전에 우선 칠링(Chilling)으로 가볍게 잔을 나누었다.

"크으…"

차가운 럼을 한 모금 넘기자마자 짜릿한 작열감이 목 안쪽에서 느껴졌다. 이토록 차가운 데 작열감이 느껴진다니. 참 묘한 음료다. 이래서 과거의 어떤 작가가 술을 차가운 불이라고 불렀던 걸까.

카밀라는 단숨에 술잔을 비우더니 무언가가 아쉽다는 표정으로 입맛을 다셨다.

"혹시 얼음 없어?"

"있지."

냉장고에는 원일이 염좌 치료에 쓰기 위해 얼려둔 각 얼음이 들어 있었다. 쇼우코는 각 얼음을 조금 더 큰 잔에 붓고 그 위에 럼을 따라 온더록스(on the rocks)로 만들었다. 얼음이 없어진 걸 알면 원일이 잔소리를 하겠지만 그 정도야 맛있는 술을 마시는 값에 비하면 싸다.

쇼우코는 다시 잔을 부딪친 다음, 이번에는 바로 들이키지 않고 혀를 굴려가며 럼의 맛을 음미했다. 훈연시킨 오크나무 특유의 독특한 향 끝에 사탕수수의 달콤한 맛이 부드럽게 배어나왔다. 단 술은 숙취가 심하다지만 비싼 술을 마실 때는 신경 쓰지 않는 법이다.

…어느새 술을 마시는 속도가 약간 줄었다.

카밀라와 쇼우코는 한동안 말없이 술만 홀짝거렸다.

쇼우코는 이 정적이 마뜩찮았지만, 안주가 없었던 탓인지 화제를 꺼내기가 어려웠다.

그 때, 쇼우코의 눈에 아까 꺼내둔 사진이 들어왔다.

과거의 이야기를 안주거리 삼아볼까 싶어, 그녀는 사진 속의 자신을 가리키며 카밀라에게 물었다.

"저게 벌써 언제 적 사진이지? 10년 전?"

하지만 무슨 생각을 했는지 카밀라는 손으로 입가를 가리며 짐짓 새침하게 점잔을 떨었다.

"어머, 나 그렇게 안 늙었어. 아직 창창한 20대거든?"

"퍽이나."

쇼우코는 코웃음을 치며 카밀라의 빈 잔에 다시 럼을 따라주었다. 새치름한 시늉을 하는 카밀라를 보고 있노라니 갑자기 그 날의 술자리가 떠올랐다.

'그러고 보니 그 날도 럼을 마시고 있었지.'

그때야 농담처럼 흘린 말이었지만, 카밀라가 지휘하는 배에 정말 선의로 타게 될 줄 누가 알았으랴. 그런 걸 보면 세상일이라는 건 역시 아무도 모르나 보다.

쇼우코는 다시 사진을 쳐다보았다. 사진 속의 그녀는 여전히 뾰로통한 표정으로 액자 밖의 자신을 올려다보고 있었다. 금방이라도 이렇게 불만을 터트릴 것처럼 보였다.

'너는 네가 원하는 것을 모두 이루었니?'

글쎄. 그래도 그 때는 자신이 언젠가 세상을 바꿀 수 있을 거라고 믿었다. 다소 생활이 불안정하긴 했지만 열정이 있었고, 세상의 모든 가능성이 자신을 향해 열려있는 것처럼 느껴졌다.

하지만 10년이 지난 지금은 어떤가? 세상은 여전히 바뀐 것 같지가 않고, 차별도 여전하다.

어느 하나 나아진 것이 없다.

그럼에도 불구하고– 쇼우코는 지금의 생활에 어느 정도 만족하게 되어버렸다. 세상 사람들이 흔히 말하는 '세월에 무뎌졌다'는 표현이 이런 걸 두고 말하는 것이려나.

쇼우코는 어쩐지 불안해졌다.

'스스로가 늙어버렸는지 알아차리지도 못할 정도로 늙은 거라면 곤란한데 말이지.'

그래서 짐짓 혀 꼬부라진 목소리로 자신의 지음을 소리 높여 불렀다.

"카밀라–."

평정을 가장했지만 술기운 탓인지 목소리 끝이 살짝 떨리고 있었다.

"너는… 네가 원하던 모습에 가까워졌어?"

카밀라는 쇼우코의 입에서 그런 질문이 나올 거라고 예상치 못했는지 잠시 눈을 동그랗게 떴다. 그리고 곧 평소처럼 실없는 미소를 흘기며 고개를 가로저었다.

"아—니. 생각했던 것과는 조금 다르네."

"어떤 점이?"

"적어도 그 때는 미래의 내가 술고래가 되어 있을 거라고는 상상도 못했거든."

그리고 그녀는 쇼우코를 힐끗 쳐다보며 능청스럽게 뺨을 부풀렸다.

"런던에서 만난 어떤 일본인 여자아이가 술을 가르쳐 주는 바람에 말이야. 어휴, 이런 나쁜 걸 알려주다니. 걔는 이걸 평생의 업보로 생각해야해."

"나도 너한테 술을 가르쳐 준 걸 일생의 실수로 생각하고 있거든?"

쇼우코도 카밀라를 따라 짐짓 원망스럽게 투덜거렸지만 어쩐지 말끝에 웃음이 툭툭 묻어 나왔다. 두 사람은 그렇게 농담을 주고받으며 한동안 10대 소녀처럼 깔깔거렸다.

어느덧 웃음이 잦아들자 카밀라는 쇼우코를 진지하게 바라보며 역으로 되물었다.

"그러는 너는? 너는 네가 원하던 모습에 가까워졌어?"

"글쎄."

쇼우코는 곰곰이 과거의 자신을 떠올려보았다.

단순히 의사가 되고 싶었던 걸까. 아니면 일본을 떠나고 싶었던 걸까. 그도 아니라면… 치기어린 청춘에 취해 단순히 떼를 쓰고 있던 걸까.

하지만 어째서인지 아무리 머리를 굴려보아도 과거의 자신이 꿈꾸던 미래의 나를 상상해 낼 수가 없었다. 치사하다는 생각을 하면서도, 이번만큼은 술 핑계를 대기로 했다.

"글쎄. 벌써 취했나."

쇼우코는 조심스럽게 사진을 뒤집어 놓은 다음, 탁자에 기대어 옅게 웃었다.

"무얼 원했는지… 잊어버린 것 같아."

(끝)

5. 훈제 청어

-1-

블라디보스토크에서 출항한 지 2주일 정도 지났을 무렵. 잿빛 10월은 동중국해의 잠수함 부대를 지원하기 위해 현해탄을 거쳐 다시 오키나와 근해를 통과하는 중이었다. 나는 평소의 항해 때와 마찬가지로 사이드 윙에서 견시 당직 임무를 맡고 있었다.

평소의 당직 업무였더라면 갑자기 어떤 부유물이 나타날지 모르기 때문에 긴장을 늦추지 않았겠지만, 그날따라 나는 약간 방심을 하고 있었다.

내게 이 해역은 암초의 위치를 모조리 외울 수 있을 정도로 낯이 익은 지역었을뿐더러, 몇 달 전부터 학회의 잠수함들이 포진해 적대 세력이 있을 가능성도 낮았다.

나는 주머니에 접어두었던 해도를 꺼내 풍경을 방위와 대조해 보았다. 해도에 따르면 앞으로 수 마일 거리 안에 암초는 물론이고 기록된 어망 부이도 없었다.

…조금은 요령을 부려도 괜찮겠지.

나는 해도를 다시 접어 주머니에 밀어 넣고 기지개를 쭉 폈다. 배

가 서서히 변침하며 풍향이 바뀌자, 함미 쪽에서 불어온 바람이 다시금 코를 간질였다. 주방 난간을 거쳐 온 그 바람에는 고소한 밥 냄새가 섞여있었다.

오늘 저녁은 뭘까? 고기가 많이 들어갔으면 좋겠는데.

쿵… 파직!

순간, 배가 갑자기 속도를 늦추더니 스크류 쪽에서 이상한 파열음이 들려왔다. 나는 황급히 사이드 윙 너머로 고개를 내밀고 스크류를 확인했다.

현측에 반쯤 부서진 어망 부이가 흘러 다니는 게 보였다. 스크류에 그물이 꼬여 탈이 난 모양이었다.

어디서 흘러들어온 거지? 나는 부유물의 항적을 눈으로 빠르게 훑었다. 그물이 꼬인 모양새를 보아하니 재수 없게도 내가 감시하고 있던 우현에서 흘러온 모양이었다.

…다시 말해 내 책임이다.

'아, 망했다.'

나는 손으로 얼굴을 감싸 쥐며 마음의 준비를 했다. 그와 동시에 함교에서 당직을 보고 있던 포술장이 욕을 내뱉으며 사이드 윙으로 튀어나왔다.

"야, 반편이! 견시 똑바로 안 해?"

"아, 그러니까 말이죠…."

무어라고 변명을 해야 할까. 저녁 메뉴를 생각하다가 부유물을 놓쳤다고 하면 오히려 더 화를 돋울 것 같은데. 하지만 엘레나 소교

는 이미 내 변명을 들어줄 생각이 없어 보였다.

“이 머저리! 등신! 스크류에 이상이라도 생겼으면 오늘 저녁은 해구 밑바닥에서 먹을 줄 알아!”

“…제 부덕의 소치입니다.”

나는 욕설을 늘어놓으며 후부로 향하는 포술장의 등 뒤에 대고 짧게 마지막 변론을 내 뱉었다. 정말 아닌 게 아니라 스크류에 이상이라도 생겼으면 꼼짝없이 징계감이다.

혹자는 고작 어망 때문에 군함의 스크류가 망가지느냐고 물을지도 모르겠지만, 실제로 어망으로 인해 군함의 타기가 망가지는 일은 꽤 흔했다. 질긴 어망 줄이 스크류에 엉키면서 타각을 흩트리기 때문이다. 때문에 조업 구간을 자주 왕복해야 하는 연안 전투함들은 최근 스크류가 없는 버블제트 추진기를 사용하기도 했지만, 먼 바다를 항해해야 하는 큰 군함들은 아직도 스크류를 쓰고 있었다.

부디 스크류에 큰 문제가 없어야 할텐데….

곧 포술장의 지시를 받은 갑판병 몇이 드라이 슈트를 입고 선저 아래로 내려갔다. 직접 선체의 상태를 확인하려는 모양이었다. 스크류를 확인한 수병들이 이상이 없다는 사인을 보내오고 나서야 나는 비로소 안도의 한숨을 내쉴 수 있었다.

선저로 내려간 갑판병들은 능숙한 솜씨로 스크류에 걸린 어망을 제거한 다음, 더 꼬이지 않도록 갑판 위로 끌어올렸다.

“…그런데 어망 부이 색이 왜 이러지?”

갑판위로 끌어낸 부이를 보자마자 수병들이 의아한 표정을 지었다. 보통 그물의 위치를 표시하는 어망 부이는 먼 거리에서도 잘 보이도록 붉은색이나 노란색으로 칠하는 법인데, 이 어망 부이는 이상하게도 시인성이 낮은 파란색 도료로 칠해져 있었다.

엘레나 포술장도 어처구니가 없었는지 혀를 차며 욕지거리를 늘어놓았다.

"어떤 미친놈이 부이를 파란색으로 칠해 놓는 거야?"

찾기 힘든 색깔의 부이였다는 게 참작이 되려나? 나는 약간의 기대를 걸며 포술장의 눈치를 보았다.

"그, 그러게 말입니다. 찾기 힘들게 말이죠. 하하…."

"뭘 잘했다고 웃고 있어? 어망 부이가 파란색이 아니라 투명한 색이어도 찾아내야 하는 게 견시의 임무잖아! 저게 기뢰였으면 우린 이미 다 죽은 목숨이라는 거 몰라?"

옳으신 말씀.

나는 속으로 맞장구를 치며 천천히 고개를 끄덕였다.

하지만 확실히 포술장의 태도는 아까와는 달리 꽤 누그러져 있었다. 포술장은 못마땅한 표정을 지으면서도 결국 중징계를 내리기는 뭐했는지 내게 가벼운 징계를 내렸다.

"시말서나 한 장 써 와."

"넵."

나는 포술장의 마음이 바뀔 새라 황급히 경례를 올려붙이고 함교의 문을 열었다. 함교로 들어오자마자 좌현에서 당직을 서고 있었던 이비 이조가 나를 보며 한심하다는 투로 혀를 찼다. 그쪽도 혀를 찰 상황이 아닐 텐데.

나는 고자질을 하듯 이비 이조를 가리키며 물었다.

"그런데 이비 이조도 저랑 같이 견시 서고 있었는데 저만 시말서를 씁니까?"

"우현 변침 중이었잖아. 뭐야, 징계가 부족한 것 같아?"

"아, 아닙니다."

나는 결국 더 이상의 반박을 하지 못하고 의무실로 돌아가 얌전히 시말서를 작성했다. 그리고 이 일은 포술장 선에서 가볍게 마무리 되었다.

…적어도 그 때는 그렇게 생각했었다.

-2-

다음날 아침.

전날 늦게 까지 미드와치 당직을 선 덕분에 나는 늦잠을 허락받고 간만에 달게 아침잠을 자고 있었다. 그런데 갑자기 훈련 일정도 없는데 배가 '쿵' 소리를 내며 심하게 흔들렸다. 나는 꼴사납게 바닥을 구르며 황급히 주위를 둘러보았다.

"뭐, 뭐야? 전투 배치? 또 어뢰 공격인가?"

배가 기습을 당했더라면 경보기가 울리고 있었을 것이다. 하지만 어째서인지 경보기에서는 전투 배치 알람은 물론이고 안내 방송도 나오지 않고 있었다.

이게 도대체 무슨 일이람. 나는 대충 옷을 주워 입고서 상갑판으로 나갔다. 무슨 영문인지 수병들이 현측에 몰려서서 무언가를 구경

하고 있었다. 수병들 틈을 비집고 현측 아래를 내려다보자 처음보는 작은 낚싯배 하나가 잿빛 10월에 접안해 있었다.

방금 전의 소음은 저 낚싯배와 충돌하면서 생겨난 모양이었다. 낚싯배 위에는 꼬장꼬장한 인상의 한 백인 노인이 타고 있었다. 그는 커다란 확성기 하나를 꺼내 들더니 대뜸 이쪽을 향해서 욕설을 날렸다.

"야, 이 호로 해적 놈들아!"

"뭐, 뭐야?"

내가 없는 사이에 무슨 일이라도 있었던 건가?

나는 앞서 구경을 나온 루나에게 의문의 시선을 보냈지만, 루나 역시 모른다는 투로 어깨를 으쓱거렸다. 그 사이 노인은 걸걸한 목소리로 계속 영문 모를 욕을 뱉고 있었다.

"이 빌어먹을 해적 놈들…! 남의 물건을 부숴놓고 뻔뻔하게 도망쳐? 분수도 모르는 것! 물고기 밥이나 되어라!"

해적으로 불리는 건 두 번째인가. 어쩐지 그립다.

그 사이, 함교에서 엘레나 포술장이 확성기를 들고 나오더니, 볼륨을 최대로 높인 채 노인에게 똑같이 욕지거리로 응수하기 시작했다.

"야, 이 빌어먹을 노인네야! 어디다 대고 행패를 부리는 거야? 우리는 해적이 아니야! 한참 잘못 찾아왔으니까 얌전히 집에 가서 손주 재롱이나 쳐 보라고!"

"웃기지 마! 내 물건을 쳐부순 건 이 배가 맞아!"

"어이, 노인네! 우리가 부수긴 뭘 부숴? 자꾸 시끄럽게 굴면 함포

로 네 대가리부터 부숴버린다!"

말싸움은 점차 고조되어 이제는 정말로 포술장이 노인을 쏴 버릴 기세로 날뛰고 있었기에 나는 그녀의 손을 잡아끌었다.

"아, 포술장님. 상대를 존중하며 대화를 하자고요. 처음부터 도발을 하시면 어쩌자는 겁니까?"

"대화는 문명인한테나 하는 거지! 야만인에게는 화약과 총검만 있으면 충분해!"

나는 길길이 날뛰는 포술장을 조심스럽게 뒤로 밀어낸 다음, 그녀 대신 확성기를 붙잡고 협상에 응했다.

"어르신. 저희가 무슨 물건을 부쉈다는 겁니까?"

갑자기 남성 수부(水夫)가 나온 탓에 놀랐는지 노인은 일순 당황한 표정을 지었지만, 곧 인상을 찌푸리며 다시 소리를 질렀다.

"무슨 물건이기는— 내 꽁치 어망 말이야!"

"아…."

갑자기 주위의 시선이 따가워졌다. 설마, 그 때 끊어진 꽁치 어망의 주인이었나?

분위기를 알아챈 포술장이 내 다리를 세게 걷어차며 툴툴거렸다.

"뭐야, 반편이. 네 손님이냐?"

"절반은 그러네요."

나는 한숨을 푹 내쉬고 다시 확성기를 집어 들었다. 이쪽에 책임이 있는 이상 저자세로 나가는 수밖에.

"확실히… 그건 제 책임입니다. 어망은 보상해드릴 수 있으니 일단 진정하세요."

하지만 노인은 내가 사과를 건네는데도 노기를 거둘 줄 몰랐다.

"어망이 문제가 아니야! 그 어망에 청어(Herring)가 잡혀있었을지도 모른다고! 돈 주고도 못 사는 내 청어는 무슨 수로 보상해줄 거야?"

청어? 어쩐지 어망이 질기고 성기더니만, 청어를 잡을 생각이었나. 하지만 노인은 큰 착각을 하고 있었다. 나는 왼손으로 머리를 감싸 쥐며 한숨을 내쉬었다.

"어르신. 이 시기의 오키나와에서는 청어가 잡히지 않아요."

청어는 대표적인 한류성 어종으로 차가운 물을 따라 회유한다. 따듯한 물이 올라오는 이 시기에는 차가운 오호츠크 해 연안에서나 가끔 잡히지, 오키나와 이남에서는 볼 수 없는 어종이다. 하지만 노인은 여전히 억지를 부리고 있었다.

"시끄러워! 네가 청어냐? 청어가 오키나와에 있을 수도 있는 거지, 네가 뭘 안다고!"

떼를 쓰고 있는 노인을 상대하고 있노라니 어쩐지 슬슬 짜증이 돋기 시작했다. 우리도 일부러 어망을 끊어놓은 게 아닌데 말이지.

"그나저나 어망 부이는 왜 파란색으로 칠해두신 겁니까? 게다가 검색망에도 위치를 안 올려두시고."

제대로 눈에 띄게 어망 부이를 칠해두고 검색망에 위치를 등록했더라면 우리도 어망이 있는 곳으로 배를 몰지는 않았을 것이다. 그런데 노인이 말하는 그 이유라는 것이 가관이었다.

"그야 어업 조합에 들키면 안 되니까 그렇지!"

불법이었냐. 옆에서 탄식 섞인 한숨이 흘러나왔다.

어획 허가를 받지 않고 불법 어망을 설치한 어부나, 그걸 모르고 끊어먹은 군함이나 도진개진이 아닌가. 나는 협상을 할 의욕을 잃은 채 다시 엘레나 포술장에게 확성기를 넘겨주었다.

…그로부터 얼마나 지났을까. 포술장에게 걸쭉한 욕설을 계속 얻어먹자 열이 머리끝까지 올랐는지, 노인은 배의 선창을 뒤져 처음 보는 기다란 소총을 꺼내들고 이쪽을 겨누었다.

"이 빌어먹을 해적 놈들. 반성하는 기색을 보이면 용서해주려고 했더니…. 거기 꼼짝 말고 있어! 내가 이 소총으로 네 놈들의 머리를 다 날려버릴 테니까!"

그리고 노인은 익숙한 솜씨로 소총을 장전하더니 배를 향해 초탄을 날렸다.

탕!

"우왓! 저 미친 노인네가 정말로 쐈어!"

묵직한 격발 소리와 함께 탄환이 함교를 스치고 지나가자, 현측에서 구경을 하던 수병들은 황급히 전투 위치로 달아났다. 군함을 상대로 소총을 써서 맞서려 하다니… 제정신인가?

하지만 노인은 여전히 침착한 표정으로 함교만을 노려 조준사격을 하고 있었다. 그보다 노인이 쓰고 있는 총 자체가 뭔가 이상했다. 요새의 자동소총 마냥 피카티니 레일이 달린 것도 아니었고, 무엇보다 총신이 나무로 되어 있었다. 노인이 들고 있던 총을 확인하자마자 포술장이 눈을 반짝이며 고개를 내밀었다.

"뭐야, 저 인간. 설마 저거 M1 개런드야?"

"위험해요, 포술장님! 고개 내밀지 마세요!"

노인이 포술장의 질문에 답을 하듯 주먹을 휘두르며 외쳤다.

"뭐, M1이 어때서? 자고로 해병이라면 M1이지!"

포술장은 어느새 방금 전까지 욕을 주고받았던 상대라는 사실은 까맣게 잊었는지, 그의 총기에 감탄을 보내고 있었다.

"뭐야, 미친 노인네인 줄 알았더니만 총 고르는 센스는 제법…"

탕!

하지만 그것도 잠시. 눈 먼 탄환이 포술장의 얼굴 근처를 아슬아슬하게 스치고 지나가자 엘레나 포술장은 돌변하여 다시 노인을 향해 주먹감자를 휘둘렀다.

"야, 이 미친놈아! 맞을 뻔 했잖아!"

"맞으라고 쏜 거다!"

"포술장님, 위험해요! 함교로 들어오세요!"

나는 노인이 새 클립을 장전하는 사이 현측 너머로 몸을 내밀고 우스꽝스러운 촌극을 찍고 있던 포술장을 억지로 끌어당겨 함교로 데려왔다.

함교 안에는 이미 함장과 갑판장을 포함한 사관들이 모여서 상황을 보고 있었다. 대부분의 사관들은 걱정스러운 표정이었지만, 함장 만큼은 아직 잠이 덜 깼는지 나른한 표정으로 연신 하품을 하고 있었다. 그녀는 자이로 리피터에 몸을 기댄 채, 다른 손으로는 머리를 벅벅 긁으며 상황을 물었다.

"그래서, 이게 무슨 일이야?"

"이 반편이가 끊어먹은 어망의 주인이 찾아왔답니다."

엘레나 포술장이 잘못을 이르듯이 나를 손가락으로 가리키며 혀를 찼다. 동시에 사관들의 따가운 시선이 내게 향했다.

…아무래도 지뢰를 밟은 모양이었다. 그것도 큼지막한 녀석으로.

하지만 다른 한편으로는 억울하기도 했다. 어망이 끊어진 것은 분명 내 탓이지만, 노인이 저렇게 광분할 때까지 도발한 건 포술장의 탓이 아닌가. 고개를 돌려 포술장을 힐끗 쳐다보자, 그녀는 도끼눈을 치켜뜨며 으르렁거렸다.

"뭐. 하고 싶은 말 있어?"

"…아닙니다."

나는 목구멍까지 올라온 말을 속으로 삼키며 한숨을 내쉬었다. 그 사이 샤오지에 갑판장은 함교에 비치해둔 다기로 차를 끓이며 걱정스럽게 중얼거렸다.

"어쩐지 귀찮게 되었는데요."

갑판장의 말처럼 이는 중대한 위협이라기보다는 귀찮은 상황에 가까웠다. 낡은 소총으로 무장한 노인을 배제하는 것 자체는 어려운 일이 아니었지만, 일단은 책임이 이쪽에 있는 이상 무턱대고 맞서 싸우는 것도 어쩐지 찜찜했다.

함장은 관자놀이를 긁적이며 잠시 고민을 하는 시늉을 하더니 또 헛소리를 늘어놓았다.

"음… 저 노인네한테 이원일 일조를 산채로 던져주는 건 어떨까?

그물이 망가진 건 다 이 녀석 탓이니 알아서 구워먹든 삶아먹든 하라면서."

"그건 안 됩니다. 함장님은 도대체 무슨 생각을 하시는 겁니까?"

놀랍게도 함장의 헛소리에 나를 변호하고 나선 것은 엘레나 포술장이었다. 그녀는 팔짱을 낀 채 진지한 표정으로 고개를 가로저었다.

"비록 이원일 일조가 같은 무게의 돼지고기보다 쓸모가 없는 녀석이긴 하지만, 저 빌어먹을 노인네한테는 아무것도 내어줄 수 없습니다."

…그럼 그렇지. 포술장이 나를 진지하게 걱정해 줄 리가 없다. 우리가 이런 시답잖은 만담을 나누고 있는 사이에도 밖에서는 계속 M1 소총의 탄환이 함교의 장갑을 두들기고 있었다.

탕— 탕—.

저지력이 좋은 M1의 30-06스프링필드 탄환으로도 군함의 장갑은 뚫지 못한다. 그럼에도 불구하고 노인이 함교를 향해 총을 쏠 때마다 샤오지에 갑판장의 표정은 계속 파랗게 질려가고 있었다.

"갑판장님, 왜 그러십니까?"

"함교 외벽 페인트칠… 마른지 얼마 되지도 않았는데."

"이 상황에서 그깟 페인트칠을 걱정하고 계신 겁니까!?"

"그깟 페인트칠이라니요! 전의 전투가 끝나자마자 갑판부 아이들이 새로 도색을 하느라 얼마나 고생했는데…!"

갑판장은 부모의 원수라도 보는듯한 표정으로 노인을 노려보았다. 아니, 갑판장뿐만 아니라 함교에 있던 사관들 모두가 불만스러운 표정으로 함장에게 전투 지시를 내려 줄 것을 요구하고 있었다. 하지만 함장은 여전히 천하태평이었다.

"그렇지만 우리 잘못도 있고. 적극적으로 대응하는 것도 뭣한데."

"설마, 군함에 총을 갈겨대는 바보를 순순히 살려 보내실 생각이십니까?"

"뭐, 좀 더 지켜보자고."

함장이 계속 태평한 미소를 흘리며 시선을 피하자, 포술장은 자신의 빈토레즈 저격총을 직접 꺼내오며 으르렁거렸다.

"언제까지 보고만 계실 겁니까? 그냥 쏴버리죠. 탄환 한 발만 주시면 일격에 끝낼 수 있습니다."

포술장이 폭주할 때마다 그녀를 침착하게 말리던 샤오지에 갑판장도 이번만큼은 단단히 화가 났는지 한 술 더 뜨며 앞으로 나섰다.

"아뇨, 탄환 낭비하실 것도 없어요. 보수 도끼랑 홋줄 몇 가닥만 빌려주시면 제가 물 위로 안 떠오르게 잘 처리해서 바다 속에 던져 버릴게요."

"차라리 잘게 토막 내서 던져버리는 건 어떨까요?"

"저번에 바다에 음식물 투기하다가 조리장한테 혼난 거 벌써 잊어버린 거야? 그건 안 돼."

…어쩐지 함교에 흉흉한 말이 나돌기 시작했다.

평소의 함장이었더라면 말리기는커녕 깔깔거리며 헛소리를 하나 더 보탰을 텐데. 잠이 덜 깬 탓인지 함장은 놀랍게도 정론을 내놓았다.

"안 돼. 민간인을 죽이는 건 국제 법에 어긋나."

함장의 말에 사관들이 놀란 표정으로 눈을 깜박거렸다. 갑자기 **왜 맞는 말을 하고 XX이냐**는 표정이었다. 사관들은 투덜거리며 불만을 한 마디씩 늘어놓았다.

"무기를 들고 있는데도 민간인 취급인가요?"

"그보다 우리가 언제부터 법을 칼 같이 지켰다고."

"…저희 인터폴 수배자에요."

사관들의 반박에 함장은 손을 내저으며 곤란한 미소를 지어보였다.

"그래도 아직까지 제네바 협약은 준수하고 있다고 생각하는데… 아마도."

함장의 애매한 대답에 사관들의 눈초리가 더욱 날카로워졌다. 함장은 사관들의 시선을 억지로 피하며 책장 위에서 먼지가 잔뜩 쌓인 교범 하나를 꺼내들었다.

"뭐, FM대로 가자고. 배의 항행에 치명적인 위협을 주는 적이 아닌 이상 우선은 위협사격을 하는 게 순서야."

그녀는 교범을 펼쳐 상선 검문 요령이 적힌 대목을 천천히 정독했다. 그리고 사관들을 돌아보며 물었다.

"음… 지금 우현 제 2 부포 포반장이 누구였지?"

"타냐 이등병조입니다."

카밀라 함장은 함장석 옆에 위치한 무전기를 끌어 당겨 제 2 부포를 호출했다.

"으음, 타냐. 우현에 계류한 낚싯배를 겨눌 수 있겠어? 물론 진짜로 맞추면 안 되고 위협사격만."

하지만 타냐는 무슨 생각을 하고 있었는지 함장의 지시에 바로 대답하지 않고 잠시 뜸을 들이다가 애매하게 말을 흐렸다.

[…해보겠습니다.]

타냐의 의중을 읽은 카밀라 함장은 황급히 다음 말을 덧붙였다.

"타냐. 그 노인네를 쏴버리고 싶은 마음이 굴뚝같은 건 이해하지만, 민간인을 죽이면 나중에 귀찮아져. 일단은 중립국 영해 안쪽이니까… 인명 피해는 최소한으로 하자."

무전기 너머에서 타냐의 한숨 섞인 목소리가 들려왔다.

[…이해했습니다.]

그리고 이어서 포탑의 원형 매거진에 포탄을 장전하는 소리가 들려왔다. 잠시 후, 타냐 이조는 무전기 너머로 준비가 끝났음을 알려왔다.

[좌현 제 2 부포 발포 준비 끝.]

"좋아. Fire."

함장의 맥 빠진 지시와 함께 탄환이 수면을 가르고 날아갔다. 그녀가 지시한 대로 포탄은 낚싯배를 맞추지 않고 조금 더 날아가 수면 위에 부드럽게 착탄했다.

하지만 포탄이 일으킨 물기둥은 생각보다 더 높이 솟아올라 낚싯배를 심하게 흔들어댔다.

"어, 어…?"

노인은 갑판 위에서 중심을 잃고 휘청대더니, 곧 바다에 빠져버렸다.

풍덩!

"어푸. 빌어먹을… 그러니까 네 녀석들의 포탄 따위는 이 몸에게…."

노인은 물에 빠진 상태에서도 연신 허세를 부려가며 헤엄을 치려고 했지만, 그의 노쇠한 몸은 생각만큼 잘 따라 주지 않는 것처럼 보였다. 노인은 한동안 허우적거리며 바닷물을 연달아 들이키더니, 곧 기력을 잃고 물 아래로 깊숙이 가라앉기 시작했다.

…어쩐지 남일 같지가 않다.

"건져낼까요?"

함장도 나와 같은 생각을 하고 있었는지, 그녀는 쿡쿡 웃으며 고개를 끄덕였다.

"그래. 하지만 저 노인네는 우리 배 승조원으로는 못 써먹겠군. 저렇게 수영을 못해서야."

그 때의 나도 저렇게 꼴사나운 모습이었을까? 나는 한숨을 내쉬며 현측 아래로 달려가 사조묘를 던졌다.

-3-

내 경우와는 달리, 노인은 바다에서 건져낸 이후에도 한동안 정신을 차리지 못했다. 그를 진찰한 쇼우코 대위는 건강에 큰 이상이 생긴 것은 아니며 기력이 쇠해진 탓에 잠을 자고 있는 것뿐이라고 답했다. 하지만 총을 들고 날뛰었던 노인을 함 내 의무실에 입실시키는 것도 곤란했던지라. 우리는 그를 배에서 치료하는 대신 오키나와의 한 병원으로 후송시켰다. 후송에는 군의 겸 통역 담당으로 쇼우코 대위가 동행했다.

상륙하기 전, 함장은 '이번 일은 네 실수로 벌어진 것이니 합의 비용은 네 월급에서 모두 제하겠다—' 며 협상을 모두 내게 일임했다.

물론 내 잘못이 크긴 하지만 군함의 작전 중에 생긴 일을 모두 일개 병사에게 일임하다니… 어쩐지 억울하다는 생각이 들었다. 뭐, 어차피 잿빛 10월도 군대라기보다는 블랙기업에 가깝지만.

노인을 병원에 입원시키고 한 식경쯤 지났을까.

나와 쇼우코 대위는 갑자기 노인의 손녀라는 사람으로부터 연락을 받고 병실을 다시 찾았다. 백인 노인의 손녀라기에 금발 벽안의 여인이 기다리고 있을 줄 알았는데, 우리를 맞이한 것은 의외로 평범한 외모의 일본인 소녀였다.

"아, 저는 혼혈이거든요. 어머니가 일본인이세요."

'마리'라고 이름을 밝힌 소녀는 통역이 필요없을 정도의 능숙한 영어로 답했다. 그녀의 말에 따르면 배를 습격해 온 저 노인은 '체스티'라는 사내로 과거 주일 미군 기지에서 복무했던 예비역 해병 중사이고, 그녀의 할머니와 어머니는 기지에서 종업원으로 일했던 일본인 여성이라고 했다.

어쩐지 말끝마다 해병이 어쩌고저쩌고 하더니만 정말로 미 해병대 출신이었을 줄이야. 나는 침대에 누워있는 노인- 체스티 중사를 힐끗 쳐다보았다. 그는 코까지 골아가며 한창 맛있게 자고 있는 중이었다.

혹에나 건강에 무슨 문제라도 생긴 게 아닐까 걱정했던 방금 전의

내가 바보처럼 느껴질 정도였다.

그 사이, 마리는 옆에 끼고 있던 바구니를 뒤지더니 그 안에서 고급스럽게 포장된 과자 상자 하나를 꺼내 우리에게 내밀었다. 상자 안에는 튀겨낸 빵 같은 과자가 가득 들어있었다.

"저… 사타안다기(サーターアンダーギー) 좀 드세요."

"우와, 이거 오카시고텐의 사타안다기잖아? 오랜만이네. 그동안 오키나와 근해를 계속 지나다니면서도 못 먹어서 아쉬웠는데."

쇼우코 대위는 거절할 줄도 모르고 상자를 받아들더니 바로 과자 하나를 집어 낼름 입에 밀어 넣었다. 이 아가씨는 지금 다과회에라도 초대받은 줄 알고 있는 건가. 나는 그녀의 옆구리를 쿡쿡 찌르며 귀엣말로 눈치를 주었다.

"군의관님, 좀…!"

"왜 그래?"

하지만 쇼우코 대위는 태연한 표정으로 뺨을 놀려 과자를 우물거리더니, 어깨를 으쓱거리며 말을 이었다.

"괜찮아, 괜찮아. 오히려 어깨에 힘이 들어가 있는 게 더 수상하게 보일 거라고. 그냥 평범한 회사원처럼 방글거리고 있어."

그도 그렇긴 하지만… 한나절 전까지 총구를 맞대고 있던 상대의 가족 앞에서 평정을 유지하고 있으려니 어깨 골치가 지끈거렸다.

한편, 마리는 우리가 누구인지 궁금한 눈치였다.

"그나저나… 여러분은 누구시기에 할아버지를 바다에서 구해주셨다는 건가요?"

"아, 저희는 광명 국제 해운에 근무하는 선원들입니다. 저는 주계

과의 이원일 대리라고 합니다."

나는 챙겨온 가짜 명함을 내밀며 거짓말을 했다.

잿빛 10월의 승조원들은 특별한 사정이 없는 한 이처럼 일반인들 앞에서는 평범한 해운 업체 직원으로 위장하고 있었다. 하지만 마리는 명함을 받아든 이후에도 수상한 낌새를 느꼈는지 미간을 찌푸리며 계속 나를 흘깃거렸다.

아마도 '평범한' 해운 업체의 사원이 어쩌다가 그녀의 할아버지와 얽히게 되었는지가 궁금한 눈치였다. 나는 그녀가 먼저 묻기 전에 선수를 쳐 어제 있었던 일을 차근차근 설명해 주었다.

"그게 사실… 어르신께서 바다에 쳐 둔 어망을 저희 회사의 배가 지나가다가 끊어놓았거든요."

물론 그 배가 군함이었다는 사실은 쏙 빼놓은 채.

나는 그 이후에도 계속 진실과 허풍을 반쯤 섞어가며 어제의 일을 설명했다.

"…그리고 어르신께서 항의하러 저희 배를 찾아오셨을 때, 해상에서 **가벼운** 실랑이가 발생했는지라. 그 과정에서 물에 빠지게 되셨던 겁니다."

물론 총과 포가 동원된 싸움을 가벼운 실랑이라고 치부하는 데에는 어폐가 있었지만… 다행스럽게도 마리는 그 사실에 대해 깊이 캐묻지 않았다.

아니, 오히려 노인이 낚싯배를 몰고 우리를 찾아왔다는 소리를 듣자마자 한숨을 깊게 내쉬며 머리를 숙였다.

"…죄송해요. **또** 할아버지가 민폐를 끼쳤나보네요."

그리고 그녀는 침대에 누워 있는 노인을 향해 사납게 눈을 흘겼다. 아무래도 노인이 이런 말썽에 휘말린 건 처음이 아니었나보다.

하지만 이번에는 우리에게도 어느 정도 책임이 있다. 무엇보다 우리는 가능한 한 존재를 숨겨야하는 비밀 결사의 용병이 아닌가. 현지 언론에서 말썽의 냄새를 맡기라도 한다면 곤란해진다. 나는 손을 내저으며 함께 머리를 숙였다.

"아뇨. 어르신께서 화가 나실 만도 하지요. 멀쩡한 어망을 끊어놓았으니…. 일단 배 수리비와 어망 값은 저희 쪽에서 지불하도록 하겠습니다."

정확히 말하자면 내 지갑에서 나가는 것이지만.

그 사실을 알고 있는 쇼우코 대위가 옆에서 쿡쿡거리며 낮게 웃었다. 좀 알면 남의 일처럼 보지 말고 도와주시지.

하지만 마리는 내가 돈을 물어주겠다는데도 완강히 고개를 가로저었다.

"아니에요! 그 돈으로 할아버지께서 다시 어망을 사시면 어쩌려고요? 그 지긋지긋한 청어 어망이 없어져서 얼마나 다행인지 몰라요."

마리는 노인이 물고기를 잡는 것을 마뜩잖게 여기는 눈치였다. 무슨 일이라도 있는 걸까?

"무슨 문제라도 있었습니까?"

"남부끄러운 이야기이긴 하지만…."

마리는 이맛살을 찌푸리며 머리를 긁적이더니 누구에게 들릴세라 작은 목소리로 조심스럽게 말했다.

"할아버지는 조합에 정식으로 등록된 어부가 아니에요."

아하, 그 문제였나.

노인이 조합에 등록되지 않은 어부라는 사실은 이미 어제 그의 입을 통해서 전해 들었었다. 확실히 사정을 모르는 마리의 입장에서는 자신의 할아버지가 어업 허가도 없이 고기를 잡다가 국제 기업과 트러블을 일으켰다는 사실만으로도 소송을 당하지 않을까 걱정스러울 것이다. 물론 우리가 평범한 해운 업체라면 이 일을 빌미로 삼아 역으로 배상을 청구할 수도 있겠지만… 안타깝게도 광명학회는 평범한 해운 업체가 아니다. 그리고 노인도 그 사실을 잘 알고 있다. 여기서 마리에게 겁을 주어 배 수리비와 어망 값을 떠넘긴다면, 노인이 깨어나자마자 소총을 들고 다시 나를 찾아올 것이다.

'잠든 사이에 억지로 지장을 찍을 수도 없고.'

나는 블러프를 치고 싶은 것을 꾹꾹 눌러 참으며 최대한 사람 좋은 해운 업체 직원 흉내를 냈다.

"아, 그렇습니까. 그럼 어르신과 이야기를 해봐야 하니, 배상에 관한 이야기는 나중으로 미루도록 하지요."

"네. 의사도 내일이면 깨어나실 거라고 하셨어요."

큰 일이 하나 마무리되자 그제야 안도의 한숨이 터져 나오며 주변의 풍경이 눈에 들어오기 시작했다.

노인이 입원해 있는 이 병실은 커다란 방 한 칸을 오롯이 혼자서 쓰는 1인실이었다. 보험에 가입했더라도 하루에 수십만 원은 족히 깨질 텐데…. 평범한 어촌 마을의 노인이 선택한 것 치고는 제법 호화스러운 병실이었다.

그러고 보니 손녀인 마리가 입고 있는 교복도 학자금이 비싸기로

소문난 유명한 진학교의 교복이었다. 다과로 내온 과자도 그렇거니와— 아무리 보아도 노인의 집안에 돈이 부족한 것처럼 보이지는 않았다. 그의 주머니 사정을 짐작하고 나니 또 다른 의문이 솟아났다.

돈 때문이 아니라면, 그럼 어째서 노인은 그런 무리한 행동까지 해가며 물고기를 잡고 있었던 걸까? 나는 한동안 머리를 굴려가며 고민을 해보았지만, 끝내 노인의 머리가 이상하다는 결론밖에 얻을 수 없었다.

물론 당사자에게 그런 무례한 말을 직접 던질 수는 없었던지라, 나는 떠오른 생각을 입 밖으로 꺼내지 않고 조용히 마음속에 묻었다.

하지만 쇼우코 대위는 그렇게 생각하지 않는 모양이었다.

"그런데 너희 할아버지, 혹시 노망나신 거 아니니?"

"잠깐만!"

손녀 앞에서 무슨 말을 하고 있는 거야!

나는 황급히 대위의 머리를 눌러 숙이며, 마리의 눈치를 살폈다. 하지만 마리는 면전에서 자신의 조부가 모욕당했음에도 불구하고 태연히 고개만 가로저었다.

"아니요. 차라리 그랬더라면 속이라도 편했을 텐데 말이죠. 하지만 병원에서도 정신에는 큰 이상이 없다고 했었고, 할아버지도 평소에는 평범하게 지내고 계세요. …가끔씩 청어를 잡으러 간다고 고집을 부리시는 것만 빼고는요."

"청어라…."

그러고 보면 노인은 잿빛 10월을 습격했을 때도 청어를 잡아야 한다고 말했었다. 뭔가 청어 잡이에 맺힌 사연이라도 있는 걸까. 문득 군의관을 곁눈질로 쳐다보았지만, 그녀는 청어에는 관심도 없었는지 "돗코이쇼, 소란, 소란–" 하는 이상한 민요를 흥얼거리고 있었다.

"저, 어르신께서 청어를 좋아하시나요?"

"아뇨. 그보다는… 가메라인가, 가메키인가 하는 것을 직접 만들어보시겠다고 떼를 쓰셔서."

"가메라?"

갑자기 마리의 입에서 오래된 거대 괴수의 이름이 흘러나오는 바람에 나는 어안이 벙벙해졌다. 내가 고민에 잠겨 있는 사이, 마리는 스무 고개를 하는 것처럼 손가락을 꼽아가며 다시 말을 이었다.

"그… 예전에 포항 기지에서 복무하셨을 때 자주 드셨다고 하셨어요. 물고기를 말려서 만드는 음식이라던데."

포항? 말린 물고기?

그녀의 말을 듣는 순간, 갑자기 음식 이름 하나가 머리를 스치고 지나갔다.

"혹시 '과메기' 말인가요?"

"아, 맞아요. 그런 이름이었어요."

그녀는 어눌한 발음으로 가메키, 가메키– 하고 중얼거린 다음, 갑자기 좋지 않은 기억이 떠올랐는지 미간을 찌푸리며 한숨을 내쉬었다.

"하지만 정작 전에 어렵게 연방에서 과메기를 구해다가 드렸을 때는 입에도 대지 않으셨는걸요. '이건 과메기가 아니야!' 라고 화까지 내시면서요."

그 말을 듣자마자 쇼우코 대위는 묘한 표정을 짓더니 목소리를 착 깔며 괴상한 성대모사를 하기 시작했다.

"혹시 미식에 집착하는 괴팍한 도예가의 혼이라도 씐 게 아닐까? 음식을 먹고 나서 '이 음식을 만든 녀석은 누구냐!' 라고 하시지는 않던?"

"…그건 또 누구 흉내입니까?"

노인의 미각이 얼마나 예민한지는 알 수 없었지만, 나는 그가 어째서 연방산 과메기를 먹고 '이 맛이 아니다'라고 했는지 대강 알 것 같았다. 나는 마리를 마주보며 조심스럽게 이야기를 꺼냈다.

"…아마 어르신께서 기억하고 있는 과메기의 맛과 지금 연방에서 생산되는 과메기의 맛은 조금 다를 겁니다."

"다르다니요? 뭔가 그 사이에 바뀐 것이라도 있나요?"

"요새 과메기는 다 꽁치로 만들거든요."

혹자는 과메기가 꽁치로 만들지 않으면 무슨 물고기로 만드느냐고 물을지도 모르지만, 사실 원조의 과메기는 꽁치가 아닌 청어로 만든다. 아마 노인이 만들려고 했던 과메기도 바로 그 청어 과메기일 것이다.

청어 과메기는 비린 맛이 적고 담백하여 그 맛을 아는 사람들에게 인기가 높지만, 요즈음의 연방에서는 청어 과메기가 거의 생산되지 않는다. 이는 청어의 회유성(回遊性) 때문이다.

"청어는 40년 주기로 해류를 바꿔 회유하는 생선인지라, 지금은 한반도 인근 수역에서는 거의 잡히지 않습니다. 물론 40년 전에는 흔히 잡혔었지요. 어르신께서 군복을 입고 계셨을 때 드셔본 과메기는 청어로 만들어졌을 테니, 지금 나오는 꽁치 과메기와는 맛이 달랐을 겁니다."

마리는 짚이는 곳이 있었는지 손뼉을 치며 고개를 끄덕였다.

"아, 그래서 맛이 비리다고 화를 내셨던 거군요."

"그래도 수십 년 전에 먹어 본 과메기의 맛을 기억하고 계시다니, 어르신께서 미각이 예민하시긴 한가 봅니다."

그녀는 쓴웃음을 흘리며 노인을 내려다보았다.

"너무 예민하셔서 탈이죠."

"음, 으음…."

그 때, 갑자기 나쁜 꿈이라도 꾸었는지 노인이 낮은 신음을 흘리며 몸을 뒤척였다.

어린 손녀는 귀찮아하는 기색도 없이 바로 다가가 노인의 이마에 맺힌 식은땀을 닦아주었다. 말은 퉁명스럽게 하고 있지만, 행동거지에서 조부를 향한 애정이 시나브로 느껴졌다.

누가 무어라고 묻지도 않았는데, 그녀는 갑자기 혼잣말처럼 넋두리를 늘어놓았다.

"…가끔은 할아버지가 너무 멀리에 있는 것 같아요."

"멀리에 계시다뇨?"

내가 말끝을 따라하며 반문하자, 마리는 아차 싶은 표정으로 얼굴을 붉혔다. 초면의 상대에게 할 만한 소리가 아니었다고 생각한 모양이었다. 하지만 이미 엎질러진 물이라. 그녀는 양 손을 살포시 포갠 채 담담한 어조로 사적인 이야기를 꺼내놓았다.

"평소에는 참 좋은 할아버지인데 바다에만 나가시면 꼭 다른 사

람처럼 변하시거든요. 정말 곤란해요. 청어 잡이에 집착하시는 것도 그렇지만, 낚싯배가 뜨지 못하는 날에도 꼭 해안가에 나가 현해탄을 바라보고 계시거든요."

그녀는 노인의 땀을 닦은 수건을 내려놓으며 창 밖에 펼쳐진 바다를 힐끗 쳐다보았다.

"할아버지는 대체 무얼 보고 계시는 걸까요?"

그녀가 바라보는 북쪽의 바다를 죽 따라 올라가면 연방의 땅이 나온다. 노인은 아마 자신이 군 생활을 했던 포항의 기지를 떠올리고 있는 것이겠지. 다만 단순한 향수라고 하기에는 과한 감이 없잖아 있다.

마치 지독한 트라우마에 시달리는 환자처럼—.

'아아— 진짜 맛있는 돈가스 한 번 먹었으면 소원이 없겠다.'

'우리, 복귀하면 시내에 돈가스 먹으러 가자!'

"…으음."

어째서 갑자기 그 때의 일이 떠올랐던 걸까?

갑자기 잊고 지냈던 과거의 기억이 떠오르자 손에 땀이 흥건히 배어나왔다. 이미지가 구체화되기 전에 나는 자리에서 재빨리 일어나 말을 마무리 지으려 했다.

"너무 오랫동안 실례를 했군요. 먼저 일어나겠습니다. 저희는 당분간 이 근처에서 머무르고 있을 테니, 어르신께서 깨어나시면 꼭 연락 주십시오."

"아, 네…. 저도 실례를 했네요."

내가 갑작스럽게 말을 끊자 마리는 당황한 표정을 지으면서도 이야기를 너무 길게 늘어놓은 것이 부끄러웠는지 뺨을 살짝 붉혔다. 노인이 일어나서 우리에 대해 이상한 소리를 하지 않을까 걱정이 되기도 했지만, 자고 있는 노인에게 주의를 줄 수도 없는지라. 나와 쇼우코 대위는 말을 덧붙이지 않고 조용히 병실을 나왔다.

병실을 나오자마자 대위가 어째서인지 의미심장한 미소를 지으며 내 허리를 쿡쿡 찔렀다.

"그러고 보니 저 노인네, 어쩌면 너랑 죽이 잘 맞을지도 몰라."

"…어째서 그런 생각을 하셨습니까?"

"그야 연방에서 복무한 해병이라잖아?"

역시나 또 허튼 소리였다.

"몇 번이나 말씀드리는 것이지만, 저는 해병이 아니라 해군입니다. 게다가 저 양반은 미군이었잖습니까."

"그게 뭐 어때서?"

"징병제 국가의 병사와 모병제 국가의 병사는 마음가짐부터가 다르다고요."

군에 강제로 끌려와 박봉으로 노역을 하는 병사가 먹고 살기 위해 직업으로서 군 복무를 택한 사람을 이해할 수 있을 리가 없다. "병사의 적은 간부" 라는 말이 괜히 나왔겠는가. 무엇보다도 저런 괴팍한 노인과 말동무가 될 생각은 애초부터 없었다.

하지만 쇼우코 대위는 무언가를 확신하고 있었는지 계속 집요하게 질문을 던져왔다.

“그래도 뭔가 떠오르는 게 있는 표정이었는데?”

“아뇨. 별로….”

나는 머리를 긁적이며 말끝을 흐렸다.

입으로 부정하긴 했지만, 사실 노인의 자초지정을 듣고 나서 떠오른 게 있기는 했다. 고락을 함께했던 전우들에 대한 그리움 때문에 부대에서 먹었던 추억의 음식을 찾아 헤매는 노인의 모습은 어쩐지 반년 전의 나와 비슷했다. 당시의 나는 죽은 전우들에 대한 죄책감으로 인해 사람들을 믿지 못하고 괴로워했었지만, 그것도 시간이 지나자 조금씩 무뎌져버렸다.

그런데 이 노인은 복무를 마친지가 반세기가 넘게 지났는데도 여전히 과거를 잊지 못하고 기행을 반복하고 있다. 세월조차 무디게 하지 못하는 그리움이라니… 그 기억이 어떤 것인지 자못 궁금해졌다.

하지만 나는 이러한 속내를 입 밖으로 솔직히 꺼내지는 않았다. 군의관의 말마따나 저 괴팍한 노인과 내가 닮은 구석이 있다고 인정하는 것처럼 느껴져 부끄러웠기 때문이었다.

내가 좀처럼 말을 잇지 못하고 계속 머뭇거리자, 쇼우코 대위는 혀를 차며 나를 또 다시 매도했다.

“상대랑 대화하다가 혼자 공상에 빠지는 그 버릇 좀 고쳐. 그러니까 수병들이 만날 의무장이 음침한 눈길로 자기를 시간(視姦)했다고 불평을 늘어놓지.”

평소였더라면 그녀의 저질스러운 농담에 대해 한마디 했겠지만, 어쩐지 지금은 쇼우코 대위와 만담을 주고받을 기분이 아니었다.

"…죄송합니다."

내가 얌전히 꼬리를 말고 시비를 피하자, 쇼우코 대위는 재미없다는 표정을 지으며 입을 비죽 내밀었다. 그리고 병실에서 가져 온 사타안다기를 하나 집어 들더니, 예고도 없이 내 입에 물려주었다.

"너, 요새 당분이 부족한 거 아냐?"

"아마 그럴 지도요."

나는 음식을 받아먹는 개처럼 그녀가 물려준 사타안다기를 천천히 씹어 넘겼다. 바삭하고 쫀득한 식감 아래에서 설탕의 진한 단 맛이 배어나왔다.

어쩐지 익숙한 맛이다. 이 맛을 어디에서 보았더라?

그래, 사타안다기의 맛은 연방의 전통 시장에서 파는 튀김도넛의 맛과 흡사했다. 아마 재료도, 만드는 방법도 크게 다르지 않으리라.

처음 맛보는 이국의 과자를 씹으며, 나는 그렇게 한동안 고향 생각을 했다.

-4-

다음 날.

소총탄에 긁힌 부분을 수리한다는 핑계로 잿빛 10월은 요나하산(与那覇岳) 뒤편에 위치한 선거에 들어갔다. 덕분에 다른 승조원들은 오랜만의 반현상륙을 허가받고 나하 시내에서 여가를 즐기고 있었지만, 나는 노인과의 협상이 다 끝나지 않았던 터라 별 수 없이 그

가 입원해있는 병원으로 직행해야만 했다. 어제는 함께 동행해주었던 쇼우코 대위도 손녀인 마리가 영어를 곧잘 한다는 것을 알아차리자, 통역은 필요 없을 거라며 나를 남겨둔 채 다른 승조원들과 여가를 즐기러 시내로 달아나버렸다.

한낮의 뙤약볕을 고스란히 맞으며 병원으로 터덜터덜 걸어가고 있노라니 어쩐지 질 나쁜 따돌림을 당하는 기분마저 들었다.

병원에 도착해서 시간을 확인해보니 마침 면회가 제한되는 점심시간이었다. 의미 없이 시간을 죽이는 것도 뭣했는지라, 나는 병원 앞의 벤치에 걸터앉아 조금 이른 점심을 먹기로 했다.

가져온 도시락을 끌러 안을 살펴보자 속 재료가 푸짐하게 채워진 샌드위치가 모습을 드러냈다. 오후까지 밖에서 일해야 한다고 했더니 해인이 간단하게 요기나 하라며 싸 준 것이었다. 해인의 '간단히'라는 말을 곧이곧대로 믿었던 것은 아니었지만, 그녀가 만들어 준 샌드위치는 여간한 레스토랑에서 사먹는 정식 이상으로 호화스러웠다.

직접 오븐에서 구워낸 것이 분명한 크루아상은 시간이 꽤 지났는데도 껍질이 바삭거렸고, 그 아래로 슬며시 귀를 드러낸 선홍빛의 훈제 연어는 담녹색의 아보카도 소스와 대비되어 더욱 먹음직스럽게 보였다.

분명 아까까지만 해도 식욕이 없었는데, 샌드위치의 그 자태를 보자마자 어쩐지 절로 식욕이 동했다. 반으로 잘린 샌드위치를 하나 들고 크게 한 입 베어 물려던 순간.

멀리서 문제의 그 노인— 체스티 중사가 이쪽으로 비척비척 걸어오는 게 보였다.

'하필이면 이럴 때에….'

나는 입에 넣으려던 샌드위치를 내려놓은 채 노인을 물끄러미 쳐다보았다. 그는 주저 없이 다가와 바로 내 옆에 앉은 다음, 눈도 마주치지 않은 채 혼잣말을 하는 것처럼 대뜸 시비를 걸어왔다.

"너희, 내 손녀한테 해운업체 직원이라고 했다면서?"

나 역시도 그에게 예의를 차리고 싶은 마음은 눈곱만큼도 없었기에 부러 퉁명스럽게 말을 꼬아 답했다.

"PMC(Private Military Company, 민간군사기업)라고 답할 수도 없는 노릇이잖습니까."

"입만 열었다 하면 거짓말투성이군. 사기꾼 놈들."

사기꾼이라. 해적보다는 조금 취급이 나아졌나.

노인이 우리를 어찌 생각하든, 지금의 나는 점심 식사에 오롯이 집중하고 싶었다. 하지만 노인이 이쪽을 뚫어져라 쳐다보고 있었던지라. 나는 선뜻 샌드위치에 손을 댈 수가 없었다.

노인은 여전히 입을 꾹 다물고 있었지만, 그 표정에는 말을 걸어주기를 바라는 기색이 역력했다.

'아아, 정말로 귀찮은 노인이라니까.'

나는 점심 식사를 포기하고 샌드위치를 다시 도시락 통에 밀어 넣은 다음, 그에게 말을 걸었다.

"어르신."

"왜?"

무슨 말을 먼저 꺼내야 할까.

여러 질문이 차례로 머릿속에서 튀어 올랐지만, 나는 그에게 상식(common sense)을 한 번 더 짚어주기로 했다.

"오키나와에서는 과메기를 만들 수 없습니다."

또 억지를 부리려나 싶었는데, 의외로 노인은 순순히 고개를 끄덕이며 이번에는 내 말에 수긍해주었다.

"나도 알아."

오히려 긍정을 받으니 맥이 탁 풀려버렸다. 그걸 아는 사람이 청어를 잡겠다고 그 난리를 피웠단 말인가. 나는 숨을 고른 다음, 떼를 쓰는 아이를 어르듯이 나직이 물었다.

"과메기가 드시고 싶으셔서 그러시는 겁니까?"

과연, 정곡을 찔렀는지 노인은 말이 없었다. 나는 핸드폰의 화면을 가볍게 두들기며 다시 물었다.

"과메기 정도는 연방에서 직접 사 오셔도 되잖습니까? 요새는 손가락 하나만 까딱해도 주문할 수 있는데."

하지만 노인은 내 질문에는 답하지 않고, 나를 물끄러미 쳐다보더니 갑자기 엉뚱한 소리를 꺼냈다.

"자네는 연방인인가?"

"윽…."

불시에 아픈 곳을 찔린 탓에 신음이 흘러나올 뻔 했다.

"뭐, **예전에는** 그랬었죠."

나는 '예전'이라는 단어에 유난히 힘을 주어 말했다. 노인도 그 의미를 알아차렸는지 눈썹을 치켜세웠다.

"어째서 조국을 떠났나?"

"오해를 하셨군요. 제가 조국을 버린 게 아닙니다. **조국이 저를 버린 거죠.**"

잿빛 10월에 처음 승선했을 때만 하더라도 나는 단순한 실수로 낙오된 것뿐이라고 생각했었다. 조국에 돌아가면 모든 것이 정상으로 되돌아오리라고 생각했었다.

하지만 결국 나는 끝내 잔혹한 진실을 마주하고 말았다. 나는 낙오된 것이 아니라, 의도적으로 버려진 것이었다.

"…돌아갈 생각은 없었나?"

"뭐 중간에 돌아오라는 권유를 듣기는 했지만요."

잠수함 전대의 대령이 부귀와 명예를 약속하며 돌아오라고 권유를 했을 때, 나는 정말 시답잖은 이유로 그 제안을 걷어찼다. 별 이유는 아니었고—

"지금 있는 부대 밥맛이 좋아서요."

"허."

어처구니가 없었는지, 노인이 신음 같은 한숨을 흘렸다. 나는 그가 화를 낼지도 모르겠다고 생각했다. 평생을 국가에 충성하며 살아온 사람들에게 내 결정은 그야말로 매국 행위로밖에 비쳐지지 않을 테니까. 노인의 침묵이 길어지자 나는 어깨를 으쓱거리며 변명하듯 말을 덧붙였다.

"…화를 내셔도 어쩔 수 없습니다. 한 끼의 식사, 제게는 그게 전부였는걸요."

하지만 의외로 노인은 화를 내지 않았다. 아니, 오히려 옅은 미소까지 띄어가며 그는 유쾌하게 고개를 끄덕였다.

"뭐, 나쁘지 않은 이유군."

노인에게서 긍정을 듣자 오히려 놀란 것은 나였다.

"으음…. 해병 예비역께 그런 답을 들을 거라고는 상상도 못했는데요. 미 해병의 신조는 'Semper Fi'(언제나 충성)가 아니었습니까?"

"지고의 충성심도 잘 먹어야 돋아나는 법이지. 군 생활 내내 솔져 퓨얼(soldier fuel)만 먹어야 했다면 나도 진작 탈주해서 다른 나라로 갔을 거야. …쿠바라든지."

맛없는 식사에 대한 증오심이야 나도 충분히 이해할 수 있었지만, 하필이면 왜 도망쳐서 도달하겠다는 나라가 쿠바인지 나는 새삼 궁금해졌다.

"쿠바는 왜요?"

"듣자하니 쿠바는 군용 담배로 궐련 대신 코히바 시가를 지급해 준다더군. 혹시 들은 적 있나?"

"글쎄요. 금시초문입니다만."

"코히바 시가를 매일 한 대씩 피울 수 있다면, 국가를 배신할 이유로는 차고 넘치지."

노인은 그렇게 말하고 호탕하게 웃어 보였다.

"뭔…."

나는 어처구니가 없어져서 한 마디 거들까 하다 그만두었다. 어차피 모르는 사람이 본다면 비싼 시가에 눈이 멀어 탈영을 꿈꾸는 해병이나, 밥맛이 좋다고 조국을 배신하는 수병이나, 똑같이 보일 것이다.

슬슬 샌드위치에 다시 손을 대도 괜찮지 않을까, 하는 생각이 들 무렵. 노인이 다시 뜬금없이 말을 꺼내왔다.

"자네, 오늘 한가하지?"

"그건 왜 물으십니까?"

"왜긴 왜야. 네 녀석들이 내 어망을 망쳐놓았으니 그 값을 물어줘야 할 거 아냐. 따라와서 청어 낚시하는 거나 거들어."

그리고 노인은 자리에서 일어나 제멋대로 나를 끌어당겼다. 나는 가벼운 두통을 느끼며 노인의 말을 천천히 곱씹어 보았다.

어망을 망쳐놓은 값? 그럼 낚시하는 것을 거들어주면 어망 값을 물어주지 않아도 괜찮다는 소리인가.

"낚시에 따라가면 어망 값을 안 물어드려도 됩니까?"

"시끄러워."

대답 대신 퉁명스러운 면박이 돌아왔다.

하지만 나는 그 면박을 긍정의 뜻으로 받아들이고 노인의 뒤를 털레털레 따라갔다.

-5-

"어르신."

"또, 왜?"

"청어는 고사하고, 피라미 한 마리도 안 잡히는 뎁쇼."

나는 빈 어망을 내려다보며 낮게 탄식을 흘렸다. 하지만 노인은 내 불평에도 불구하고 벌써 한 식경이 넘도록 방파제에 앉아 무미건조하게 낚싯대를 휘두르고 있었다. 아니, 낚싯대를 휘두른다기보다는 간간히 손을 움직이며 찌의 끝을 하염없이 쳐다보고 있는 것처럼 보였다.

'물고기를 낚을 마음이 있는 건지, 없는 건지.'

배를 타고 어군을 따라다니며 물고기를 낚는 배낚시를 기대한 건 아니었지만, 노인이 자리를 깔고 앉은 이 방파제 위는 터가 너무 안 좋았다. 수심을 알 수 없는 방파제의 아래로는 피라미 한 마리 지나다니지 않았고, 머리 위로는 따가운 직사광선이 그대로 내리쬐 골치가 지끈거릴 지경이었다. 하지만 노인은 돌부처라도 된 것 마냥 건조한 표정으로 정론을 읊었다.

"풍류도 모르는 녀석 같으니라고. 낚시라는 건 자고로 물고기를 낚는 게 아니라 세월을 낚는 거야."

백발 벽안의 서양 노인이 태공망 흉내를 내는걸 보고 있노라니, 어이가 없다 못해 웃음이 터져 나왔다.

"하…. 그럼 세월 다 낚으시면 돌아가도 됩니까?"

하지만 노인은 어째서인지 아까 자기 입으로 부정했던 억지를 다시 부리기 시작했다.

"무슨 헛소리야? 청어 잡을 때까지 못 돌아간다니까."

"그러니까– 이 시기의 오키나와에서는 청어가 안 잡힌다고 몇 번을 말씀드립니까!"

"…."

하지만 노인은 답을 하지 않고 또 다시 귀먹은 사람처럼 고개를 홱 돌려버렸다.

아이쿠, 이러다가는 이 방파제 위에서 하루를 꼬박 보내게 생겼군. 나는 손목시계를 매만지며 복귀까지 남은 시간을 셈해보았다. 내가 인상을 찌푸리며 시계를 힐끗거리자 노인이 다시 입을 열었다.

"왜 그렇게 시계를 계속 봐? 뭐, 집(Home)에 가서 해야 할 일이라도 있어?"

"너무 늦으면 수병들이랑 동료들이 걱정할 테니까요."

별 생각 없이 내뱉은 답이었는데, 노인은 그 말에 무언가를 떠올렸는지 턱 끝을 매만지며 씩 웃었다.

"자네에게 **집**이란 그 군함을 이르는 말인가 보군."

나는 그제야 노인이 중의적인 의미로 '집(Home)'이라는 단어를 택했음을 알아차렸다. 단순하게 거주 가능한 건물을 가리키는 'House'와 달리 'Home'은 마음을 놓아두는 곳, 즉 가정을 의미한다. 특히 미국에서는 야구 경기의 반환점을 의미하는 '홈'이라는 용어와 연계하여 이를 '돌아가야 할 곳'이라는 의미로도 사용한다.

그렇게 깊게 생각하고 한 답은 아니었지만, 나에게 있어 돌아 가야하는 장소가 연방이 아니라 잿빛 10월인 것은 썩 틀린 소리도 아니었기에 나는 굳이 말을 정정하지 않았다.

노인은 찌의 끝을 바라보며 혼잣말처럼 중얼거렸다.

"집에 돌아갈 수 있다는 건 행복한 거야."

"그럼 가시면 되잖습니까. 이런 바보 같은 낚시는 빨리 그만두고요."

나는 진절머리를 내며 그의 등을 떠밀었지만, 노인은 어째서인지 고개를 가로저었다.

"내 집은 오키나와에 없어."

"그럼, 미국의 고향을 말씀하시는 겁니까?"

"아니. 연방에서 복무했던 부대를 말하는 거야."

"…그건 불가능하지 않습니까."

한 때 연방은 미국과 혈맹으로서 동맹을 맺고 함께 싸웠었지만, 그것도 오래전 이야기였다. 연방이 동아시아의 새로운 패자로 떠오르자 미국은 이를 저지하려고 했고, 그로 인해 두 나라의 관계는 크게 악화되었다. 아마 군인 출신인 체스티 중사는 연방의 관광 비자를 받는 것도 힘들 것이다.

노인이 찌 끝에서 시선을 떼고 수평선을 바라보았다.

"나는 벌써 40년이 넘도록 집에 가지 못했어."

문득 어제 마리가 했던 말이 떠올랐다.

"가끔은 할아버지가 너무 멀리에 있는 것 같아요."

"할아버지는 대체 무얼 보고 계시는 걸까요?"

노인이 연방에 무언가 해결되지 못한 미련을 남겨두고 왔다는 사실은 이미 그의 기행과 주변 사람들의 말을 통해 충분히 알고 있었다. 하지만 새로이 가정을 꾸리고 자녀가 태어났는데도 떨쳐버리지 못하는 과거의 미련이 어떤 것일지, 나로서는 도무지 상상할 수가 없었다.

무엇보다 그 미련 때문에 지금 손녀인 마리가 가슴앓이를 하고 있지 않는가. 과거의 일을 반추하며 상념에 잠기는 것도 적당히 해야지, 현재의 가족들까지 불행하게 만들다니… 내 눈에는 본말이 전도된 것으로 밖에 보이지 않았다.

하지만 노인의 눈은 여전히 무언가에 홀린 것처럼 먼 바다를 향하고 있었다. 나는 그런 그의 모습이 고까워 짐짓 빈정거리듯이 차가운 어조로 말을 쏘았다.

"그러니까 손녀 분께 비난을 듣는 겁니다."

"마리에게는 늘 미안하다고 생각하고 있어."

아까와는 다르게 노인은 조금 풀이 죽은 목소리를 내며 고개를 숙였다. 하지만 그의 시선은 여전히 찌의 끝에 고정되어 있었다.

다시 노인이 낚싯대를 감아 루어를 갈아 끼우고 찌를 힘껏 내던진다.

"…어르신."

물에 파문이 번져나가는 모습을 보며 나는 물었다.

"연방에 도대체 무얼 두고 오신 겁니까?"

현재의 노인은 물론이고, 주변 사람들까지 불행하게 만드는 그 과거의 미련이 무엇인지. 나는 단도직입적으로 물었다. 하지만 노인은 그 질문에 답해주지 않았다.

"…밥이나 먹지."

그리고 그는 식사를 핑계로 화제를 홱 돌려버렸다.

마음 같아서는 점심이고 자시고, 끝장 토론이라도 하고 싶은 심정이었지만 이미 정오에서 한 식경이나 지나있었던 터라 배가 열심히 허기를 주장하고 있었다. 나는 결국 못이기는 척 채비를 내려놓고 가져온 도시락을 꺼냈다.

가방 속에서 여러 차례 흔들린 탓에 샌드위치는 모양이 조금 찌그러지기는 했지만, 여전히 맛나게 보였다.

크루와상의 모양을 잡아주고 있던 유산지를 반쯤 벗겨내고 통째로 크게 한 입 베어 문다. 샌드위치의 겉을 둘러싼 바삭한 크루아상의 식감 아래로 연어의 감칠맛이 부드럽게 터져 나왔다. 아보카도의 고소하고 담백한 맛도 의외로 연어와 조화롭게 잘 어울렸다.

먹기 전에는 기름진 재료가 많이 쓰여서 느끼할까 걱정도 했지만, 채소 사이에 들어간 할라피뇨 절임이 간간히 매운 맛을 더해줘 부담을 줄여주었다. 내가 바로 두 개 째의 샌드위치에 손을 대자, 옆에서 말린 견과를 씹고 있던 노인이 내 도시락을 곁눈으로 쳐다보았다.

"…호화로운 샌드위치구먼."

"그렇죠? 저희 부대 조리장 요리 솜씨는 끝내주거든요."

"요리 솜씨보다 먹을 사람 배려를 세심하게 해 둔 것이 눈에 띄어서. 속 재료도 한 입에 먹기 좋게 잘 손질되어 있군."

이상하게도 노인의 말에 나는 내가 칭찬을 받은 것처럼 기분이 좋아져서 어깨에 힘을 준 채 해인의 자랑을 연달아 늘어놓았다.

"네, 음식만 생각하는 외골수라고 흉을 듣기는 해도 실은 속이 깊고 배려심도 많은 아이거든요. 평소에도 수병들 걱정하느라 밤늦게까지 식단을 짜고 있을 때가 많아요. 그 고생을 다들 좀 눈치 채 주었으면 좋으련만."

한창 신이 나서 해인의 자랑을 늘어놓자, 노인은 되레 이상하다는 표정으로 나를 물끄러미 쳐다보았다.

"무슨 조리장 자랑을 마누라 자랑하듯이 하나?"

"네? 아… 그게 그러니까…."

"어이쿠. 내가 정곡을 찔렀나보군."

내가 바로 답을 내놓지 못하고 얼굴을 붉히자 노인은 히죽거리며 능글맞은 웃음을 흘렸다. 변명을 찾느라 허둥대는 사이, 노인은 자연스럽게 내 도시락에 손을 가까이하며 말했다.

"어찌되었든 간에 맛있어 보이니, 나도 하나 받아가지."

그리고 노인은 마지막 남은 샌드위치를 잽싸게 집어 자신의 입에 밀어 넣었다.

"아앗, 몇 개 가져오지도 않았는데!"

안 그래도 양이 많지 않아서 아껴먹고 있었는데, 그걸 말도 없이 뺏어가다니. 내가 이를 드러내며 격하게 분통을 터트리자 노인은 어린 애를 달래는 것처럼 손을 들어 나를 진정시켰다.

"뭘 그런 것 가지고 화를 내나? 알았네, 알았어. 대신 내가 가져온 점심을 나누어주지."

그리고 그는 자신의 낚시 가방을 뒤져 밀봉된 갈색의 레토르트 파우치를 던져주었다. 그가 준 것은 미군의 전투식량인 MRE였다. 해인이 해준 음식을 다른 음식도 아니고 에티오피아 난민들도 거부한다는 MRE와 바꾸어 먹으려니 어쩐지 크게 손해를 보는 기분이 들었지만, 배를 채우려면 어쩔 수가 없었다.

봉지를 뜯고 메인 엔트리를 확인하고 있는데, 봉지에 적힌 낯익은 단어가 눈에 들어왔다.

"…베지 파스타? 잠깐, 이거 채식주의자 식단이잖아요!"

노인이 가져간 MRE를 뒤집어 보니 그쪽은 비프 스튜였다. 치사하게 혼자서 고기 메뉴를 독차지하다니.

일전에 함대 주임원사가 말하기를 미군들은 조인트 훈련 때마다 제일 맛없는 식단을 타군한테 던져준다더니만. 그 버릇은 이 양반도 갖고 있었나 보다.

하지만 노인은 부끄러워하는 기색도 없이 어깨를 으쓱거리며 변명 같지도 않은 변명을 늘어놓았다.

"뭐 어때. 서로 좋아하는 걸 먹는 게 이득 아닌가. 어차피 연방인들은 고기보다 채소를 더 좋아하잖아?"

"인종차별입니다!"

혹시나 싶어 포크로 펜네 파스타 조각을 하나 찍어 맛을 보았지만, 역시나 맛이 없었다. 레토르트 처리를 하느라 푹 익힌 밀가루 반죽은 퍼지다 못해 흐늘거렸고, 탈지유 특유의 느끼하고 비릿한 맛도 입 안에서 그대로 퍼져 불쾌하게 감돌았다. 그나마 사이드 디쉬로 나온 비스킷과 땅콩 스프레드는 먹을 만해서 나는 그걸로 남은 배를 채웠다.

"그나저나 이렇게 훈련 때마다 채식주의자용 식단으로 바꿔주면 다른 나라 해병들한테 욕 안 먹습니까?"

"아니, 내가 만난 해병들은 다 채식주의자용 식단 좋아했는데. 오히려 고마워하며 제일 맛있는 전투식량으로 바꿔주었다고."

그는 젊을 적에 맛보았던 연방제 전투식량을 떠올리고 있었는지 손가락을 꼽아가며 천천히 메뉴를 세었다.

"레드빈이 들어간 쌀밥과 향신료로 절인 꽁치, 그리고 볶은 김치

가 포함된 전투식량이었어. 특히 매콤하게 절인 꽁치가 참 별미였는데 말이야."

팥밥과 꽁치라고?

레토르트 1형 1식단에 팥밥을 섞어 준건가.

"흐음…."

그는 제일 맛있는 식단을 받았다고 생각한 모양이었지만, 사실 레토르트 1형 1식단은 한국군에서도 제일 인기 없는 꽝 메뉴였다. 팥밥은 퍼석한 맛이 나는데다가, 꽁치는 포크로 발라먹기도 귀찮으니, 1식단은 언제나 천덕꾸러기처럼 재고가 남았다.

결국 두 부대 모두 자기 나라에서 제일 맛없는 음식을 넘겨준 셈이니, 도진개진이었다.

-6-

낚시를 마치고 병원에 돌아왔을 때는 이미 땅거미가 짙게 드리운 이후였다. 병원의 문을 열고 들어서자마자 마리가 초조한 표정으로 발을 구르고 있는 게 보였다. 우리를 보자마자 그녀의 표정은 순식간에 놀람과 기쁨을 거치더니 곧 분노로 바뀌었다.

그녀는 이를 악다문 채 우리에게 성큼성큼 걸어오더니 대뜸 노인의 멱살을 붙잡고 고성을 빽 질렀다.

"환자복도 안 갈아입고 도대체 어딜 다녀오신 거예요! 할아버지를 찾느라 온 병동이 발칵 뒤집어 졌잖아요!"

포술장이 화를 낼 때도 눈 하나 깜짝 않던 그였지만 분노로 길길이 날뛰는 손녀에게는 익숙지 않았는지, 노인은 쩔쩔거리며 말을 더듬었다.

"어, 그러니까… 요 앞에 낚시를…."

'낚시'라는 말을 듣자마자 마리의 표정이 싸늘하게 식어 내렸다. 어조는 더욱 차분해졌지만 그녀의 목소리에서는 한 겨울의 바람 같은 한기가 뚝뚝 묻어났다.

"또 청어인가요?"

"…그렇지, 뭐."

노인이 궁색한 표정을 지으며 고개를 돌리자, 마리가 어처구니가 없다는 투로 혀를 찼다.

공범—이라고 하기는 뭣하지만 그녀에게 말하지 않고 몰래 낚시를 다녀온 데에는 내 책임도 있는지라. 나는 그를 대신하여 조심스럽게 변명을 꺼내놓았다.

"지, 진정하십쇼. 사실 어르신께서는 저 때문에—."

"…대리님이 왜요?"

머리에는 노인을 변호해주어야 한다는 생각이 가득했지만, 마리의 싸늘한 표정을 마주하자마자마자 그 결심은 순식간에 녹아내리고 말았다. 나는 황급히 그녀의 눈길을 피하며 말을 얼버무렸다.

"아, 아무것도 아닙니다."

"네 녀석…."

노인은 적전도주를 하는 아군을 본 것처럼 원망스러운 눈초리로 나를 노려보며 이를 갈았지만, 나는 짐짓 그 시선을 모른 체했다. 목표가 고정되자마자 마리는 숨을 길게 가다듬은 다음, 노인을 붙잡고 한동안 잔소리를 진탕 늘어놓았다.

“누가 들으면 제가 낚시를 못하러 가게 막은 줄 알겠어요. 한 마디 말 정도는 남겨주실 수 있잖아요? 하루 종일 할아버지를 찾아 헤매면서 제가 무슨 생각을 했는지 아세요? 아니, 그보다 할아버지는 지금 환자라고요! 알고 계시냐고요!”

“알고 있다마다. 하지만 봐라, 나는 이렇게 건강—”

노인이 궁색한 어조로 변명을 꺼내자마자 마리는 바로 그의 팔을 잡아당기더니, 관절을 역으로 비틀어 초크를 먹였다.

그가 괴로운 표정으로 팔을 두들기자 금세 풀어주긴 했지만, 입원한 노인을 상대로 쓰는 것 치고는 꽤나 과격한 기술이었다. 노인이 괴로운 표정으로 숨을 고르고 있노라니, 마리가 그를 내려다보며 손을 가볍게 털었다.

“…건강하시다는 분이 이것도 못 막아요?”

“윽….”

말로도 행동으로도 완패를 당한 노인은 완전한 패장의 표정을 지으며 고개를 푹 수그렸다. 하지만 마리의 태도는 여전히 쌀쌀맞았다.

“더는 듣기 싫으니까 빨리 병실로 들어가세요. 수간호사님도 단단히 벼르고 계시니까 각오하세요!“

손녀의 일갈에 노인은 고개를 끄덕이며 병실을 향해 터덜터덜 발을 옮겼다. 그 뒷모습은 어쩐지 처량하게까지 느껴졌다. 노인의 모습이 사라지자마자 마리는 짧게 한숨을 내쉰 다음 이어서 나를 쳐다보았다.

아까 전보다는 독기가 다소 빠져있었지만, 눈초리는 여전히 매서웠다. 그 시선 앞에 서려니 어쩐지 신병 훈련소 때의 기억이 떠올라 나는 군기가 바짝 든 채로 차렷 자세를 취했다.

"이원일 대리님?"

"앗, 넵! 시정하겠습니다!"

내가 기합이 바짝 들어간 목소리로 과장되게 답하자 마리가 이상하다는 표정으로 눈을 치켜떴다.

"…왜 할아버지처럼 답하세요? 군인도 아니시면서."

"아하하… 그랬었죠, 참."

사실은 군인 비슷한 게 맞지만.

내 우스꽝스러운 태도에 맥이 풀렸는지 마리는 아까보다는 조금 더 누그러진 태도로 조심스럽게 운을 떼었다.

"그… 어려운 부탁이라는 건 알고 있지만…."

노인에게 한창 잔소리를 하고 나서 떠오른 부탁이라니, 내게 노인을 잘 얼러달라는 부탁이라도 할 셈인가 싶었다. 하지만 그녀가 꺼낸 말은 전혀 예상 밖의 것이었다.

"혹시 청어 과메기를 구해다 주실 수 있나요?"

너무 갑작스러운 이야기였던 탓에 쉽게 머리가 돌아가지 않았다. 나는 그녀의 말을 한 번 더 입 밖에 내 곱씹었다.

"청어 과메기요?"

"네. 할아버지께서 저런 기행을 벌이시는 이유도 다 그 청어 과메기 때문이잖아요? 제대로 된 청어 과메기를 먹는다면 할아버지도 미련을 버리실지 몰라요."

확실히 그녀의 말처럼 미련을 풀어주는 가장 좋은 방법은 상대가 원하는 것을 직접 구해다 주는 것이다. 청어 과메기야 수요는 적어도 금수품은 아니니, 돈만 있다면 얼마든지 연방에서 구해올 수 있다.

하지만 지금의 나는 그녀의 부탁을 고사할 수밖에 없었다.

"마음은 알겠지만… 이 시기에는 조금 곤란하네요."

앞서 누차 말했지만, 이 시기에는 청어가 잡히지 않는다. 물론 러시아 근해로 가면 산란을 마친 봄 청어를 잡을 수도 있겠지만, 푹한 봄 날씨에 청어를 볕에 말렸다가는 모조리 썩어버릴 것이다. 하지만 마리는 미련이 남은 표정으로 거듭 부탁을 했다.

"네, 그래서 무리한 부탁이라고 말씀드린 거예요. 해운 업체 일을 하고 계시니, 혹시라도 남은 과메기를 구할 방법을 알고 계실까 해서… 혹시라도 연방에 아는 사람이 있으시다면…."

말이 길어질수록 마리의 목소리는 바닥을 기는 것처럼 작아져갔다. 아마 그녀도 말을 하는 도중에 자신이 무리하게 떼를 쓰고 있다는 것을 깨달은 모양이었다.

"…죄송합니다."

결국 마리는 말을 마치기도 전에 고개를 꾸벅 숙이며 다시 한 번 사과의 인사를 올렸다.

"제 말은 신경 쓰지 마세요. 폐를 끼쳤습니다."

그녀는 감정을 최대한 억누른 채 평정을 연기하고 있었지만, 어지간히도 속이 상했는지 입가가 가볍게 떨리고 있었다. 내년을 기약할까 하는 생각도 들었지만, 고령의 노인에게는 1년은 너무 긴 시간이었다.

"으음…."

신경 쓰지 말라고 해도 그런 표정을 마주하면 신경이 쓰이는 법인지라.

“나는 벌써 40년 넘게 집에 가지 못했어.”

갑자기 노인의 말이 머리를 스치고 지나갔다. 동시에 연방의 전우들이 했던 말도 떠올랐다.

‘진짜 맛있는 돈가스 한 번 먹었으면 소원이 없겠다.’
‘우리, 복귀하면 시내에 돈가스 먹으러 가자!’

이성은 어쩔 수 없는 일이라고, 무시하라고, 쉴 새 없이 외치고 있었지만, 내 입은 어느새 다른 소리를 지껄이고 있었다.

“…구해드릴게요.”

“네?“

“청어 과메기, 구해다 드릴게요.“

이 시기에 청어 과메기를 어디에서 구할 수 있을지 나는 알지도 못했지만, 어째서인지 내 입에서는 확신에 찬 목소리가 절로 흘러나왔다.

마리도 갑작스럽게 돌변한 내 태도가 퍽이나 이상했는지 어벙한 표정을 지으며 되물었다.

“하지만 아까도 말씀하셨지만 지금은 봄이라고…”

“괜찮습니다.“

나는 허락을 구하지도 않은 애먼 동료의 이름을 팔아 호기롭게 장담을 하고 말았다.

"저희 배에는 유능한 셰프가 있거든요."

-7-

"…셰프와 마법사라는 단어를 착각하신 게 아닙니까?"

아니나 다를까. 잿빛 10월에 돌아가 해인에게 청어 과메기를 구해 오겠다는 약속을 했다고 말하자, 그녀는 가산을 노름판에서 탕진하고 돌아온 기둥서방을 보는 것처럼 나를 흘겨보았다.

"도대체 무슨 생각으로 그런 약속을 하신 겁니까?"

"여, 역시 이 시기에 과메기를 구하는 건 힘들겠지?"

내가 먼저 꼬리를 말고 저자세를 취하자 해인은 기다렸다는 듯이 노기를 드러내며 달려들었다.

"당연합니다! 제가 산신령이라도 됩니까? 아무리 그 아이의 사정이 딱하다 할지라도 제게 눈밭에서 오이를 자라게 하고, 밥풀로 잉어를 낚는 재주는 없습니다!"

"그, 그렇겠지… 미안."

그녀가 너무 화를 내는 통에 나는 저도 모르게 사과를 하고 말았다. 하지만 그녀의 화는 누그러질 기미를 보이지 않았고, 오히려 이참에 마음에 담아두었던 것을 모두 털어내기라도 하려는 것 마냥, 해인은 한껏 넋두리를 늘어놓았다.

"정말이지… 이러니까 의무장한테서 눈을 뗄 수가 없는 겁니다. 허구한 날 밖에 나가서 이상한 걸 짊어지고 오니 집안 꼴이 이게 뭡니까?"

"집안이라니… 누가 들으면 내가 뭐 큰 빚이라도 지고 온 줄 알겠네. 그저 음식 부탁을 받은 것뿐이잖아?"

"'그저'라니요! 이게 한두 번 일입니까? 그렇게 태도가 무르니까 만날 반편이라는 소리나 듣고 다니는 겁니다!"

어쩐지 화를 내고 있는 핀트가 서서히 빗나가는 것처럼 보였다. 멋대로 과메기를 구해오겠노라고 약속을 한 일 때문이라면 모를까, 저지르지도 않은 일의 비난을 듣고 있노라니 나도 심기가 조금 불편해졌다. 그러는 사이, 해인은 한 술 더 떠 내 장래에 대해서도 멋대로 폭언을 늘어놓았다.

"아아- 안 봐도 뻔합니다. 의무장 같은 남자랑 결혼하는 여자는 분명 불행하겠지요! 집안 걱정하느라, 의무장 걱정하느라, 걱정이 마를 날이 있겠습니까?"

"말이 너무 심하잖아. 무슨 근거로 그렇게 막말을 하는 거야?"

"근거가 필요하겠습니까? 다 경험입니다."

계속되는 폭언에 나도 결국 참지 못하고 큰 목소리로 그녀의 말을 되받아쳤다.

"남이사 결혼을 하든 말든. 그런 걱정을 할 시간에 네 혼처나 신경 쓰라고!"

"그게 왜 남의 일입니까. 그야 당연히—!"

해인의 목소리가 고조에 달했을 무렵, 사관식당 쪽에서 누군가가 짜증스러운 목소리로 고함을 지르며 벽을 두들겼다.

[야! 부부 싸움은 부대 밖에서 해!]

쇼우코 대위의 목소리였다. 그제야 나와 해인은 홧김에 너무 목소리를 높였다는 사실을 깨달았다. 안 그래도 좁디좁은 함상에서의 생활인지라 평소에는 발걸음도 조심하는데, 오늘은 너무 소란을 피웠다.

[깨 볶는 소리는 주방에서 듣는 걸로도 충분하거든?]

군의관의 투덜거리는 목소리를 따라 다른 사관들의 웃음소리도 함께 들려왔다. 해인도 목소리를 높여 화를 낸 게 새삼 부끄러워졌는지, 발갛게 달아오른 표정으로 숨을 삼켰다.

찬물을 끼얹은 것 같은 침묵이 한 차례 지나가고 나서야 나는 조금이나마 냉정을 되찾을 수 있었다. 해인이 그렇게까지 화를 낸 이유는 알기 어려웠지만, 애초에 억지를 부려 심기를 먼저 건드린 건 나였다. 지금은 내 쪽에서 먼저 태도를 굽히는 게 좋겠다.

"…여하튼 미안해. 억지를 부려서."

내가 먼저 고개를 숙이자 해인도 화가 조금 누그러졌는지, 아까보다는 훨씬 더 부드러운 어투로 되물었다.

"의무장 답지 않군요. 무슨 일이 있었습니까?"

"그냥. 옛날 생각이 나서."

노인의 이야기를 들으며 나는 연방에서 복무하던 시절의 나를 떠올려냈다. 나의 조국이 정의롭고, 그것에 기여하는 것이 내게 주어진 유일한 책무라고 믿고 있었던 시절의 나를. 그리고 그런 나와 함께

했던 전우들을.

나는 잘려나간 검지의 끝을 매만지며 말을 흐렸다.

"갑자기 잊고 있었던 상처가 욱신거려서… 나도 모르게 이입을 해버렸어."

해인은 그 말을 듣자 짧게 한숨을 내쉬며 의자에 앉았다. 그리고 내게도 의자를 권하여 나를 가까이 끌어 앉혔다.

그러고 보면 진실을 깨닫고 방황하던 시절의 나를 붙잡아 준 것도 해인이었다. 그녀는 함께 음식을 먹고 즐거워했었던 추억 그 자체가 소중한 것이라며, 스스로를 자책하지 말라고 나를 응원해주었다.

그 때문이었을까. 과거의 추억에 얽매여 괴로워하는 노인을 보았을 때, 나는 무의식적으로 해인을 떠올렸다. 그리고 그녀라면 노인의 고민도 해결해줄 수 있을 거라고, 무책임하게 기대를 하고 말았다.

"마음이 아프다고, 미련이 있다고, 지나간 시간을 되돌릴 수는 없습니다."

해인은 내 오른손을 꽉 붙잡고, 질책하듯 힘을 주어 말했다.

"그게 가능했더라면 저는 이미 10년도 넘게 시간을 되돌렸을 겁니다."

사실 이 배에서 음식에 관한 기억 때문에 가장 괴로워하고 있는 사람은 다름 아닌 그녀다. 하지만 나는 자꾸 나의 고통에 취해 그 사실을 잊어버리고 투정을 부렸다. 정말이지, 그녀의 말처럼 괴롭다고 시간이 돌아가는 것도 아닌데.

"…미안."

"사과를 하실 일도 아닙니다."

내가 재차 고개를 푹 숙이며 사과를 하자 해인은 갑자기 겸연쩍어 졌는지 코 끝을 문지르며 시선을 피했다.

"정말이지 이 배에 승선한지 한참이 지났는데도 여전히 단 내가 풀풀 풍기는군요. 언제야 한 사람 몫을 할지."

"너까지 나를 반편이라고 부를 셈이야?"

해인이 포술장같은 말투를 쓰는 바람에 나는 웃음을 지으며 손을 내저었다. 하지만 그녀는 머릿속으로 무언가를 계속 골똘히 셈하더니, 갑자기 뜬금없는 말을 뱉었다.

"그래서. **요리는 언제까지 드리면 되는 겁니까?**"

"어? 여태까지 안 된다고 하지 않았어?"

방금 전까지는 이 시기에 과메기를 어떻게 구하냐고 화를 내놓고 선. 나는 일말의 기대를 품고 그녀를 바라보았다. 하지만 역시나 해인은 가차 없이 고개를 가로저으며 이를 드러냈다.

"당연히 안 됩니다. 지금 이 시기에 과메기를 무슨 수로 구합니까?"

역시나 그렇지. 하지만 내가 탄식을 터트리기 전에 그녀가 잽싸게 말을 끼워 넣었다.

"하지만 흡사한 맛이 나는 요리를 하는 건 가능합니다."

과메기는 아니지만 과메기 같은 맛을 내는 요리라니. 그 알쏭달쏭한 대답을 듣고 나니 더더욱 머리가 복잡해졌다.

"…아까는 마법사가 아니라며?"

해인은 내가 그녀를 놀린다고 생각했는지 살짝 미간을 찌푸리며 나를 돌아보았지만, 곧 대수롭지 않다는 투로 어깨를 으쓱이며 쓴웃음을 흘렸다.

"마법사는 아니지만. 셰프니까요."

-8-

그리고 이틀 후. 나는 해인이 해 준 요리를 들고 노인이 입원해 있는 병원을 찾았다. 마리는 내가 며칠 만에 과메기를 구해왔다는 소식을 듣고 반신반의하는 표정을 지었지만, 내가 내민 도시락의 안에 든 요리를 보자 놀랍다는 표정을 지었다.

"정말… 이 시기에 과메기를 구하신거예요?"

"네. 저희 배의 셰프는 유능하니까요."

사실은 진짜 청어 과메기가 아니라 비슷한 재료로 만든 요리였지만. 하지만 나는 입술에 침도 바르지 않고 거짓말을 했다. 그만큼이나 해인이 만들어 준 요리는 감쪽같았다.

마리는 내게서 요리를 받아들자마자 더 이상 기다릴 수 없었는지 황급히 병실 안으로 뛰어 들어갔다.

"할아버지, 청어 과메기를 구해왔어요!"

노인은 병실 안쪽에 앉아 책을 읽고 있던 중이었는데, 내가 나타났다는 사실보다는 마리가 한 말에 더 놀란 모양이었다.

"청어 과메기라고? 이 봄에…?"

그 얼빠진 대답을 듣자 새삼 기가 찼다.

여태껏 청어를 잡겠다고 그렇게 고집을 부려왔으면서, 새삼스럽기는. 마리도 그 태평한 반응에 적잖이 화가 났는지 볼을 힘껏 부풀리며 불평을 늘어놓았다.

"뭐예요! 매일 청어를 낚아야한다고 주변에 온갖 폐를 끼치셨으면서… 이제 와서 그런 말씀을 하시기에요?"

"그건 그렇지만…."

"자, 여기요. 이원일 대리님께 어렵게 부탁해서 구해온 과메기에요. 꼭 다 드셔야 해요?"

노인은 손녀의 기세에 억지로 떠밀리듯이 도시락을 받아 들고 뚜껑을 열었다.

"이건…."

도시락 안에 들어 있던 요리는 통과메기가 아니라, 잘게 한 입 크기로 잘라 채소와 무쳐 낸 과메기 무침이었다.

노인은 어째서 내가 통과메기가 아닌 과메기 무침을 가져왔는지 궁금해 하는 눈치였지만, 옆에서 마리가 계속 음식을 권하자 곧바로 말없이 젓가락을 들어 과메기를 한 점 집어 올렸다.

"흐음."

기름기를 잔뜩 머금어 쫀득거리는 청어와 아삭아삭한 배추. 그리고 새콤달콤한 초장 소스까지. 이 세 가지를 버무린 조합이 어울리지 않을 리가 없다. 하지만 입맛이 까다로운 이 노인에게도 합격점을 받을 수 있을까?

노인은 청어 한 점을 입에 밀어 넣고 천천히 씹어 그 맛을 음미했다. 혹시라도 또 '이 맛이 아니다'며 역정을 낼까 걱정이 되었는지 마리는 숨을 죽인 채 한동안 그의 표정을 말없이 계속 살폈다. 하지만 다행히도 노인은 역정을 내는 일없이 얼굴 가득 미소를 띄워보였다.

"…그래, 이 맛이었어."

"정말요? 이 요리가 할아버지가 기억하고 있던 추억의 맛과 틀림없이 같나요?"

"틀림없어. 연방에서 먹었던 그 과메기 무침의 맛이야."

"다행이다…."

갑자기 긴장이 풀린 탓이었는지 마리가 안도의 한숨을 내쉬며 자리에 털썩 주저앉았다. 정신을 차리고 보니 나 역시도 그렇게 호언했던 게 다른 사람의 일이었던 것처럼 식은땀을 줄줄 흘리고 있었다.

여하튼 이것으로 모든 것이 끝났다고 생각했다. 하지만 그 때, 노인이 갑자기 나를 보고 가까이 오라는 손짓을 하더니 손녀를 병실 밖으로 물렸다.

"마리, 잠깐 이 청년과 단 둘이 남게 해주겠니? 개인적으로 감사의 인사를 표하고 싶어서 그래."

마리는 큰 의심 없이 노인의 말을 따랐다. 하지만 손녀가 나가고 문이 닫히자마자 노인은 대뜸 내게 욕설을 퍼부었다.

"야, 이 사기꾼아."

"네? 갑자기 그런…."

하지만 전에 배에서 욕설을 퍼부었을 때와는 달리 그 표정에는 묘한 웃음기가 떠올라 있었다. 그는 짐짓 정색하는 표정을 지으며 턱끝으로 자신이 들고 있던 도시락을 가리켰다.

"이게 무슨 과메기냐. 미가키니신(身欠きニシン, 일본식 청어 말림)이지."

노인이 단번에 정답을 맞히는 바람에 나는 맥이 빠져버렸다. 그의 말대로 이 가짜 과메기 무침에 쓰인 청어는 연방식으로 만들어진 과메기가 아니라 북해도에서 들여온 미가키니신이었다.

미가키니신은 보통 바짝 말려서 국물을 내는 데 쓰거나 불려서 반찬으로 만들지만, 드물게 과메기처럼 반 건조 상태로 유통되는 것도 있었다. 다만 미가키니신은 과메기와는 달리 훈연 과정을 한 번 거치기 때문에 특유의 중후한 풍미가 있다. 해인은 그 향을 강한 초장의 맛으로 속이려 했지만, 이 까다로운 노인은 그마저도 간파한 모양이었다.

하지만 가짜로 입맛을 속이려고 했다는 사실만큼은 그의 말과 다르지 않았기에 나는 머쓱하게 웃으며 뒤통수를 긁적였다.

"맛있게 잘 드셔놓고선."

"뭐, 맛은 있었어. 그래도 수십 년 넘게 청어를 쌓아놓고 먹어온 노인의 입맛은 못 속이지."

"그 얘기를 들으면 저희 배의 셰프가 전의를 불태우며 재도전을 해 올 텐데요."

"이런 얄팍한 재주로 노인의 입맛을 속이겠다고? 하, 차라리 귀신을 속이는 게 빠르겠다."

"그건 어르신의 임종이 얼마 남지 않으셨다는 소리인가요."

"네 녀석보다는 오래 살 테니 걱정 말고 가져와. 재도전이라면 얼마든지 받아줄 테니."

그렇게 한동안 만담 같은 대화를 나누고 나니, 어색한 침묵이 금세 찾아왔다. 노인은 시선을 떼어 창 밖을 바라보더니, 혼잣말을 하는 것처럼 주어없이 감사의 말을 읊었다.

"고맙네."

감사 인사 정도는 얼굴을 마주한 채 하면 좋았을텐데. 하지만 동시에 그 나름의 최선이 아닐까 하는 생각도 들었다.

"어르신."

나는 그를 만난 이후로 줄곧 입에 담아왔던 잔소리를 다시 한 번 입 밖으로 꺼냈다.

"이제 청어를 잡는 건 그만두세요. 손녀분이 걱정하십니다."

또 싫다고 말할줄 알았는데. 의외로 노인은 약한 표정을 지으며 고개를 끄덕였다.

"그래야겠지. 이제 허리도 영 못 받쳐주고."

그리고 노인은 기지개를 켜며 자리에서 일어나 침대 머리맡에 있는 조그마한 상자를 뒤적였다. 그 안에서 나온 것은 연방의 오래된 훈장이었다. 아마 진해의 집에 돌아가면 내 책상 위에도 똑같은 게 놓여 있을 것이다.

"사실 과메기가 그렇게 먹고 싶었던 건 아니야."

그건 이미 눈치채고 있었다. 정말로 미식에 목적이 있었더라면 늦봄에 낚싯배를 띄우지는 않았겠지.

"이건 그저… 내 과거에 대한 속죄 같은 거야."

그리고 그는 오랫동안 꽉꽉 싸매고 있던 속내를 살짝 풀어 내비쳐 주었다.

"나는 오래전 연방의 전쟁에 참여해 무공을 세웠다네."

그 사실 자체는 새삼스럽지 않았다. 노인의 나이를 거꾸로 셈해보

면, 지난 내전 당시 그는 남부군 측에서 연방을 위해 싸웠을 것이다. 하지만 어째서 참전 사실이 속죄의 대상이 되는지 나는 알아차리지 못했다.

"…혹시 전쟁 중에 사람을 죽인 일 때문입니까?"

"아니. 그것도 죄라면 죄겠지만 문제는 그 다음이었어."

그리고 노인은 나지막한 어조로 손녀에게도 말해주지 않았던 젊은 날의 과오를 내게 털어놓았다. 아니, 그것은 **과오**라고 말하기도 어쩐지 이상했다.

"전쟁이 끝나자 언론은 영웅을 원했지. 젊은 해병들은 너나 할 것 없이 영웅이 되기 위해 카메라 앞으로 나섰고, 언론은 우리의 무훈을 한껏 포장해 주었지. 곧 우리의 무용담은 전설이 되고, 해병들은 **건드릴 수조차 없는 신성한 존재**가 되었다."

새삼스럽지만 그것 역시도 놀라운 일은 아니었다. 전쟁이 끝나고 언론의 입김을 잔뜩 쐬어 영웅을 만드는 것은 동서고금을 막론하고 공공연히 이루어졌던 일이기 때문이었다. 설령 거기에 노인의 사욕이 섞여있었다 하더라도 목숨을 걸고 전장을 헤쳐 나온 그들을 비난할 사람은 아무도 없었다. 하지만 문제는 그 다음에 생겨났다.

"그 때 정치인들이 나선거야. 그들은 우리의 무훈 뒤에 숨어서 약삭빠르게 자신들의 의견을 관철시켰고, **어느새 그들의 정책에 반대하는 것은 곧 우리의 명예에 도전하는 것**과 똑같이 여겨졌지. 나는 영문도 모르고 내 명예를 지키기 위해 그 정치인들의 번견이 되기를 자처했어. 그 결과는… 아마 자네도 알고 있을 거야."

"…토사구팽."

나는 연방의 오래된 고사를 반사적으로 입에 담았다. 사냥이 끝나면 사냥개를 삶아먹는다는 말처럼, 정치인들은 자신들이 원하는 바를 모두 얻자 신성한 영웅들을 밖으로 내쳐버렸다. 허울뿐인 훈장 하나를 쥐어주고선.

노인은 탁자 위에 놓여 있는 무공 훈장을 만지작거리며 다시 한 번 자신의 과거를 반추했다.

"우리가 행했던 것은 그 자체로는 정의였어. 명예로운 일이었지. 하지만 그 명예가 낳은 미담은 끝내 추악하게 변질되고 말았어."

그는 자유를 위해 싸웠지만, 전쟁이 끝나고 세워진 정권은 또 다른 방식으로 자유를 핍박했다. 애초의 순수한 의도와는 정 반대로 변질되어가는 연방을 보며 그는 자신의 청춘이 농락당한 기분을 느꼈다고 했다.

"자네라면 이 현실을 믿을 수가 있겠나? 내가 바꾸려고 했던 모든 미래가 허상이었다는 것을."

하지만 해인의 말마따나 시간을 되돌릴 수는 없었다.

그래서 그는 현실에서 도망쳐버렸다. 그리고 이제는 존재하지 않는— 약간은 무모하지만 명예를 알고, 자신감이 넘치던 '어떤 젊은 해병'의 흉내를 내며 덧없이 사그라져버린 과거에 진혼곡을 바치며 살아왔다.

"자네라면 어떻게 했겠나?"

노인이 일순 장난스러운 미소를 흘리며 내 대답을 재촉했지만, 나는 아무 말도 할 수 없었다.

그의 속죄를 누가 받을 수 있겠는가. 아니, 그보다 그를 용서할 수

있는 자격을 갖고 있는 사람이 이 시대에 남아있기나 한가. 하지만 그렇다고 노인이 계속 광대 짓을 하도록 놔둘 수는 없었다. 나는 간신히 입을 열어 내키지 않는 말을 억지로 꺼냈다.

"…그런다고 아무도 용서해주지 않을 겁니다."

정확히 말하자면 **아무도 용서할 수 없는 것**이지만.

"흐음."

나는 이번에야말로 노인이 화를 낼지도 모르겠다고 생각했다. 하지만 노인은 대수롭지 않다는 투로 짜증을 내며 관자놀이를 긁적거렸다.

"나도 알아, 멍청아."

그리고 전과 같이 억지를 부리며, 체스티 중사는 가볍게 미소를 지었다.

"하지만 명예를 지킨다는 건 원래 그런 거야."

"그렇습니까."

명예. 일전의 나는 영원한 명예를 대가로 전우들을 배신하라는 지시를 받았었다. 물론 그 때의 나는 한 끼의 밥에 눈이 멀어 기회를 걷어찼지만—

가끔 일상이 무료해질 때면, '그 때 다른 길을 택했더라면 어떤 삶을 살게 되었을까' 하고 궁금해질 때가 있다. 사소한 행복보다는 대의를, 눈앞의 전우들보다는 국민을, 한 끼의 밥보다는 명예를 택하는 고결한 삶—

노인은 그 삶의 대가가 어떤 것인지를 직접 내게 보여주었다.

"…건강하셔야 합니다, 어르신."

나는 진심을 담아, 이 시대에 얼마 남지 않은 명예로운 해병을 향해 경례를 올려붙였다.

"Semper Fi(영원한 충성을)."

"Semper Fi."

노인이 희미하게 웃으며 경례를 받아 주었다.

-9-

오키나와를 떠난 지 한 달 쯤 지났을 때, 나는 메일을 통해 노인의 부고를 전해 들었다.

그가 무슨 생각을 하고 있었는지는 끝까지 알 수 없었지만, 마지막 순간에는 제대로 손녀를 마주한 채 유쾌한 표정으로 눈을 감았다고 한다.

(끝)

부록. 매드 티 파티

고려 연방, 서울 용산구
연방 합동참모본부 제 2 대회의실

연방 해군 특전사령부의 박 현준 중령은 제 2 대회의실에 들어서자마자 그 안에 펼쳐진 광경을 보고 아연실색했다. 분명 제 2 대회의실은 정보부 제 4과의 요원들이 회의를 하기 위해 하루 종일 예약을 걸어놨다고 들었는데….

"…도대체 이게 무슨 꼬락서니야?"

중령의 눈에 들어온 회의실 안의 풍경은 회의장이라기보다는 파티장에 가까웠다. 커다란 원형 테이블에는 개인용 티세트가 가득 차려져 있었고, 탁자 가운데에는 스콘과 케이크가 담긴 화려한 3단 트레이까지 올라와 있었다.

중령은 노기가 새어나오려는 것을 꾹꾹 억누르며 가장 가까이에 앉아 있던 요원- 육군 출신의 체셔 소령을 노려보며 욕설을 지껄였다.

"어이, 땅개. 합참 사령부가 네놈들 놀이터인줄 알아?"

하지만 모욕을 듣고도 체셔는 생글생글 미소를 지으며 태연히 자리를 권했다.

"진정하시지요, 중령님. 화를 내시기에 앞서 차라도 한 잔 하시는 게 어떻겠습니까?"

하지만 중령이 자리에 앉으려 하자마자 그 옆에 앉아 있던 앳된 외모의 해병 장교— 서 보라 대위가 손을 마구 휘두르며 소리를 질렀다.

"자리 없어! 자리 없어!"

서 대위가 너무나도 태연히 반말을 하는 바람에 중령은 기가 차지도 않았다. 그는 버릇없는 대위를 향해 이를 드러내며 사납게 대꾸했다.

"자리 여기에 많잖나."

중령이 대위의 말을 무시하고 의자를 당겨 앉자 그녀는 한동안 뾰로통한 표정을 지으며 볼을 부풀리고 있었다. 하지만 금세 무슨 생각이라도 든 것인지, 그녀는 입가에 환한 미소를 지어보이며 손을 내밀었다.

"중령, 홍차에 브랜디 넣을래?"

"…브랜디는 여기에 안 보이는데."

"응, 없는 줄 알고 권했어!"

대위는 그렇게 말하고 고소하다는 표정을 지으며 깔깔 웃었다. 제4 과에 가면 정상적인 반응을 기대하지 말라는 소리를 이미 듣고 오기는 했지만, 이 이상의 무례는 중령으로서도 참기 어려웠다.

"…도대체 어떻게 군적을 얻은 건지 이해가 가질 않을 정도로 무례한 계집이로군."

중령은 최대한 사납게 미간을 찌푸리며 대위를 노려보았다. 박 현

준 중령의 인상은 특전사령부의 장교들 중에서도 유독 사납기로 유명한지라, 여간한 장정들도 그의 시선을 제대로 마주하면 오금이 저려왔다. 하지만 서보라 대위는 두려움이라는 감정을 절제당하기라도 한 것인지 여전히 히죽거리며 중령을 도발했다.

"앉으라고 하지도 않았는데 앉는 게 더 무례해."

"…이 미친 계집이!"

중령이 주먹을 꾹 쥔 채 자리에서 일어나자 체셔가 그의 앞에 손을 흔들어 보이며 주의를 끌었다.

"자, 자. 중령님. 대위는 놔두고 저와 이야기하시지요."

중령은 여전히 화가 풀리지 않았지만, 체셔의 얼굴을 보아 다시 자리에 앉았다. 그는 숨을 천천히 고른 다음 체셔 소령을 쳐다보며 운을 떼었다.

"소령. 자네는 내가 왜 여기에 왔는지 알고 있겠지?"

하지만 체셔는 여전히 모르겠다는 투로 고개를 가로저었다.

"무슨 말씀을 하시는 지 이해하기 어렵군요."

"105 전차 사단 말이야!"

중령은 탁자를 세게 내리치며 호통을 질렀다. 그 바람에 찻주전자에서 홍차가 튀어 바닥을 적셨다.

"오늘 새벽에 갑자기 영내에서 전차전이라도 벌어졌는지 사단 본부 중대가 쑥대밭이 되었다고! 사단장은 다진 고기가 되었지, 본부 중대 건물은 콘크리트 무더기로 변했지… 기자들 통제하느라고 우리가 얼마나 애를 먹었는지 알아?"

엄청난 소식을 전해 듣고도 체셔는 눈썹하나 찌푸리지 않고 형식적인 호들갑을 떨었다.

"그것 참 큰일이군요. 불순분자들의 테러라도 받은 겁니까? 아니면 적의 공습?"

"그걸 내가 알고 있으면 여기까지 찾아왔겠나! 문제는 동이 틀 때까지 사단 내의 초병 중 그 누구도 본부 중대가 폭발했다는 사실을 몰랐다는 거야! 초소에서 1km도 떨어지지 않은 곳에서 벙커버스터급의 폭탄이 터져나가는데 어떻게 아무도 모를 수가 있냐고!"

중령은 체셔가 그 내막을 알고 있을 거라 확신하고 있었지만, 여전히 체셔의 표정에는 변화가 없었다. 아니, 그는 오히려 즐거워서 어쩔 줄 모르겠다는 것처럼 과장스럽게 양 손을 들어 보이며 어깨를 으쓱였다.

"음… 금시초문이군요. 사단 인원 전원이 작당해서 프래깅이라도 일으킨 게 아닙니까?"

"그게 얼마나 허황된 소리인지는 자네도 알고 있겠지."

중령이 의심의 눈길을 거두지 않자 체셔는 그제야 어쩔 수 없다는 투로 다른 요원들에게 형식적인 질문을 던졌다. 먼저 바로 옆 자리에 앉은 서 보라 대위에게.

"서 대위, 혹시 이 일에 대해들은 바가 있습니까?"

"몰라!"

당연하게도 명랑한 부정이 돌아왔다.

그리고 체셔는 조금 멀리 떨어진 테이블의 맞은편을 쳐다보고—그곳에는 처음 보는 백발의 여성이 테이블에 엎어져있었다—똑같은 질문을 던졌다.

"도마우스 중위는요?"

"으으… 어째서 방화벽이 무너진 건가요…."

도마우스라고 불린 여인은 잠꼬대로 동문서답을 했다.

"…보시는 대로군요."

체셔는 다시 중령을 쳐다보며 입 꼬리를 씩 올려보였다.

"…."

중령은 그들의 태도에 너무나 화가 나 다시 한 번 욕을 뱉을 뻔했지만, 천천히 숨을 고르며 상황을 판단했다. 자신에게 체셔를 붙잡을 힘이 있는지도 미지수이지만… 만일 그를 붙잡아 주리를 틀고 손톱을 뽑는다하더라도 체셔는 계속 지금처럼 미소만 짓고 있을 것이다.

결국 그는 사건의 내막을 듣는 걸 깨끗이 포기한 채 자리에서 일어났다.

"…네 녀석들의 뒤를 누가 봐주고 있는지 알고 있으니 별 말은 하지 않겠다만, 한 가지만 더 묻지."

그리고 그는 손도 대지 않은 찻잔을 내려다보며 주체가 모호한 질문을 던졌다.

"도대체 일처리를 왜 그 따위로 하는 건가?"

그의 질문에 체셔의 표정이 처음으로 누그러졌다. 체셔는 정말 이번에는 모르겠다는 표정으로 눈썹을 들썩였다.

"차를 마셨으면 찻잎은 깨끗하게 치워 놓으란 말이야. 가는 곳마다 네 놈들의 냄새가 진동하는 구역질이 날 것 같다고."

'아, 그 말이었나.'

체셔는 어깨를 들썩이며 다시 원래의 미소를 되찾았다.

"저희가 굳이 설거지까지 할 필요가 있겠습니까? 그냥 이렇게 옆으로 한 발자국만 움직이면 되는 것을."

그리고 그는 자리에서 일어나 바로 옆의 의자로 옮겨 앉았다. 그리고 그 자리에 놓여있던 깨끗한 새 찻잔을 가리키며 짐짓 놀란 시늉을 해보였다.

"보세요. 깨끗한 찻잔이 여기 있군요."

중의적인 질문에 걸맞은 중의적인 대답이었지만, 여전히 중령은 그 대답이 마뜩잖았다. 이 원형의 테이블에서 언제까지고 자리를 옮겨 다닐 수만은 없는 법이다.

"그렇게 계속 옆자리로 도망쳐 다니다 다시 원래의 자리로 돌아오게 된다면. 그 때는 누가 이 눌러 붙은 차 찌꺼기를 치울 생각이지?"

체셔는 그 질문을 부러 못 들은 척 했다. 하지만 자신의 옆 자리에서 풍겨나는 악취가 슬슬 신경 쓰이긴 했는지 손을 들어 관자놀이를 가볍게 긁적였다.

"일단은 여론을 좀 잠재워야 할 필요가 있겠군요."

그리고 그는 티스푼으로 찻잔을 두들겨 맞은편에 앉은 도마우스를 불러 깨웠다.

"일어나시죠, 도마우스. 당신의 차례입니다."

하지만 도마우스는 여전히 잠에서 깨어나지 못한 채 횡설수설 지껄이고 있었다.

"으으… 좀 자게 내버려둬요. 어제도 잠을 설쳤단 말이에요. 분명

히 로그는 깨끗이 지웠는데, 녀석들이 알 수 없는 루트로 치고 들어와서…."

체셔가 쓴 웃음을 지으며 대위를 쳐다보자, 서보라 대위는 도마우스에게 다가가 그녀의 귓가에 대고 밀어를 속삭이는 것처럼 부드러운 목소리로 협박했다.

"당장 일어나지 않으면… 네 머리를 찻주전자에 쳐 박을 거야…."

"으, 으으… 드, 듣고 있어요. 저 안 잤다구요…."

여전히 도마우스가 제대로 된 대화를 하지 못하자 서 대위는 그녀의 머리를 들어 찻주전자에 억지로 쑤셔 넣으려 했다. 하지만 찻주전자의 주둥이가 그녀의 머리보다 훨씬 작다는 것을 깨닫자, 곧 서 대위는 골을 내며 도마우스의 머리칼을 말아 주전자에 우겨 넣었다.

"홍차 향 샴푸는 저번 주에 다 썼는데…."

"하아…."

그 콩트 같은 광경을 지켜보며 중령은 다시 한 번 깊은 한숨을 내쉬었다.

총통이 무슨 생각을 하고 있는지는 모르겠지만, **이곳에 있는 것들**은 군인이 아니다. 좋은 군인을 흔히 개에 비유하는데, 이들은 개는커녕 늑대조차 아니었다. 부릴 수 없는 짐승을 안에 들여놓으면 집이 난장판이 되고 만다.

'하루 빨리 이 녀석들을 내쫓아야 해.'

그런 그의 생각을 아는지 모르는지. 체셔는 여전히 환한 미소로 그를 배웅했다.

"또 뵙지요. 중령님. 다음에는 더 맛있는 차를 준비하고 기다리겠습니다."

"…웃기지 마."

중령은 몸서리를 치며 회의실의 문을 쾅 닫았다.

"이런 끔찍한 다과회는 무슨 일이 있더라도 다시는 안 올 거야."

(4권에 계속…)

No. GM-204301H-0003

光明學會 人事評價資料

성명	
아나스타샤 최 Anastasia Choi	

직위	계급
대잠관	중위

생년월일	성별
20XX. 06. 21.	여성

군번	혈액형
IN-80331	O (RH-)

출신지
러시아연방 극동관구 나홋카

키	체중
171cm	55kg

검침일자 20XX.01.14

경력

일 시	내 역
20XX.XX.XX	광명학회 해군 소위 임관
20XX.XX.XX	잿빛 10월 대잠관 착임

인사평가

지 휘	전 술	운 용	대 잠	체 력	리스크
B	A	A	S	S	B
소 견	대잠전에 특화된 병기 사관. 스트레스 관리에 요주의				

세부평가

- 러시아 연방 해군대학을 우수한 성적으로 졸업함. 특기는 대잠(對潛).
- 엘레나 포술장과는 해군대학 선후배 관계.
- 가벼운 피학성애(披虐性愛) 경향이 관찰되어 평시 스트레스 관리에 어려움이 있음. 부서장의 주의를 요함.

20XX.XX.XX 光明學會 人事局 / 對外秘

No. GM-204301H-0072

光明學會 人事評價資料

성명	
미야모토 칸나 Miyamoto Kanna	
직위 조리병	계급 수병장
생년월일 20XX. 01. 15.	성별 여성
군번 IN-71541	혈액형 O (RH+)
출신지 일본국 후쿠오카현 키타큐슈시	
키 155cm	체중 46kg
	검침일자 20XX.01.14

경력

일 시	내 역
20XX.XX.XX	광명학회 해군 일등수병 입대
20XX.XX.XX	잿빛 10월 전속

인사평가

근 무	보 수	전 투	조 리	체 력	리스크
A	A	A	B	A	D
소 견	조리 이외 모든 분야에서 유능한 재원				

세부평가

- 잿빛 10월 경의부의 생활반장. (최선임 수병)
- 잿빛 10월의 승조원으로서는 드물게 일처리가 능숙하고 인간관계가 고루 원만함.
- 이해인 조리장의 부족한 인사지휘 능력을 보완해주는 재원이나 정작 직별 능력인 조리 실력이 타 조리병에 비해 미흡한 편.

후기

정말 오랜만에 인사드립니다. 오소리입니다.

〈마리얼레트리 3.5 - Interlude〉를 구입해주셔서 감사합니다. 이번권도 즐겁게 읽어 주셨는지요.

이번권의 부제는 Interlude, 문자 그대로 막간극이라는 뜻입니다. 그간 긴 공백이 있었던지라 분위기를 환기하는 길에 겸사로 본편에서 조명되지 않았던 조연들의 일상이나 과거 이야기 등을 보여드리기 위해 이렇게 단편집을 먼저 보여드리게 되었습니다.

장편을 기대하셨던 분들께는 심심한 사과의 말씀을 드리겠습니다. 본편 4권 원고 또한 거의 준비되었으니 근시일 내에 보여드릴 수 있을 것 같습니다.

지난 2년간 다들 어떻게 보내셨는지요.

흔히들 다른 사람의 군 생활은 빨리 지나간다고 하던데, 작년과 재작년 두 해는 사회적으로 워낙 많은 일이 있었던지라, 유나물 작가님은 실제보다 더 오랜 시간 복무하신 것처럼 느껴지네요. 그래도 몸성히 무사하게 전역하셔서 다행이라 생각합니다.

유나물 작가님이 부재중이셨던 동안 저도 꽤 많은 일을 겪었습니다. 우선은 대학을 졸업하고 직장에 새롭게 취직을 하였으며, 비공식적인

지면을 통해 몇 가지 작품을 새롭게 공개하기도 하였습니다.

그리고… 작년 초 즈음에는 집안에 안 좋은 일이 생겨서 집안 어르신의 간병과 생업에 전념하느라 한동안 글을 쓰지 못했던 시기도 있었습니다.

지금에야 웃으면서 할 수 있는 이야기지만 여러모로 궁핍한 상황에서 웃음으로 점철된 콩트를 쓰는 것은 퍽 괴로운 일이더군요. 하지만 그래도 독자 분들이 계속 성원을 보내주신 덕분에 힘든 시기를 어찌 버텨낼 수 있었습니다.

그 점에 대해서는 가슴 깊이 감사를 드리고 있습니다.

앞으로도 죽 좋은 글로 보답 드리겠습니다.

이번 권에서도 미려한 일러스트를 그려주신 유나물님과 작품에 대한 조언은 물론이고 종종 좋은 술친구가 되어주셨던 담당 편집자님께도 깊은 감사의 인사를 올립니다.

모두 건강하시고 행복하셨으면 좋겠습니다.

날이 무덥습니다. 몸조심하시고, 곧 본편 4권과 함께 다시 찾아뵙겠습니다. 감사합니다.

2018년 6월
오소리

왕립 육군 로빈중대 2권

GOD SAVE THE ROBIN CO.!

왕립 육군 로빈중대 2

글 납자루 일러스트 노가미 타케시

VNOVEL

글 : 납자루 / 그림 : 노가미 타케시

가격 : 7,000원

마리얼레트리

초판 1쇄 발행　2018년 7월 30일

저자 오소리

발행인 원종우
발행처 (주)이미지프레임

주소 (427-060) 경기도 과천시 용마2로 3, 1층
영업부 02-3667-2653　**편집부** 02-3667-2654　**팩스** 02-3667-2655
메일 admin@vnovel.kr　**웹** vnovel.kr

ISBN 979-11-6085-703-0 02810　**(세트)** 978-89-6052-432-3

Mariolatry